LES ARPENTEURS

Kim Zupan

LES ARPENTEURS

Roman

Traduit de l'américain
par Laura Derajinski

Gallmeister

Collection NATURE WRITING

Titre original :
The Ploughmen

ISBN 978-2-35178-082-4
ISSN 1951-3976

À Bill et Virginia Zupan
Et à Janet

Nous sommes devant toi des étrangers et des hôtes temporaires, comme tous nos pères : nos jours sur la terre sont comme l'ombre, et il n'y a point d'espérance.

PREMIER LIVRE DES CHRONIQUES, 19:25

Prologue

À L'AUTOMNE de cette année-là, le garçon descendit du bus au bout de la route sèche, la haie de buissons vrombissant du crissement des sauterelles affolées qui bondissaient à son passage depuis les hautes herbes et le feuillage pâle et poussiéreux des oliviers de Bohême, se heurtaient à son pantalon et se précipitaient contre les pans de sa chemise. Une fois par mois, on leur permettait de quitter l'école plus tôt et on les encourageait à mettre ce temps libre au profit des œuvres de charité. Val était un garçon sérieux. Tandis qu'il faisait passer ses livres d'une main à l'autre en avançant vers la maison au loin, il entreprit d'établir une liste : rendre visite aux malades, vêtir ceux qui sont nus, ensevelir les morts. Quoi d'autre ? Les vaches noires du voisin baissaient les yeux vers lui depuis le promontoire, leurs silhouettes ondulant et flottant étrangement dans la brume de chaleur. Visiter les prisonniers, voilà encore autre chose. Donner à boire aux assoiffés. À l'ouest, au pied du promontoire, il apercevait son père sur le Minneapolis-Moline qui décrivait des cercles au milieu du champ des Schmidt dans un nuage de poussière.

L'ÉCRITURE de sa mère était faite de boucles splendides, perfectionnées sous la menace et les cannes agitées de ces mêmes sœurs de la Providence intimidantes qui enseignaient aujourd'hui à Val, cette écriture dessinée sur les petits mots qu'elle lui laissait avec son déjeuner de l'école, sur les marges d'une carte d'anniversaire ou, plus rarement, lorsqu'elle et son père sortaient, cette écriture qui accompagnait sur son oreiller les trésors qu'il amassait. Sa mère mettait un grand soin à la réalisation des pleins et des déliés de ses lettres, comme si ses mots sculptés dans la frise d'un temple devaient y vivre un millier d'années. Ce jour de septembre, le mot avait été déposé à la verticale entre la salière et la poivrière en forme de cochons souriants. “Mon chéri. Viens seul dans la remise.”

Il se rendit dans la chambre de sa sœur cadette, où elle dormait sous ses draps froissés, le pouce dans la bouche. Il prit une pomme dans la corbeille à fruits près de l'évier et la mangea, debout près de l'îlot de cuisine. Par la fenêtre, au-delà du terrain rocailleux, il distinguait la porte ouverte de la remise. Une hirondelle se posa sur l'unique lampadaire du jardin, gazouilla et s'envola. Il la regarda s'éloigner. D'ici un mois, elle repartirait.

Dans le jardin, la poussière se souleva sous ses pieds, la journée était éclatante. En ville, ses amis jouaient à chat sur les boulevards verts, mais sa place à lui, il le savait, était ici. La porte de la remise grinçait en battant lentement sur ses gonds, et à l'intérieur, il ne voyait que l'obscurité. À des kilomètres d'altitude, un nuage solitaire dans le firmament brillant traînait son ombre sur le sol. Sa mère se serait arrêtée un instant pour le regarder passer.

Des années durant, ils avaient élevé des poules dans la grange à structure métallique, une entreprise qui n'était qu'une bataille perdue d'avance, disait-elle, car celles qui ne mouraient pas de froid étaient victimes des renards ou des moufettes, et si elle devait œuvrer à nourrir tous les prédateurs de la région, autant aller acheter de la nourriture pour chien et ne plus en parler. Les poules avaient disparu depuis longtemps, mais, quand le vent soufflait et faisait trembler le bâtiment, des plumes tombaient encore des pannes de la charpente ou des poutres tout en haut, qu'on distinguait dans l'obscurité. À présent, alors qu'il se tenait à l'intérieur, les bras étreignant un poteau rugueux, un de ces flocons crasseux tomba en une trajectoire aléatoire et il aperçut dans le noir au-dessus de lui la corde, enroulée deux fois et attachée.

Plus tard, il se souviendrait de l'odeur des poules, il les imaginerait pencher leurs têtes scabreuses dans les recoins sombres et gratter le gravier de leurs horribles pattes. Il se souviendrait de ça et de la main de sa mère quand il l'avait enfin touchée, semblable au bois du poteau qu'il agrippait si fermement, observant dans l'intérieur poussiéreux et confiné le lent, lent balancement de ce corps semblable à un métronome.

Il remit en place l'échelle à l'endroit où elle était tombée, gravit les barreaux comme elle l'avait fait et scia longuement la corde avec son canif. D'une bâche constellée de taches, il recouvrit le corps à l'endroit où il était tombé, faisant jaillir des plis la poussière pareille à un farfadet dans l'air étouffant, et il lui toucha la jambe une fois pour s'assurer qu'elle était rigide, qu'elle n'était plus sa mère mais autre chose, abandonnée à sa place.

Il franchit le seuil éblouissant, se retourna brièvement. Son ombre disproportionnée s'étirait sur le sol et la bâche, se prolongeait à l'oblique sur le mur en une parodie de lui-même, digne d'un épouvantail. Il examina son travail, quelque chose ne convenait pas. Il traversa à nouveau le terrain jusqu'à la maison, fouilla dans la penderie maternelle. Il passa voir sa sœur, écarta une mèche moite de son visage, posa une main sur son dos étroit pour y sentir le mouvement fragile de la vie qui s'y trouvait, puis il ressortit sur les graviers jusqu'à la remise, une boîte entre les mains. Il écarta la bâche et baissa les yeux vers les pieds nus.

Quand il eut terminé, il replaça la bâche, la bordant avec soin. Il appuya l'échelle contre le mur, tassa avec son pied la terre où il s'était agenouillé, avant de traverser les champs moissonnés et les terres en jachère en direction du nuage de poussière qui contenait son père. Il s'arrêta une fois et se retourna vers ce qu'avait été sa vie, puis il reprit sa marche.

— C'ÉTAIT une erreur, dit son père. Sa lettre m'était destinée.

Si leur couple avait été différent, cela aurait pu être une invitation galante, mais il l'aurait su. Il aurait su qu'il ne s'agissait pas de ça.

— Elle a oublié que tu rentrais plus tôt, aujourd'hui. Ce n'était qu'une putain d'horrible erreur.

Le garçon n'entendit pas, ou ne le crut pas, et il continua à scruter le bout sale de ses souliers d'école. Il avait été convoqué. À travers l'écriture ronde et sensuelle de sa mère, on lui avait confié une responsabilité. Il ne la trahirait pas.

— Je ne comprends pas.

Son père ne parvenait pas à retenir ses hochements de tête. Il émit un son étranglé. Il n'avait jamais porté la main sur elle. Il n'avait jamais porté la main sur son garçon.

— Elle détestait ces chaussures-là.

Il posa les yeux sur le garçon qui détourna le regard. Le garçon pensait : Comment ne peux-tu pas comprendre ? C'était simple : c'était à moi de le faire. C'était moi son chéri, son petit Valentine.

— Ça n'a aucun sens, dit son père. Elle ne les a jamais portées une seule fois.

1

Comme pour parer un coup, il leva les bras devant son visage et la première balle traversa son mince avant-bras ainsi que la moitié supérieure de son oreille droite avant de siffler dans l'air du soir comme une abeille furieuse. La deuxième, alors qu'il faisait volte-face pour s'enfuir, l'atteignit en haut de la nuque, il tomba tête la première et cessa de bouger. Le vieil homme s'approcha de lui, examina la blessure avec attention. Il retourna le garçon. La balle était ressortie juste sous son nez, le vieil homme inspecta son œuvre tandis que le garçon cillait et regardait le ciel au-delà du visage impassible du tueur – les nuages gris de l'hiver mourant, une petite feuille noire, cerf-volant sombre, et un large vol d'étourneaux de mars et qui descendaient en piqué, à peine plus bruyants qu'une respiration.

De l'endroit où il était assis, le vieil homme apercevait la rivière, l'écume des vagues et les mouettes qui y tanguaient, presque invisibles, il voyait les plus hauts bâtiments de la vieille fonderie derrière les flancs pentus du ravin et, à l'est, les terres irrégulières des Missouri Breaks plongées dans l'ombre et rétrécissant dans le crépuscule trouble et bleu du printemps proche. Il sentait dans le vent la fin de l'hiver, il la voyait dans la couleur de la rivière, grise et bouillonnante comme du plomb en fusion.

Le terrain était pauvre et sablonneux, l'herbe poussait de façon sporadique sur les versants, lui évoquant les poils d'un cochon. On y trouvait des yuccas et des figuiers de Barbarie, et son oreille percevait comme une faible voix le sifflement de la terre sèche soufflée au bord de la crête. Toujours fermier, pensa-t-il. Il fit glisser la terre entre ses doigts. La pente était presque à nu, creusée par le dégel d'un million de printemps. Toujours un foutu fermier. La moindre graine semée ici serait sans doute emportée par les pluies. Éparpillés çà et là, on trouvait des pavés de grès, et des éclats de schiste pareils aux tuiles d'un toit médiéval recouvraient aléatoirement le sol inégal. Une mouette s'approcha au-dessus de lui, bien assez pour qu'il puisse entendre son maigre cri féminin par-dessus le vent et le sifflement de la brise salée. Il leva les yeux un instant puis cria au jeune homme en contrebas, au fond du ravin.

— Plus profond. Il faut que ce soit plus profond.

L'homme leva la tête, s'appuya un instant sur le manche de sa pelle, puis recommença à creuser.

— Tu m'entends ?

— Je t'entends.

Le jeune homme transpirait, il avait jeté sa veste sur le côté et les manches s'étaient emmêlées dans les herbes cassantes.

Il regarda celui qui creusait s'attaquer à la terre sans grand résultat, puis il porta le regard vers le paysage accidenté plus bas. Il aimait cet endroit. Il l'avait déjà utilisé et cela le réconfortait. C'était comme un entrepôt qu'il connaissait bien, toujours là quand il en avait besoin, discret et proche de la ville. La terre était mauvaise, mais il y avait peu de rochers, creuser ne posait aucune difficulté. Les garçons venaient de ce côté de la rivière au début de l'automne pour régler leurs carabines en prévision de la saison de chasse. Entendre des détonations n'était pas inhabituel. Au bout de presque chaque ravin se trouvaient des caisses où l'on avait scotché une cible, et des douilles en cuivre jonchaient le sol comme si une série de batailles avaient fait rage dans les gorges, dans les fossés peu profonds et sur les collines desséchées.

Rapidement, le jeune homme posa sa pelle à l'écart et attendit, puis à deux, ils firent rouler le corps qu'ils entreprirent de recouvrir, l'un à l'aide de la pelle et l'autre – le fermier, qui tenait encore le lourd pistolet – de l'intérieur du pied.

Le vent balaya momentanément le ravin sec, et les cheveux clairsemés de l'homme plus âgé se hérissèrent au sommet de son crâne. La mouette décrivit un cercle, criant dans le ciel bleu pâle où des nuages immaculés fonçaient vers les montagnes basses au sud, reliés à la stratosphère par des filaments de pluie lointaine. L'homme plus âgé, qui répondait au nom de John Gload, se pencha pour attraper un sac de grains contenant les mains et la tête coupée du jeune qu'ils venaient d'ensevelir dans la terre fine et stérile des Missouri River Breaks. Des ossements anonymes, à présent, parmi tant d'autres – la sombre signature de John Gload sur le paysage de cette planète.

Deux cents ans plus tôt, les explorateurs sous la direction de Lewis et Clark avaient transporté leurs effets sur cette même terre, tirant leurs embarcations dans la chaleur pour contourner les chutes d'eau infranchissables. Gload, jamais expansif pendant le travail, se souvenait que des ours vivaient jadis ici, et cette pensée lui tira un sourire.

— Des ours, dit-il. Des grizzlys, ici même.

Le plus jeune lui décocha un regard perplexe.

— Me regarde pas comme ça, dit Gload. J'essaie de t'apprendre un truc. Avant, ils se baladaient dans le coin, aussi nombreux que des rongeurs. Il y a cent cinquante ans, ils t'auraient déterré ce connard et l'auraient bouffé avant même qu'on ait eu le temps de remonter la pente.

Le plus âgé montra le sommet de la côte où des épis de brome brun-gris oscillaient dans le vent de mars, il imagina de vieux ours perchés sur leurs pattes arrière comme les ogres sanguinaires des légendes ancestrales, flairant l'air pour identifier leur odeur.

— Ils auraient pu nous choper, nous aussi, bien sûr.

Il tenait son petit pistolet dans la paume ouverte de sa main et le contemplait.

— Ce foutu truc n'aurait rien fait d'autre que de les picoter un peu pendant qu'ils t'arrachaient la tête.

Gload inspecta le paysage alentour, imaginant les collines peuplées de ces monstres. Il regarda son maigre partenaire de la tête aux pieds avec approbation.

— T'aurais été digéré en un tout petit tas de merde.

Ils longèrent ensuite le fond du ravin, le plus jeune portant la pelle sur son épaule comme un fantassin. Ils marchèrent parmi le brome et l'armoise, des éclats de verre brillaient dans la vase comme des pierres précieuses, ils passèrent sans commentaire devant les cages thoraciques dépouillées des cerfs braconnés et abattus à l'automne précédent.

LE plus jeune, qui conduisait à présent la voiture, s'appelait Sidney White, mais tous ceux qui le connaissaient le surnommaient Sid the Kid. Bien qu'il ne fût jamais monté sur le dos d'un cheval et qu'il n'eût jamais convoyé un troupeau, il se prenait pour un cow-boy, et ce fantasme s'illustrait par une chemise à boutons-pression, un jean moulant enfoncé dans une paire de bottes d'occasion une taille et demie trop grandes, ornées de couleurs criardes, de fleurs et de glyphes complexes gravés dans le cuir, ainsi que des initiales du précédent propriétaire. Il ne maîtrisait pas ses cheveux noirs et ternes qu'il peignait en arrière, aussi avait-il ajouté un chapeau à son déguisement. John Gload l'avait rencontré au terme d'une série d'erreurs accablantes et il avait fini par l'employer en raison de son jeune âge et de sa dentition en bon état apparent – ce qui, d'après le vieil homme, était le signe d'une non-consommation de métamphétamines. C'était le premier vrai boulot de Sid White, et il était très enthousiaste.

Tandis qu'ils roulaient, White proposa de tourner vers le nord à un croisement et d'emprunter une route de gravillons qui les mènerait au bout d'un quart d'heure à une maison au milieu de vastes champs de céréales au nord de la ville, qui avait jadis été une ferme, mais qui, plus récemment, abritait une femme d'âge mur et ses trois jeunes protégées.

— Tu connais l'endroit ? C'est à une quinzaine de kilomètres, à peine. (Il agrippa le volant, agité, porta ses yeux plissés sur la route sinueuse en bordure de rivière puis sur John Gload, et à nouveau sur la route.) Et si on finissait tout ça par une petite sauterie ?

Gload observa la rivière à travers un bosquet de saules sans feuilles, l'eau écumait dans le vent. Les mouettes qu'il détestait tant semblaient flotter sur le tissu crêpe gris du ciel printanier comme des origamis punaisés là-haut.

— Non, dit-il.

— Tu connais pas l'endroit ?

— Je le connais. Ma réponse est non.

— C'est là qu'il faut tourner.

Sid White ralentit. Peut-être que le vieux allait changer d'avis. La route sans panneau indicateur, à peine plus que des racines en guise d'ornières et ourlée de touffes d'herbe, montait doucement vers le nord et semblait disparaître dans cette heure du soir, à la frontière entre la terre en jachère et le ciel en jachère.

Gload soupira et se tourna pour examiner le profil du gamin, un visage de faucon constellé d'acné et une tignasse emmêlée de cheveux indiens bleu-noir.

— On va pas aller là-haut juste pour que tu puisses te conforter dans l'idée que tu vaux mieux que le truc qu'on vient de foutre en terre.

Le gamin le dévisagea.

— De quoi tu parles ?

— C'est pour ça que t'as envie de niquer. C'est rien de plus que ça.

— C'est pas vrai, collègue. Moi, je jure que par la chatte. N'importe où, n'importe quand, quoi.

— Et prends pas ce faux accent du ghetto avec moi. T'es pas un nègre.

— Comme tu veux, mec.

— Oui. Comme je veux.

Ils dépassèrent l'intersection et continuèrent un moment en silence. John Gload frotta une tache sur son pantalon.

À leur gauche, la rivière était désormais couleur de vin, les promontoires rocheux sur l'autre rive, plongés dans une ombre soudaine, prenaient l'allure de statues – incarnations austères de créatures aperçues en rêve.

Sidney White dit enfin :

— Ça aurait pu te faire du bien. Ça soulage du stress, le sexe, et je l'invente pas, je l'ai lu quelque part.

— Tu trouves que j'ai l'air stressé ? Est-ce que je te parais stressé ?

Le gamin lui décocha un regard et acquiesça lentement. Ses petites dents, que révélait un sourire mauvais, étaient brillantes.

— Tu sais, ça existe, les trucs contre ça. Je pourrais te filer un bon plan, collègue.

Le vieil homme sembla ne pas avoir entendu, un malaise inhabituel parcourant à cet instant tous ses membres. Alors qu'il était enfant, assis un soir sur un flanc de colline rocailleux et desséché, une chauve-souris s'était approchée si près de lui qu'il avait senti le déplacement d'air contre son visage, le laissant agité d'un frisson de mauvais augure sans aucun rapport avec la fraîcheur d'octobre. C'était une sensation semblable qu'il éprouvait en ce moment, dans l'habitacle immobile de la voiture. Il vérifia que les fenêtres étaient bien fermées, que le chauffage n'était pas enclenché, et il jeta un coup d'œil au gamin pour voir s'il ne s'agissait pas d'un piège, d'un tour de passe-passe.

White surprit son regard. Sentant un léger intérêt, il poursuivit :

— C'est vrai. Ta bonne femme serait totalement épuisée.

Il pensait à elle bien avant que le gamin ne réveille son souvenir, la façon dont sa jambe mince dans le lit s'enroulait autour de la sienne comme pour maintenir un lien avec lui à travers le sommeil, comme si ne pas le toucher, même à une distance si proche, signifiait être totalement séparés.

Semblant vouloir tapoter l'épaule du gamin, John Gload leva la main gauche posée sur le siège et colla le canon court de son arme contre l'oreille de White. Le gamin prit une profonde inspiration et retint son souffle.

— J'ai besoin de rien, dit Gload.

— OK.

— Et viens plus jamais me raconter ce genre de conneries. Pigé ? Tu sais rien de moi, tu sauras jamais rien.

Le gamin acquiesça lentement, craignant sans doute que le moindre mouvement attire la mort dans son oreille. Et après avoir réfléchi, Gload ajouta :

— Arrête de déconner en parlant comme un taulard.

Le gamin roula en boudant jusqu'à ce que Gload lui ordonne d'arrêter la voiture. Il se rangea sur le bas-côté et resta assis à fumer pendant que Gload descendait et entreprenait de déplacer le contenu du coffre derrière le hayon relevé. Il entendit soudain les coups de hachette. Il laissa pendre son poignet au-dessus du volant et scruta avec morosité le ciel immense, les longues mesas enflammées et célestes, les reliefs et le demi-disque cuivré du soleil qui disparaissait à l'ouest derrière les montagnes pareilles à un décor scénique et qui aspirait dans le néant lointain les oiseaux couleur de braise. Le bruit de hache à l'arrière de la voiture continuait en rythme – tchoc, tchoc, tchoc.

Dans le rétroviseur de gauche, il observa Gload marcher jusqu'à la berge rocheuse et jeter quelque chose dans les flots boueux. Les mouettes, se matérialisant de nulle part, plongèrent et piquèrent tandis que John Gload agitait les bras comme un prestidigitateur. Il se baissa et leur jeta des poignées de cailloux. Le gamin regarda la scène dans le rétroviseur, puis se retourna pour observer par la lunette arrière et, au retour de Gload, le gamin souriait.

— On peut jamais rien toucher, avec des cailloux.

Le vieux lui adressa un bref regard morose et s'installa sur son siège sans mot dire. Le gamin haussa les épaules, passa une vitesse et roula vers l'ouest sur la bande étroite de bitume. Dans le pare-brise, le soleil ressemblait à un éclat de verre couleur mandarine fiché entre les sommets noirs à l'horizon.

— Mais avec un fusil, par contre, continua White. Avec ça, tu ferais passer le message.

Ils roulèrent en silence en direction du coucher de soleil criard et Gload dit soudain :

— Gare-toi près du barrage.

— Putain, mais la nuit va bientôt tomber.

Gload l'ignora.

— Gare-toi là.

Sid mena la voiture sur un chemin réservé aux véhicules de service, jusqu'au sommet d'un long escalier en bois qui s'enfonçait dans l'obscurité.

— Ouvre le coffre et attends ici, ordonna Gload.

Le gamin le regarda descendre les marches avec le sac de grains, et, plus bas, les lampes le long de l'immense courbe du barrage clignotèrent et s'allumèrent. Il vit John Gload apparaître dans un premier cercle de lumière, disparaître, puis réapparaître dans le suivant, progressant ainsi le long de la passerelle en béton, aussi immatériel qu'un fantôme.

Une bruine fine s'élevait par-dessus la rambarde depuis les flots qui rugissaient dans les vannes, et quand Gload s'arrêta enfin, les gouttes ressemblaient à un nuage duveteux et lumineux au-dessus de sa tête. Il resta près de la rambarde et observa l'eau ambrée du dégel printanier jaillir des vannes. Il se tourna. Derrière lui, dans la courbe du barrage, des branches tournoyaient dans un énorme tourbillon sale, montant et descendant comme les bras de géants en pleine noyade. Des sacs en plastique à demi gonflés, tels des navires de guerre, s'agitaient dans ce désordre et on apercevait des animaux si boursouflés qu'il aurait aussi bien pu s'agir de chats que de cochons. Il devinait la proue abîmée d'une embarcation, ainsi qu'une quantité variée d'ordures flottantes, des fines branches aiguisées par des dents de castor, des canards et autres petits oiseaux d'eau, leurs yeux morts brillant comme des pierres précieuses dans la lueur glauque. Partout dans ces miasmes, chorale grotesque, les bouches rondes et avides des carpes voraces.

Gload fit volte-face, traversa la passerelle en béton et lança le sac dans le large jet d'eau où il fut propulsé, s'envola au milieu de cette couronne jaune et disparut. Dans le lit ancestral de cette rivière reposaient les os de poissons depuis longtemps éteints, gros comme des dauphins, les ossements de plésiosaures et d'autres mastodontes, les squelettes disloqués d'infortunés Indiens Cree et Blackfeet, vieux de deux cents ans. Debout dans cet interstice sombre entre les lumières du barrage, Gload se sentait lié à l'histoire, maillon d'un dessein plus vaste. C'est pourquoi il ne prenait jamais de risques. Il avait coupé les mains du jeune homme, arraché les dents de sa mâchoire et, maintenant qu'elles coulaient toutes au fond de la rivière, le cadavre était aussi anonyme que les ossements fossilisés de ces poissons préadamites.

Quand il fut de retour à la voiture, Sid the Kid s'était endormi les mains sur le volant, une cigarette se consumant entre ses phalanges. Gload resta dehors pour fumer et attendre, le gamin poussa un cri, agita la main et porta deux doigts à sa bouche. Gload se glissa sur le siège passager en hochant la tête.

— Ramène-moi, dit-il. Demain, on ira refourguer les trucs.

DES feuilles ambrées tombées à l'automne précédent s'étalaient sous les pommiers minces et sombres contre le ciel gris acier. Un vol de perdrix grises traversa le terrain envahi d'herbes folles, articulé tel un train minuscule, et à la lumière de la fenêtre, le poitrail rubis des mâles affichait une brillance électrique au milieu des couleurs mornes de la végétation sauvage. Dans ce rectangle jauni, il apercevait Francie qui allait et venait. La cheminée crachait une fumée d'une blancheur d'os qui s'élevait à la verticale dans l'air étrangement immobile, aussi raide et solide qu'un clocher d'église. Tandis qu'il l'observait, le malaise l'envahit une fois encore. Il chassa l'air près de sa tête comme si le sentiment était une créature vivante.

Il avait parcouru à pied l'allée d'un kilomètre depuis la route de campagne où il avait demandé au gamin de le déposer, et il se tenait à présent sous les arbres à fumer. Bien que la rivière coulât à trois kilomètres de là, son odeur flottait dans l'air, légèrement parfumé par la sauge qui poussait sur le piémont au sud.

Par une année de sécheresse, un ours s'était approché, était descendu d'un pas traînant depuis les Highwood Mountains à trente kilomètres, et avait élu domicile dans le verger, mangeant les petites pommes amères tombées à terre, dormant à même le sol parmi les feuilles sèches et l'herbe givrée, imperturbable, laissant partout derrière lui d'énormes tas de merde pareils à des conserves éparpillées. Au bout du compte, il s'était résolu à grimper aux arbres pour récupérer les dernières pommes qui refusaient de tomber, et la nuit, dans leur lit, ils entendaient les petites branches noueuses craquer sous son poids dans un bruit de lointain feu d'artifice. Gload l'avait laissé tranquille, sa silhouette et sa nature lui évoquant quelque chose de lui-même.

QUAND il rentra enfin, qu'il se versa un café dans sa tasse préférée et s'assit à table, elle demanda :

— Est-ce que j'ai meilleure allure à travers la fenêtre qu'en personne ?

Elle se détourna de son travail en souriant, faisant tourner les glaçons dans le verre qu'elle tenait.

— Tu ne chantes pas quand je suis dans la même pièce que toi. J'aime quand tu chantes.

— Je pourrais te dénoncer, à épier ainsi une femme.

— Tu pourrais me dénoncer pour bien plus que ça.

Elle contourna l'îlot de cuisine, s'approcha de lui d'un pas un peu chancelant et posa une main douce et froide sur le visage de John Gload. Elle plongea ses yeux dans les siens, des puits sombres qui cachaient des choses telles qu'il ne pouvait en parler à personne, ni à elle ni à quiconque. Comme si elle venait de saisir un aperçu de ce qui s'y trouvait, elle dit :

— Il y a du bon en toi, Johnny. Et je suis peut-être la seule à le savoir.

Les mains de Gload entouraient sa tasse, elle retira sa main de son visage et la posa sur une des siennes. Il baissa les yeux, sans un mot. C'était sans doute ce qu'il aimait le plus chez elle, qu'elle paraisse savoir des choses, des choses horribles, mais qu'elle les lui pardonne, et ce geste si simple – poser sa main douce sur la sienne, qui venait à peine de tenir les outils ensanglantés de son métier – représentait une sorte d'absolution.

— Je dois partir demain. Pour quelques jours.

— Je crois que je commence à saisir le principe. Alors on va manger un bon dîner, on va regarder la télé et on ira se coucher tôt.

— Ce serait bien.

— Est-ce que je peux te demander quand tu rentreras ?

— Tu peux demander, bien sûr, mais j'en sais rien. Dans trois ou quatre jours.

— Et si un jour, tu ne rentrais pas ? Moi, toute seule ici ? Je n'y arriverais jamais. Ça va pour quelques jours. Mais même une semaine, c'est déjà trop long, Johnny.

— Je reviens toujours. Est-ce qu'une seule fois, je ne suis pas rentré ?

— Si tu n'étais pas rentré, on ne serait pas là en train de discuter de ton prochain retour.

John Gload extirpa sa main de sous la sienne, une main pareille à un oiseau tremblant et translucide, et porta ses paluches brutales à ses oreilles.

— Allons manger, dit-il. Tu me files la migraine.

Ils prirent un long dîner tranquille et, pour le dessert, Francie but deux verres de porto dans un pot de confiture. Suivant une longue habitude, ils s'installèrent à la porte pour écouter les bruits du soir et regarder le ciel s'enflammer à l'ouest, se changer lentement en un velours teinté d'ébène et constellé d'éclats de quartz. Ils se couchèrent et firent l'amour sur les draps frais, la fenêtre entrouverte laissant entrer une brise légère. Une peau pâle, des draps pâles – sous lui, elle ressemblait à un être s'effaçant peu à peu, cet air qu'elle affichait si rêveur et distant à l'image d'une personne qui s'enfoncerait lentement dans un lac, regardant la surface cruelle s'éloigner avec une indifférence déconcertée. Avant même que les battements du cœur de John Gload se soient apaisés, elle s'était endormie et ronflait doucement, et il écouta immobile les papillons de nuit qui s'écrasaient contre la moustiquaire derrière lui – de petites âmes cherchant la liberté du monde immense. Récemment, il s'était mis à imaginer l'esprit de Francie voleter en leur compagnie.

Il ne trouvait pas le sommeil mais n'avait pas non plus envie de quitter le lit. Elle ne se réveillerait pas, il le savait, car elle avait le sommeil aussi lourd que celui d'un enfant ; il détestait pourtant être loin d'elle quand il devait s'en aller bientôt. Aussi resta-t-il étendu dans le noir. Elle dormait sur le dos, positionnée comme par un croque-mort, jusqu'à ses mains blanches croisées sur ses petits seins, bien que sa jambe soit étendue contre la sienne. Un lien, une corde de sécurité. Le vent agita les fins voilages et fit tinter les anneaux sur leur tringle en laiton, et dans le verger négligé, près de la maison, un hibou hulula. De longs moments plus tard, alors qu'elle respirait près de son oreille et que les rideaux, comme des fantômes pâles, flottaient à la frontière de son champ de vision, il s'endormit. Il avait imaginé un champ ancien, il y passait une charrue, encore et encore, dans la lumière onirique du soleil.

2

Il faisait sombre entre les arbres et, quand le jeune homme parvint à une clairière, la neige y était épaisse et vierge, éclairée par la douce lueur bleutée d'un quartier de lune et par les étoiles dans la voûte sans nuages au-delà des sommets. Au bout d'un moment, les troncs des ponderosas et des pins lodgepole parurent sortir de l'obscurité et, bientôt, sur les branches basses, apparut la mousse qui pendait telle une chevelure de sorcière, des petits oiseaux s'agitèrent et jaillirent comme des soldats en première ligne. Le ruisseau qu'il suivait murmurait sous une fine couche de glace et, dans la cime des arbres, un vent léger soufflait comme une voix secrète, et il s'arrêta pour l'écouter. Il jeta un coup d'œil devant lui, vers le rempart noir des arbres. Aujourd'hui peut-être, pensa-t-il. Peut-être aujourd'hui.

C'était la première semaine d'avril et, avec son chien, l'adjoint du shérif suivait la trace d'une jeune femme qu'une tempête de début de printemps, brève mais violente, avait séparée de ses compagnons tandis qu'ils skiaient au milieu d'un bassin de drainage dans les Crazy Mountains. Une nuit s'était déjà écoulée, puis un jour et encore une nuit, et le lendemain matin, Valentine Millimaki s'était écarté de la piste, chaussé de ses raquettes, s'enfonçant dans l'obscurité glaciale.

Dans le cadre de ses fonctions au bureau du shérif du comté de Copper, il passait son temps à enquêter sur des délits ruraux et endurait son quota d'heures requises dans le vieux bâtiment de la prison adjacent au tribunal du comté, un édifice sombre en blocs de grès érigé par des maçons croates où, dans les premiers temps, avaient été incarcérés des trafiquants de bétail et des voleurs de chevaux. Mais il préférait le travail sur le terrain, au grand air, avec son chien de berger de trois ans, à pister les disparus dans la forêt, la broussaille, les canyons abrupts, des terres vierges, ces coins oubliés ou non référencés sur les cartes qui ne donnaient qu'une vague approximation de notre place en ce monde.

Il les retrouvait parfois écorchés ou couverts d'ecchymoses, boitant sans but sur une cheville fracturée avec une branche d'arbre en guise de béquille, ou d'autres encore à un stade avancé d'hypothermie, titubant à demi nus entre les congères à la poursuite de fantômes et de mirages. Chasseurs, randonneurs, criminels descendus de leur véhicule une fois arrivés au bout des chemins forestiers sans issue. Tous vivants. Treize mois plus tôt, il avait retrouvé un enfant autiste, égratigné et frissonnant sous la pluie au milieu de la forêt, serrant sous son bras son petit chien pareil à une peluche décatie de fête foraine, inerte et étranglé. Il avait été le dernier. Depuis plus d'un an, maintenant, il n'avait retrouvé que des cadavres.

Son chien travaillait bien, s'élançant avec difficulté dans la neige épaisse, et Millimaki le complimenta.

— C'est bien, Tom. Trouve la fille.

Le chien de berger s'arrêta pour l'observer, sa langue pendant déjà bien bas entre ses babines, il lapa la neige une fois et repartit.

Millimaki fit une brève halte pour inspecter les nouvelles traces sur leur chemin. Des empreintes de cerf enfoncées dans la neige vierge se mêlaient à celle d'un gros chat sauvage. Les poils se hérissèrent sur l'échine du chien et il retroussa ses babines frémissantes pour dévoiler des crocs étincelants. Millimaki lui parla une fois encore. D'autres empreintes sur la neige fraîche, des hiéroglyphes de souris et d'écureuils – colonies frénétiques et insensées partant vers des zones à découvert où les chouettes volaient en piqué, aussi silencieuses et fantomatiques que la nuit. Aujourd'hui, pensait encore Millimaki. Notre chance va peut-être tourner aujourd'hui.

À une quinzaine de kilomètres, elle était étendue sur le dos au milieu d'un sentier, sous une poudre de neige nouvelle, sa carte topographique étalée sur la poitrine, l'air de s'être endormie au lit en pleine lecture. Tom s'assit sur le bord du chemin, les oreilles dressées tandis que Millimaki s'accroupissait près de la femme, écartait la neige de son visage. Il resta à l'observer, si blanche, semblable à de la porcelaine, ses lèvres bleues pincées sous l'effet d'une apparente concentration, une paisible dormeuse sylvestre, ses skis et ses bâtons bien rangés et prêts à être repris après une brève consultation de la carte.

La journée était désormais étincelante, plongée dans un silence total, le soleil déjà haut à cette heure, et le ciel au-dessus de la clairière où s'était arrêtée la femme était encadré par un cercle de cimes de pins spectrales. Peut-être avait-elle scruté d'un air interdit les étoiles naissantes, leur lueur laiteuse en superposition sur l'ordre implacable au-dessus de sa tête baignant la carte qui semblait contenir sa vie dans ses lignes et ses courbes obtuses. Peut-être que si elle s'allongeait, avec ce nouvel angle de vue verrait-elle apparaître l'étoile Polaire, ou un autre lointain soleil qui la repositionnerait dans cet univers paradoxal. Rien qu'un instant, quelques courtes minutes. Les étoiles indéchiffrables la surplombant. Une brève sieste dans la clairière, à la lueur des étoiles.

Voilà le genre de choses qu'imaginait Valentine Millimaki. Un petit oiseau vint se poser sur une branche et observa la scène – le chien, l'homme, la statue – puis s'envola. Il le regarda disparaître dans le soleil. La jeune femme avait perdu une moufle et sa main nue était posée sur la carte. Avec ses raquettes aux pieds, Millimaki peinait à s'accroupir. Sous le regard du chien immobile, il retira sa propre moufle, tendit le bras et toucha le poignet de la femme. Comme il les touchait toujours tous. Ce qui restait d'eux, se disait-il, n'était pas ce qu'ils avaient été.

Il se releva, envisagea le long chemin du retour et celui pour revenir des heures plus tard tandis que le protocole était mis en œuvre. Sa journée ne faisait que commencer. Sa main nue était engourdie et pâle, et il frappa contre sa jambe le gourdin qui lui faisait office de main, le pan pan pan déraisonnablement bruyant dans le silence sépulcral. Le chien l'observait, perplexe.

— Allons-y, Tom.

Le chien se leva, décrivit un cercle, et ses yeux passèrent de Millimaki à la femme dans la neige. Elle dormait toujours.

— Allez, viens. Elle va bien, maintenant.

Quinze heures plus tard, chez lui dans la chaleur de son lit, Millimaki repensa à la femme endormie seule dans la forêt sous sa couverture blanche et glaciale. Son épouse avait remué quand il s'était glissé à côté d'elle, ses os encore assaillis par le froid, des lanières de sac à dos fantomatiques s'enfonçant dans son dos.

— Je suis rentré, murmura-t-il.

Il se rapprocha pour sentir la chaleur qu'elle dégageait, la vie qu'elle dégageait.

— Je l'ai retrouvée.

— Quoi ? Qui ?

Elle parlait depuis les confins d'un rêve, ses mots étaient mal articulés.

— La femme que je cherchais, dans les Crazies.

— Tant mieux.

De plus loin encore, à peine audible, elle ajouta :

— C'est bien.

— Je suis arrivé trop tard.

Dans l'obscurité au-dessus de sa tête, il voyait encore la femme, blanche et raide.

— Je n'ai pas réussi.

Il voulait entendre son épouse lui dire qu'elle était désolée, que cette épidémie de macchabées cesserait bientôt. Que le prochain serait en vie, qu'il respirerait encore, reconnaissant. Qu'elle lui dise : “Ce n'était pas de ta faute, Val. Ce n'est jamais de ta faute.”

— Oh, Val, s'il te plaît. Dors. J'ai besoin de dormir.

Il posa la main sur le dos tiède de sa femme et bientôt, il sentit à travers le mouvement de ses côtes le rythme lent de son sommeil. Au bout d'un long moment, il s'endormit. Un vent venu des prairies d'Alberta agitait les branches des vieux arbres contre les bords du toit, et la porte de la cabane tremblait contre ses montants. Il souffla et virevolta jusque tard dans la nuit, le paysage dans l'aube bleue et étincelante serait immaculé et neuf, et tout ce qui s'y était perdu demeurerait perdu jusqu'à ce qu'il n'y ait plus rien d'autre à trouver que des ossements.

Il l'avait sauvée de cela. Au moins, il avait pu faire ça.

LE lendemain était un lundi, et après quatre maigres heures d'un sommeil léger, il s'habilla dans l'obscurité pour ne pas réveiller sa femme. Allongé à ses côtés, il avait eu ce rêve qui ne le quittait jamais vraiment depuis les dernières semaines. La bouche de sa mère n'était pas bleue comme celle de la femme qu'il avait découverte un peu plus tôt dans la forêt, ni comme il l'avait trouvée étant enfant, mais elle était peinturlurée d'un rouge cerise ou sang, affreuse sur le blanc de son visage de porcelaine.

Lourd et engourdi, il parcourut le paysage blanc et désert dans l'aube qui se levait, pour prendre son service et assurer la sécurité du tribunal où le vieil homme avait récemment pris ses quartiers dans la prison du comté de Copper. La végétation naissante des collines, si discrète et précaire qu'elle aurait pu n'être qu'un mirage après ces mois de blancheur et de grisaille, avait été complètement balayée par la tempête. Des passereaux se massaient, hébétés et muets, sur les peupliers en bordure de rivière, sur les clôtures métalliques des propriétés, et la route était maculée de sang séché, celui des cerfs venus manger l'herbe mise à nu par les déneigeuses du comté et disloqués, grotesques, par les poids lourds fonçant dans l'obscurité vers Billings et Cheyenne. Millimaki s'arrêta une fois pour traîner une jeune biche tombée sur la ligne médiane de la voie rapide, et parmi ses entrailles grises et brillantes, un minuscule faon dépassait du placenta. Des corbeaux et des pies massés sur les lignes électriques bourdonnantes attendaient la tendre charogne et saluaient de leurs croassements et de leurs jacassements le festin de ce jour éclatant.

LE jour où ils étaient allés le chercher était si resplendissant que Millimaki avait roulé vitre baissée sans se préoccuper de la poussière rougeâtre qui s'insinuait dans l'habitacle, soulevée par la voiture de patrouille devant lui, car elle lui faisait croire en un printemps possible.

Le vieil homme s'était levé de sa chaise comme pour accueillir des amis de longue date. Millimaki avait parcouru la courte distance derrière les autres hommes, comme on le lui avait demandé, Dobek avançant après avoir dégainé son arme qu'il pointait vers le ventre de l'homme, et Wexler à ses côtés avec un fusil dont le canon oscillait dangereusement tandis qu'il marchait à pas rapides dans l'herbe au centre du chemin. C'était une journée douce, mais la tête rasée de Dobek brillait de sueur. Wexler était pâle, sa pomme d'Adam proéminente bondissait dans sa gorge.

Tandis qu'ils approchaient, Dobek cria :

— Reste assis sur cette chaise, connard.

Gload leva les mains devant lui, les montra des deux côtés comme un magicien puis il reprit place sur la chaise.

— Maintenant, debout.

Dobek et Wexler s'arrêtèrent à trois mètres, leurs armes en joue. Ils avaient le souffle court de deux hommes qui viennent de courir sur une longue distance. Le vieil homme posa les mains sur ses cuisses et se leva d'un air détaché ou ennuyé, sans se préoccuper de la menace mortelle des deux orifices noirs qui se balançaient devant lui, ses yeux parcourant la voûte bleu pâle au-dessus, en direction de la rivière où il semblait s'attendre à voir apparaître quelque chose.

— Allonge-toi par terre, putain.

— Debout, assis, debout, allongé, dit le vieil homme.

— Allonge-toi par terre tout de suite, putain, beugla Dobek. Les mains dans le dos. Millimaki, va lui mettre les bracelets.

Millimaki s'agenouilla et fit cliqueter les menottes. Elles étaient à peine assez grandes pour contenir les poignets massifs du vieil homme, seules deux dents à l'extrémité du mécanisme s'engageaient dans la fente.

Dobek, dont le crâne rond et lisse luisait toujours, resta à quelques mètres, le bras tendu vers le large dos du vieil homme. L'un des adjoints les plus anciens de l'équipe, il portait un uniforme à présent trop serré au niveau du ventre, et les manches courtes qu'il appréciait tant révélaient sur un biceps un tatouage fané des Marines, et sur l'autre, un animal indéfini aux babines retroussées – un loup ou une panthère – que le temps ou un savoir-faire maladroit avait rendu illisible, mais son message de prédateur était clair. C'était un exécutant, le croque-mitaine du département qu'on invoquait quand toute autre tentative pour apaiser les prisonniers furieux dans leurs cages avait échoué. Il fit un geste du menton et les deux plus jeunes remirent Gload sur ses pieds, puis Wexler entreprit de le fouiller. Dans son agitation, il avait posé son arme avec imprudence contre le dossier de la chaise où elle vacilla, et Millimaki contourna les hommes pour saisir le fusil et enclencher la sécurité. Wexler fit passer ses mains de haut en bas sur la chemise délavée du vieil homme, puis sous ses aisselles, et il descendit vers ses pieds en tapotant les jambes arquées. Il jeta ensuite un regard lubrique vers les deux autres en pinçant les parties génitales du vieil homme avant de déclarer :

— Rien du tout.

— Y a qui à l'intérieur ? demanda Dobek.

— Pas besoin de gueuler. J'entends aussi bien que vous.

— Je t'ai demandé qui est à l'intérieur, nom de Dieu.

— Y a personne.

— Personne, mon cul, oui. C'est ce qu'on va voir.

Dobek acquiesça en direction de Wexler, qui prit le fusil, et ils avancèrent vers l'arrière de la maison.

— Millimaki, garde ton flingue sur cet enculé.

Il ouvrit sauvagement la moustiquaire, fit un geste du menton à Wexler et ils enfoncèrent la porte en position de combat. La moustiquaire au bois brut et usé par les intempéries pendait désormais de travers, les vis du gond supérieur presque entièrement déchaussées.

Gload les avait regardés entrer dans sa maison et, lorsqu'il se tourna vers Millimaki, il affichait un air de profonde tristesse.

— Regardez-moi ce qu'ils ont fait à cette porte.

— Ça peut se réparer facilement.

— C'est de la moisissure sèche. Il faut y aller doucement.

— Il y a quelqu'un à l'intérieur ? demanda Millimaki.

— Comme je l'ai déjà dit, y a personne.

L'adjoint essuya la terre et l'herbe sur l'avant de la chemise du vieil homme et sur son pantalon, puis il lui apporta la chaise pour le laisser s'asseoir. Millimaki se tourna et observa le verger en friche où des bourgeons miniatures et la présence d'oiseaux minuscules au milieu des ronces annonçaient le printemps. Il remarqua les crocus en fleur le long de l'allée et les plantes d'un jaune éclatant tournées vers le soleil.

— C'est quoi, ces fleurs ? Des jonquilles ?

Le vieil homme haussa les épaules. Il commençait à considérer l'adjoint avec intérêt.

Millimaki lui tourna le dos et inspecta l'enchevêtrement des arbres.

— Il aurait fallu tailler ces arbres sans aucune pitié. Maintenant, c'est la jungle.

Le vieil homme le dévisagea, bouche bée.

— C'est quoi, comme variété de pommes ? demanda Millimaki.

— Pas la moindre idée.

Millimaki se fraya un chemin entre les arbres et tendit la main vers une branche haute pour cueillir une pomme de l'année passée qui n'était pas tombée, flétrie et aussi dure qu'un fruit artificiel. Il la fit rouler entre ses paumes, la renifla. Autour de lui, des petits oiseaux voletaient, leurs yeux noirs minuscules suivant chacun de ses mouvements. John Gload l'observait. Il regarda le jeune homme entre les arbres, jeta un coup d'œil à la porte de sa maison qu'avaient franchie les deux autres adjoints, et il posa les yeux sur l'étroite allée menant à la route de campagne au-delà.

Millimaki sortit du verger.

— Je pencherais plutôt pour une variété ancienne de Mcintosh.

Avant que le vieil homme ait eu le temps de répondre, Dobek et Wexler sortaient à grands bruits de la maison, et le plus âgé des adjoints désormais apaisé souriait en mangeant une poire trouvée à l'intérieur. Quand il vit les deux autres en grande conversation, le vieux assis les jambes croisées sur la chaise et Millimaki qui examinait à nouveau la pomme, il recracha la poire.

— Bon sang, Millimaki, je t'avais dit de le tenir en joue avec ton flingue. Je t'ai pas dit ça ? postillonna-t-il.

Il avait rengainé son arme, et il la ressortit aussitôt, braquée sur le vieil homme assis sur la chaise.

— Wexler, je lui avais pas dit de garder son flingue sur ce tas de merde ?

— C'est ce que t'as dit, Voyle. Absolument.

— Putain, mais qu'est-ce qui déconne chez toi ?

— Il est menotté et assis sur une chaise, rétorqua Millimaki. Où tu veux qu'il aille ?

— Putain.

Le regard de Dobek passa du jeune adjoint au vieil homme, assis d'un air placide, sa longue tête équine inclinée pour écouter les trilles et le vol frénétique des oiseaux printaniers dans son havre de paix. L'insouciance du vieil homme parut énerver l'ancien combattant, la chair de son cou enfla au-dessus de son col d'uniforme, aussi rouge qu'une crête de coq.

— Putain, répéta-t-il.

Les petits yeux bleus de Wexler se posèrent sur Dobek puis sur Gload, et encore sur Dobek, déchiffrant l'expression de l'adjoint. Il leva le fusil à hauteur de sa hanche, l'index s'agitant nerveusement sur la détente. De sa main libre, Dobek essuya d'un coup de pouce la sueur sur son front et la projeta de côté.

— Y a une époque pas si lointaine où il aurait suffi d'accrocher une corde quelque part et c'en aurait été terminé de ce fils de pute. Mais de nos jours…

Il observa d'un air maussade le paysage autour de lui, sa dégradation et son aridité, le monde faible et imparfait comme une insulte à ses yeux.

— Et maintenant, on est obligés de faire tout un tralala et de dépenser l'argent du contribuable afin de nourrir ce fils de pute pendant dix ou quinze ans, en tout cas trop longtemps, pour qu'au final, on arrive au même résultat – un enculé mort au bout d'une corde.

Wexler sourit et acquiesça.

— Putain t'as trop raison, Voyle.

Pendant ce temps, le regard de John Gload se perdait avec nostalgie vers les collines qui s'élevaient à basse altitude au nord, où le genévrier et les pins de Virginie poussaient avec entêtement au milieu des herbes folles et de l'armoise. D'immenses étoles de cumulus filaient dans le vent. Dobek contourna le vieil homme et passa sans ménagement le canon de son pistolet sur sa joue hérissée de courts poils qui crissa dans un bruit de papier de verre. Avec le canon froid en acier, il suivit la courbe de son oreille. Quand Gload fit un brusque mouvement de la tête, Dobek recula d'un pas, comme brûlé.

Une fois encore, il essuya la sueur de son front.

— OK. Très bien. Où est la femme de la maison, mon vieux ?

— Pas ici.

— Ça, je l'avais deviné tout seul, connard. Elle est partie où ?

— Elle est partie, c'est tout. Elle s'est barrée.

Dobek resta immobile un moment, tapotant son arme contre la bande de son pantalon d'uniforme. Il échangea un regard avec Wexler puis se tourna vers Millimaki, ses yeux noir d'obsidienne s'attardant, considérant les options possibles. Il dit enfin :

— OK, Wexler, fous-le dans la voiture. Et je veux aussi que tu lui mettes les bijoux aux chevilles.

L'expression de John Gload ne changea pas tandis qu'on le tirait sur pied et qu'on le poussait vers le véhicule. Il jeta un coup d'œil à la maison et un autre long regard au bosquet d'arbres en friche, puis il leva brièvement les yeux vers le ciel au sud, où des écheveaux de fins cirrus se reflétaient dans les flots lents de la rivière en contrebas. Ses yeux se posèrent aussi sur Millimaki, qui s'écarta prudemment parmi les fleurs printanières éclatantes et laissa les deux autres adjoints emmener le vieil homme vers son destin.

Le couloir de cellules était en sous-sol et baignait longuement dans l'obscurité, la lumière bleu violacé nauséeuse des néons sifflants et celle qui s'insinuait par les deux hautes fenêtres étaient rares à n'importe quelle heure de n'importe quelle saison. La neige avait commencé à fondre, l'eau coulait à flots dans les gouttières du vieux bâtiment et inondait les caniveaux, cascadant en une myriade de ruisselets sur les blocs de grès et au niveau de la rue. De l'intérieur, le verre semblait onduler et trembler comme du mercure.

En fin de service, le garde de nuit conduisit Millimaki, comme en transe, le long du couloir humide et lui présenta le vieil homme avant de faire demi-tour pour parcourir le chemin en sens inverse et sortir dans la lumière d'un jour nouveau dans lequel il ne paraissait pas avoir sa place. Ses yeux étaient si rouges, et ses cernes si noirs, qu'il semblait avoir été grimé, et la peau entraperçue au-dessus de son col ou sous les manchettes de sa chemise avaient la teinte jaune des tuberculeux.

Du fait de son âge, de sa réputation et de la nature de ses crimes, John Gload n'était pas dans une cellule commune mais placé dans une des cellules de l'hôpital pénitentiaire, à peine différente des six cages de la prison du comté où était incarcérée la population ordinaire, si ce n'était par le petit couloir et le verrou sur la porte. Au cours de sa longue carrière, le vieil homme avait déjà occupé de tels logements. Alors qu'il était bien plus jeune, il avait passé dix ans dans le pénitencier d'État de Rawlins, dans le Wyoming, la plupart du temps à l'isolement, et il avait fait des milliers de tractions sur l'unique tuyau qui traversait la cellule, avec pour uniques sons, des heures durant dans l'obscurité quasi totale, celui de sa respiration et les couinements de souris du tuyau protestant sous son poids. Même à soixante-dix-sept ans, ses bras étaient si épais qu'en tendant la main pour serrer celle de Millimaki, il ne put se glisser entre les barreaux que jusqu'au poignet.

Gload s'était avancé, son visage éclairé un instant par les plafonniers et par la maigre lumière aqueuse des hautes fenêtres, puis il avait reculé.

— On s'est déjà rencontrés, commença Millimaki. De façon informelle, on peut dire ça comme ça.

Depuis l'obscurité, il entendit Gload répondre :

— Je vous reconnais, vous faisiez partie du comité d'accueil. L'expert en pommes.

Millimaki tira une chaise depuis le mur opposé de l'étroit couloir et prit place. Ils attendaient le signal pour traverser la rue jusqu'au tribunal. Derrière le portique d'entrée, les cellules étaient silencieuses – des hommes endormis, des hommes absents, déjà au tribunal, menottés et effrayés, en nage dans leurs tenues réglementaires. Des hommes en cage sur leur lit qui, pour passer le temps suffocant, préféraient entendre n'importe quelle voix plutôt que celle dans leur tête.

— Vous avez une jolie maison là-bas, dit Millimaki. J'espère que ça ne vous gêne pas que j'y aie jeté un coup d'œil après votre départ en ville.

— Pourquoi ça me gênerait ? J'ai rien à cacher.
— De la bonne terre. À l'abri du vent, en majeure partie. Un joli petit coin.
Gload acquiesça.
— J'apprécie vos commentaires.
De légers sons s'échappèrent de l'obscurité – une allumette qu'on grattait, le tintement d'une boîte de conserve qui roulait. Au-dessus de la tête de l'adjoint, une fumée bleue se matérialisa dans le couloir plus lumineux. Le vieil homme le scruta, remarquant les bottes élimées et le pantalon clair qui pendait mollement sur le long corps osseux, les cernes sous les yeux. Ses airs minces et affamés.
— Vos deux compadres ont des manières plutôt brutales, dit-il.
Millimaki était assis mains croisées, les avant-bras sur les cuisses. Il adressa un sourire au sol entre ses pieds, mais le vieil homme, qui ne distinguait pas son visage, continua :
— Vous aviez l'air d'être différent, dans tout ce cirque.
Millimaki se contenta de rester assis sans mot dire. Il tourna légèrement le poignet pour regarder sa montre. Le vieil homme se pencha finalement en bout de chaise, plissant un œil pour se protéger de la lumière inhabituelle ou de la fumée de la cigarette au coin de sa bouche, et il lut le badge sur la chemise du jeune adjoint.
— C'est un nom à coucher dehors, ça. C'est quoi, finlandais ou un truc du genre ?
— Ouais, c'est finlandais, répondit Millimaki. Je n'ai pas eu mon mot à dire dans l'affaire. L'autre moitié, ça vient d'un pays de l'Est.
Gload continua à fumer.
— Sacré mélange.
Il tenait une boîte de conserve de haricots tordue pour caler une cigarette sur le bord, et il y tapota la cendre.
— J'ai connu pas mal de Finlandais et de Hongrois, à Butte. Beaucoup. Des Irlandais, aussi. T'enlèves les Irlandais, les Finlandais et les types de l'Est à Butte, et il te reste plus

que quelques Ritals et un Écossais au fond d'un trou dans la terre, la bite à la main.

— Je suis obligé de vous croire sur parole, répondit Millimaki.

— Eh ben, c'était vraiment comme ça, dit le vieil homme.

Au terme du déplacement, le vieil homme était de retour dans sa cellule, pensif et fumant sa cigarette en silence. Millimaki le laissa à la prison et roula vers un paysage vallonné et verdoyant au sud-est de la ville, au-dessus du méandre langoureux du Missouri où un quartier avait poussé au cours des dernières années, des maisons énormes que le shérif avait un jour qualifiées de "monuments à la gloire de la richesse et du pouvoir".

Sur le promontoire sablonneux, la maison du chirurgien où il devait retrouver sa femme ressemblait à une forteresse dans le crépuscule, le faîte de son toit une topographie complexe de croupes, de pignons et de terrassons ainsi qu'une tour phallique surmontée d'un dôme de cuivre martelé qui, à cette heure du soir, projetait sa richesse ambrée sur le quartier ouvrier en bordure de rivière plus bas. Depuis les hauteurs de la colline, les préfabriqués et les mobile homes doubles avaient des allures de boîtes à chaussures ou de cubes d'enfants déposés au hasard près d'un ruisseau en papier mâché. Les forces de l'ordre se déplaçaient tout aussi fréquemment aux domiciles des riches pour des cas de violences conjugales, des overdoses d'adolescents, ou des épouses anorexiques et squelettiques vêtues de leurs seules culottes sur le bas-côté de la route, agitant leur pistolet en direction des voitures qui passaient. Millimaki avait rapidement découvert que les problèmes des riches étaient sensiblement les mêmes que ceux des moins riches, bien que dans la lumière crue de la salle d'interrogatoire, leurs vêtements griffés et leurs dentitions parfaites donnent des portraits bien plus élégants.

Ce qu'il distinguait du jardin descendait vers la berge, le terrain parfaitement protégé par une clôture métallique noire des mauvaises herbes envahissantes des parcelles voisines inoccupées. Au centre du jardin, un bosquet de genévriers sculpté ressemblait, dans le crépuscule tombant, à un groupe de pleureurs endeuillés au-dessus d'une tombe. Un merle solitaire s'était posé sur la clôture, coup de pinceau éclatant, son poitrail encore plus sanglant dans ce décor étrangement enneigé d'avril.

Dans le sas d'entrée, un valet noir en fer forgé accueillit Millimaki et manifesta sa servitude par un plateau tendu et un rictus qui dévoilait des dents étincelantes. Quand il eut frappé à la porte, la femme qui vint ouvrir feignit un air de frayeur théâtrale, les yeux écarquillés.

— Oh, mon Dieu, vous m'avez retrouvée !

Elle leva les mains en l'air, son cocktail couleur émeraude dégoulina sur son bras où tintait une douzaine de fins bracelets en argent.

Millimaki lui adressa un sourire forcé.

— Mon épouse est ici.

La femme s'éloigna en criant. Il trouva Glenda dans une vaste pièce au milieu de plusieurs hommes et elle lui déposa une bise rapide sur la joue.

Leurs hôtes surnommaient cette pièce le "grand salon", et du haut de ses murs de trois mètres, les yeux vitreux de trophées exotiques dévisageaient les invités, des hommes et des femmes impeccables que l'alcool avait déjà rendus volubiles et rayonnants. Le printemps était à peine arrivé, la neige couvrait encore le sol, mais certains hommes ne portaient pas de chaussettes dans leurs mocassins à pompons. Ils étaient polis. Alors qu'ils lui serraient la main, Millimaki sentait qu'ils posaient un diagnostic en sentant les battements sourds de son pouls, en voyant ses yeux rouges.

Il erra sous les ouvrages de taxidermie criards et finit par se poster devant une baie vitrée pour regarder s'installer le soir et les lumières du grand salon apparaître, tels d'incertains portails phosphorescents, dans l'eau noire en contrebas. Une infirmière que Millimaki avait toujours considérée comme une version plus âgée et plus corpulente de sa propre épouse s'approcha de lui et l'enlaça en une étreinte inconfortablement longue.

— Comment ça va, shérif ? Vous êtes venu m'arrêter ?

— Celle-là, je l'ai déjà entendu ce soir, Jean.

— Ah, merde. Je déteste manquer d'originalité.

— C'est pas grave. Ta réplique à toi était plus chaleureuse.

Elle posa la main sur son bras.

— Tout va bien ? Tes yeux ressemblent à deux trous à pisse dans une congère.

— Voilà, ça c'est mieux. Une réplique inédite.

— Je suis sérieuse.

— Je vais bien, Jean.

Sa femme était à l'autre bout de la pièce, coincée par un homme qui semblait lui indiquer où effectuer une incision sur sa poitrine. Jean leur jeta un coup d'œil et serra le bras de Millimaki.

— Qu'est-ce que je peux t'apporter à boire, Val ?

— Je crois que Glenda a commencé sans moi, donc c'est moi qui vais conduire au retour.

— Elle passe la nuit chez moi, elle ne t'a pas prévenu ?

Au-dessus de sa femme et de son compagnon de soirée, un léopard semblait prêt à bondir d'une herbe de savane factice, ses yeux jaunis pareils à des flammes de bougie sous l'éclairage étincelant.

— Si, si. Très bien.

— Je vais juste prendre un dernier petit verre.

Jean se dirigea d'un pas mal assuré vers une table parée de bouteilles et de seaux à glace. À cet instant, une Japonaise qui travaillait avec son épouse dans l'unité de soins intensifs s'approcha de lui depuis le bar improvisé. Elle avait épousé un commandant de l'armée de l'air et ils vivaient sur la base militaire à l'est de la ville, un complexe tentaculaire de tarmac et de blocs de béton austères où le vert des pelouses et des arbres fanait rapidement au terme des printemps trop courts, prenant la couleur maussade de l'herbe de prairie, et où les vitres des maisons identiques vibraient dans les rugissements des énormes avions de fret. Et où elle s'était réveillée un matin pour découvrir que le commandant était parti. La surprise provoquée par cet abandon n'avait jamais quitté son visage, et quand elle se précipita vers Millimaki, ses yeux étaient écarquillés, sa bouche ouverte en O. D'un ton enthousiaste, elle parla du livre des mots de Millimaki. Sa voix était haut perchée, son accent prononcé et il n'était pas certain d'avoir compris ses propos.

— Excusez-moi. Mon livre des quoi ?

— Votre livre des mots, livre des mots.

Elle mima des pages qu'on tournait avec frénésie.

— Votre livre. Celui avec tous les mots dedans.

— Je ne comprends pas.

Jean était revenue avec son verre et elle posa la main sur l'avant-bras de l'adjoint.

— Elle veut dire les morts, Val.

— Oui, bien sûr, les mots. Celui avec collection de photos des gens mots. Très drôle.

Il entreprit d'expliquer qu'il prenait ces photos dans le cadre de son travail, mais elle était déjà partie vers un groupe d'hommes massés sous la tête grisonnante d'un buffle d'Afrique, la grande courbe de ses cornes brillant sous les lampes comme de l'ébène polie.

— Très drôle, l'entendait-il répéter. Des clichés mots de gens mots.

À travers l'espace caverneux, sa voix était pareille à du verre brisé. Les hommes la dévisagèrent et elle montra Millimaki du doigt.

— Je suis désolée, Val. On va dire que c'est un truc culturel.

— C'est Glenda qui vous a parlé des photos ?

— Non, Val. Je suis sûre qu'elle n'aurait pas fait ça.

Mais elle avait forcément dit quelque chose, pensa-t-il. Le livre des morts. Glenda en avait-elle parlé dans ces termes ? Mais le livre des mots, c'était assez réaliste aussi. Les morts avaient toujours leur mot à dire.

La femme de la porte d'entrée passa en coup de vent et parla sans s'arrêter, sans même le regarder :

— Je suis une foutue repris de justice en cavale.

Elle était pieds nus, sa robe chatoyait.

— Y en a qui passent une bonne soirée.

— Elle est inoffensive, dit Jean.

Millimaki la regarda à l'autre bout de la pièce. Elle le dévisageait d'un air mauvais par-dessus le bord de son verre fluo. Sa langue verdâtre s'agita entre ses lèvres comme celle d'un lézard.

Aussi inoffensive qu'un chacal, pensa-t-il. Sa place était sur les murs du grand salon, à rôder dans le veldt au milieu des autres prédateurs.

Ils descendaient le flanc de la colline, la maison étincelait derrière eux, et ils atteignirent bientôt le terrain plat en bordure de rivière. En silence, ils passèrent devant les petites maisons minables et les caravanes aux pneus renforcés où aucune fenêtre n'était allumée, et la rivière coulait à côté de la route comme de l'huile. Le faisceau des phares révélait des pick-up désossés installés sur des parpaings, des appareils électroménagers renversés et rouillés, les yeux acétylène de chats sauvages.

Dans la lumière soudaine de la ville, la circulation était maigre et sa femme lui indiqua sans parler la route jusqu'à l'immeuble. Il gara le pick-up sous la lueur polaire des éclairages publics et laissa tourner le moteur. Le vent agitait les lampadaires et le véhicule tanguait dans les rafales. Les petites congères grises de neige dégagée semblaient vivantes sous la lumière tremblante.

— Je crois que je ferais mieux d'y aller, dit Millimaki. Tom va râler et gémir comme si je ne l'avais pas nourri depuis un mois. Il va me faire culpabiliser.

— Il va bien.

Le bâtiment était une boîte lugubre de deux étages, accolée comme tant d'autres à l'hôpital. Alentour, tout était en asphalte, tout était étrangement pâle dans les lumières arquées et vacillantes.

— À quel moment tu avais prévu de me dire que tu comptais passer la nuit en ville ? demanda Millimaki.

— Eh bien, je croyais t'avoir prévenu. Je ne l'ai pas fait ? Mais il faut dire que c'est logique, aussi.

Elle tendit le poignet vers la lumière émanant du tableau de bord pour regarder sa montre.

— Il faut que je sois au travail dans six heures, ajouta-t-elle.

— Ouais, c'est très logique. Je regrette juste de l'avoir appris par Jean et d'avoir eu l'air con.

— Jean t'adore. Tu ne pourras jamais avoir l'air con devant elle. Elle éprouve un truc pour toi.

— C'est une femme gentille. Je n'en dirais pas autant du reste de la troupe.

Elle resta assise le dos raide, ses mains gantées sur les cuisses.

— Ce sont mes amis et mes collègues.

— Oui, et d'ailleurs, tu as remarqué le décor esclavagiste de ton collègue à la porte d'entrée ?

— De toutes les choses merveilleuses dans la maison, c'est le seul détail que tu as remarqué ?

— Je n'ai pas vu d'autres accessoires racistes. Il y en avait peut-être d'autres.

— Ce n'est pas parce qu'il était noir que c'était un esclave. C'était une pièce d'antiquité.

— Eh bien, c'est pas parce qu'il était vieux que ce n'était pas un nègre attendant de servir Maître Beamer, fatigué après une longue journée en salle d'opération.

— Oh, bon sang.

Elle gardait les yeux rivés sur le pare-brise. Le chauffage bourdonnait dans l'habitacle. Au bout d'un long moment, elle dit d'un ton rêveur :

— C'est une jolie maison, ravissante. Tout y était tellement beau.

— Tout y était tellement acheté au prix fort.

Elle ne se tourna pas pour le regarder. Ce qu'elle voyait dans la vitre noire semblait l'hypnotiser.

— Tu aurais pu faire un effort, Val, dit-elle enfin. Eux, ils ont fait un effort. Ce sont des hommes intelligents et talentueux.

— Glenda, je mettais toute mon énergie à me retenir de coller un coup de poing dans la gorge d'un type qui matait le cul de ma femme.

— C'est ridicule.

— J'ai des yeux.

— Oui. Des yeux de flic.

— Des yeux de flics, dit-il en se tournant vers elle pour l'observer. C'est nouveau, ça.

— Cette façon que tu as de considérer les choses. Des yeux qui voient au-delà des angles, sous les choses, là où personne d'autre n'aurait l'idée d'aller regarder.

Il sentit la tension de la soirée dégénérer en une brusquerie inédite. Il enfonça inconsciemment ses mains dans le siège, comme pour les maintenir en place dans le courant toujours plus rapide. Sa longue expiration embua les vitres.

— OK, dit-il. Écoute, c'est juste que je n'ai pas le moindre truc en commun avec ces types.

— Tu aurais pu parler de chasse. Tu aurais pu discuter de ça.

— Un foutu rhinocéros, Glenda. Il n'y avait pas la moindre tête d'un animal abattu dans ce pays. Putain, même pas sur ce continent.

— D'accord, mais c'est quand même de la chasse.

— Oui et non. Enfin quoi, une Chevrolet, c'est une voiture et une… je sais pas, moi, une Lamborghini aussi, c'est une voiture. C'est la même chose, mais en théorie seulement.

— Tu sais quoi, Val ? Quand je suis dans ton bureau du shérif de Neandertal, je fais un effort.

— Rien qu'une fois. Tu n'es venue qu'à une seule soirée avec moi.

— C'est faux.

— Une seule fois. En trois ans et demi. Et Neandertal, t'es sérieuse ?

— Ce n'est pas tout à fait vrai, non. Le shérif a l'air très gentil. Et un ou deux autres gars, aussi, ceux dont les sourcils ne se touchaient pas au milieu du front, si je me souviens bien.

Ils restèrent assis à observer le parking désert. Des ordures tournoyaient près d'eux et s'accrochaient aux voitures garées sur les emplacements numérotés. Dans l'interstice d'une haie de thuyas à moitié morts, un chien maigre et tacheté bondit en traînant une laisse dans son sillage, les poils de son échine hérissés par le vent, et il trotta, la tête inclinée à un angle étrange pour éviter de marcher sur la lanière. Dans la lumière crue, ses côtes saillaient clairement. Elle le regarda jusqu'à ce qu'il disparaisse dans l'obscurité entre les bâtiments austères. Au-dessus d'eux, les lignes électriques se balançaient dangereusement, leurs ombres serpentant sur l'asphalte gelé. Quand elle reprit la parole, sa voix s'était adoucie.

— Si seulement le vent pouvait s'arrêter de souffler rien qu'un jour.

— Tu peux toujours rêver.

Elle tendit à nouveau son poignet mince dans la lueur verte du tableau de bord.

— Je ferais mieux d'y aller avant que Jean ne verrouille la porte et ne m'enferme dehors.

— Elle a un lit supplémentaire ?

— Un canapé. Convertible.

— C'est de la torture, dit-il. Elle a des cailloux ? Parce que des cailloux seraient bien plus confortables que ça.

— Ça m'ira pour une nuit.

Elle tendit le bras et lui tapota brièvement la main, posée entre eux sur le siège.

— Sois prudent pour rentrer.

— Oui.

Ils descendirent tous les deux du pick-up dans la nuit fraîche, et elle courut s'abriter dans une cage d'escalier. Il resta là un moment, le vent agitant sa veste et fouettant son pantalon, jusqu'à ce qu'il la voie sur le passage couvert du premier étage, marchant d'un pas alerte sous le faible éclairage ambré des ampoules. Elle s'arrêta à une porte sans regarder derrière elle et disparut à l'intérieur.

Il envisagea l'heure de route pour atteindre la maison vide sur la colline où la neige lui arriverait aux chevilles.

— C'est pas grave, dit-il. Tu m'embrasseras deux fois demain soir.

Il s'installa au volant et leva les yeux vers la porte de l'appartement.

— Ou au moins un salut de la main. Ça aurait été sympa.

Au cours de la première semaine du procès, le jeune adjoint conduisit John Gload de sa cellule jusqu'au tribunal et l'escorta dans les différentes salles pour rencontrer son avocat, il l'accompagna aux toilettes et, à la pause de midi, il lui porta son déjeuner dans la cellule de détention provisoire. À la fin des journées sombres, il tenait Gload par le coude comme un vieux compagnon tandis qu'ils traversaient la cour gelée du tribunal vers le trottoir verglacé, le vieil homme aux chevilles entravées par ses fers traînant les pieds au milieu des ombres désolées des ormes sans feuilles aussi noirs que des colonnes d'anthracite dans le clair de lune nacré d'avril.

Gload parla peu pendant cette période, et Millimaki ne tenta aucunement de le tirer de son mutisme. Leurs rares conversations étaient distantes et banales, de celles qu'échangent deux inconnus. Un mot sur la nourriture, sur la météo. La plupart du temps, le vieil homme restait assis à côté de son avocat face au juge qui le surplombait dans la salle d'audience, la tête haute et immobile, ses énormes bras sur la table en une pose de statue léonine. Parfois, il tirait à lui un bloc-notes jaune et y griffonnait avec frénésie. Debout non loin de là, Millimaki surprenait de temps à autre son regard approbateur posé sur lui. Quand il soutenait son regard, le vieil homme ne détournait pas les yeux et ne souriait pas.

Au terme de cette semaine, un lundi, Weldon Wexler prit le relais de Millimaki pour ces escortes, effectuant avec le vieil homme les allers-retours au tribunal où devaient être décidées la nature et la durée de sa vie future. Il avait commencé à travailler pour le shérif un an avant Millimaki et il avait argué de son antériorité et d'un genou douloureux afin d'obtenir un allégement de ses tâches, reléguant Millimaki jusqu'à nouvel ordre au service de nuit à la prison. Quand ils passèrent devant lui dans le couloir ce matin-là, Wexler lui adressa un sourire narquois et un bref salut militaire de ses deux doigts. Il boita dans le couloir lumineux, économisant un genou, puis l'autre, ses cheveux coupés de frais et méticuleusement peignés, le pli de son pantalon d'uniforme soigneusement repassé, sa chemise impeccable sous les poches. Sa boucle de ceinturon, ses boutons et les attaches de son étui de revolver avaient été lustrés et brillaient autant que des couverts d'argenterie. Dans leurs cellules, les hommes qui, comme les chiens sauvages, sentaient la moindre faiblesse, se moquaient de lui à voix basse. Pendant les heures solitaires de la nuit profonde, ils concocteraient au souvenir de sa démarche chaloupée et de sa jolie bouche des tableaux salaces qu'ils partageraient en sifflant d'une cage à l'autre, comme un numéro lascif de cabaret érotique.

Valentine Millimaki ne verrait plus John Gload à la lumière du jour pendant un mois, ni sa femme pendant presque aussi longtemps. Il quittait sa maisonnette au pied des Little Belt Mountains alors que le soleil, réduit à quelques braises, brûlait entre les arbres sur la crête à l'instant où sa femme rentrait, et il passait les longues nuits à arpenter sans but le vieux bâtiment ou à s'asseoir devant les cellules des prisonniers, à moitié fou d'ennui et de claustrophobie.

Millimaki ne parvint pas vraiment à s'accoutumer à cet endroit tant, pendant ces huit ou dix heures de service, sa vie ressemblait à celle des prisonniers dans leurs cages.

La troisième nuit, alors qu'il était sur le point de s'endormir debout dans le bureau de service, il fut tiré de sa torpeur par l'apparition à la porte d'entrée de Voyle Dobek et d'un autre adjoint âgé qui portaient entre eux une silhouette sombre aussi désarticulée qu'un pantin, le bout de ses chaussures crissant sur le sol ciré tandis qu'ils le traînaient sans ménagement. Ils se postèrent devant le portique d'entrée, soufflant et suant comme des chevaux de trait, et quand Millimaki s'approcha, Dobek lança :

— Ramène ton cul par ici, Millimaki, et fais-nous entrer. On va s'occuper de ce sale Peau-Rouge.

Quand il le revit à 3 h 30 du matin, l'homme était agité de tremblements violents. Au bruit de ses claquements de dents, Val s'approcha des barreaux et il l'aperçut assis sur sa couchette, emmitouflé dans la couverture en laine rugueuse fournie par la prison et posée sur sa tête comme la capuche d'un moine. La main qui tenait la couverture était bien trop grande pour un homme de cette taille, pleine de cals et de crevasses profondes.

— Vous êtes malade ? demanda Millimaki.

C'était un Indien Cree de la réserve de Rocky Boy – dans le faisceau de la lampe de Millimaki, son visage aux joues creuses et aux yeux enfoncés dans leurs orbites aussi noirs que des cavernes ressemblait à une tête de mort.

L'homme pouvait à peine parler.

— Ces enfoirés m'ont maintenu couché dans une p-putain de flaque d'eau et j'arrive plus plus plus à me réchauffer.

Millimaki tendit le bras entre les barreaux et toucha la manche de sa chemise à carreaux élimée.

— Vous êtes trempé.

— Je suis t-trempé jusqu'aux os et j'arrive pas à me réchauffer.

— Je vais vous chercher quelque chose.

Il avait une chemise de rechange dans son pick-up, aussi la rapporta-t-il avec une autre couverture, ainsi qu'une tasse de café qui avait brûlé sur la plaque électrique du bureau. Il s'était attendu à sentir une odeur d'alcool en entrant dans la cellule, mais ce ne fut pas le cas. Le petit homme tremblait si fort qu'il ne parvenait pas à défaire les boutons de la chemise et l'adjoint dut s'en charger à sa place.

— Tout ce que j'voulais, c'était parler avec elle. Rien d'autre. Jamais de ma vie j'ai porté la main sur cette femme. C'est une ivrogne. Je m'inquiète pour mes mômes.

— Ouais, d'accord, dit Millimaki.

— Elle s'est foutue avec un Blanc. Je crois que c'est un accro aux amphètes ou un truc comme ça. Un junkie. Je rentrais du boulot et tout ce que j'voulais, c'était parler avec elle, mec. Et maintenant, je risque de perdre mon boulot.

— Vous travaillez où ?

— Je change des pneus usés dans une boîte à Big Sandy. J'ai jamais manqué un seul jour en presque quatre années de travail.

Millimaki sortit son carnet et son stylo.

— Notez-moi le nom de votre entreprise et de votre supérieur.

Le petit homme écrivit, sa main crevassée évoluant laborieusement sur la petite page, agitée de tremblements.

— Je suis pas sûr que vous arriviez à me relire. Essayez voir.

Millimaki lut les noms et l'homme confirma qu'ils étaient corrects.

— Et vous, vous vous appelez comment ?

— George Gopher. Tout le monde m'appelle Georgie.

— Buvez ce café.

— Je suis pas ivre, vous savez. Ces fils de pute ont dit que je l'étais, mais c'est pas vrai.

— Je sais. C'est juste pour vous réchauffer, rien d'autre.

— D'accord.

Il prit une gorgée de la tasse et grimaça. Il leva le bras et la manche de chemise pendit au-dessus de sa tête.

— Elle est trop grande pour moi, cette chemise.

— C'est ça, allez vous plaindre. J'ai oublié de vous demander votre taille.

— C'est pas grave.

Quand il ressortit de la cellule de George Gopher une demi-heure plus tard, l'homme sur sa couchette était endormi sous deux couvertures, et le couloir était aussi silencieux qu'une morgue. Un néon défectueux clignotait étrangement, le bruit des pas de Millimaki syncopait comme une vieille bobine de film, et dans cette lumière, une volute de fumée de cigarette s'échappait de la cellule de John Gload.

Le long couloir des cellules était peint en jaune jusqu'à mi-hauteur comme si, cinquante ans plus tôt, il avait subi une inondation de bile. Au cours d'une de ses premières nuits, Millimaki l'avait arpenté, les talons de ses bottes émettant un écho creux par-dessus le bourdonnement d'insecte des néons, et depuis l'intérieur invisible des cellules s'échappaient le son des hommes endormis et leurs odeurs – sueur et gel pour cheveux, after-shave, urine et dans certaines, une odeur métallique particulière, l'odeur de la peur, avait décrété Millimaki.

George Gopher, le frêle Indien Cree, avait payé sa caution et il était retourné dans le Nord pour gagner durement sa vie et porter sur ses épaules étroites l'immense fardeau de ses enfants en danger.

Millimaki fit une pause au bout du couloir, tendit l'oreille pour capter un bruit qui aurait pu être celui d'un homme qu'on étrangle, mais ce n'était qu'un ronflement, ou un homme qui luttait en rêve contre des mains malveillantes dans ce lieu aphotique. Il s'apprêtait à faire demi-tour quand une voix lança :

— On dirait que vous vous êtes bien fait baiser, m'sieur l'adjoint.

— Vous m'avez foutu une de ces trouilles, John. Je croyais que tout le monde dormait.

— Dormir, répéta le vieil homme avec tristesse. Je ne dors pas beaucoup, fiston.

Millimaki s'approcha de la cellule et dans la faible lumière, il discernait juste les jambes désincarnées de Gload, ses mains immenses et ses poignets. Les mains disparurent momentanément et il entendit un grattement, puis l'éclat d'une allumette laissa apparaître un instant le visage de Gload dans l'obscurité, comme un masque devant les projecteurs d'une scène de théâtre.

— C'est quoi votre histoire avec cet enculé de Weldon ?

— Je crois que vous voulez parler de l'adjoint Wexler.

— Ouais, Wexler. Ce sale petit étron. Il veut que je l'appelle par son prénom, pour qu'on soit potes, j'imagine. (Il grogna.) Qu'est-ce que vous avez fait pour perdre votre boulot de baby-sitter, d'ailleurs ? Ça avait l'air plutôt peinard.

— L'adjoint Wexler a plus d'ancienneté que moi. Et il souffre d'un mauvais genou.

Gload renâcla. Un nuage pâle s'éleva dans le noir.

— C'est ça, oui. À force de courir après les méchants. (Il paraissait incrédule.) Je vous jure, c'est ce qu'il m'a dit.

Il attendit que Millimaki prenne la parole, mais celui-ci n'en fit rien.

— Il a l'air de plutôt bien supporter cette blessure de guerre, sauf quand quelqu'un le regarde.

Il renâcla encore. Millimaki comprendrait au fil des semaines à venir que cela faisait office de rire chez le vieil homme.

— Je ne sais pas du tout comment il s'est blessé.

— Il m'a dit que vous étiez un gars de la campagne. Mais quand il le dit, on dirait qu'il a de la merde dans la bouche.

Il savait que Gload allait à la pêche aux informations, soit pour lutter contre l'ennui, soit pour une autre raison, mais il choisit de l'ignorer. Il avait suffisamment côtoyé ces oiseaux en cage pour savoir qu'il était dans leur nature de fomenter un mauvais coup, peu importe que ce soit aux dépens de leurs codétenus ou de leurs matons.

— C'est une sorte de ranch-ferme dans les terres arides, dit Millimaki. Un de mes cousins s'en occupe, maintenant. À l'ouest de la ville.

— Un cousin riche, je parie.

— Il est parti de chez ses parents, ils ont une propriété dans la Hi-Line. Ils s'en sont bien sortis.

— C'est bien ce que je me disais. Vous regrettez de pas l'avoir reprise ?

— Pas trop, non. J'aimais bien certains côtés. Les vaches, ça ne me plaisait pas trop mais j'aimais bien les machines.

— Cultiver.

— Ouais. Les trucs pénibles, passer la herse, labourer, semer. Je ne sais pas ce que ça signifie à mon sujet. Peut-être que je suis ennuyeux.

Ce qu'il ne précisait pas, c'était qu'il aimait les instants solitaires dans l'habitacle de la machine ronronnante où il pouvait réfléchir, loin de la chambre qu'il partageait avec sa sœur, loin des moments silencieux à la table du dîner où le mutisme de son père lançait pourtant une tirade de profonde culpabilité, de solitude et d'accusation, ses yeux au fond de leurs orbites creuses projetant un air d'émerveillement lugubre face à la créature qu'il avait engendrée et qui avait été capable de déposer sans paniquer sa propre mère sur le sol d'un poulailler et de lui enfiler une paire de souliers.

Gload fit une longue pause, comme s'il parvenait à déchiffrer les pensées du jeune homme depuis l'obscurité de son cachot. Sa main apparut et tapota la cendre dans la boîte de conserve. Puis il dit :

— Eh bien, je dois être ennuyeux moi aussi parce que j'aimais bien cultiver. J'aimais plutôt bien ça.

Dans la lumière, une volute bleue s'éleva, et Millimaki la regarda se contorsionner lentement vers la peinture écaillée et lézardée du plafond invisible derrière les néons suspendus.

— Le labour, surtout. J'ai dû arrêter quand j'ai eu treize ou quatorze ans, mais avant ça, j'en ai fait pas mal.

Une main sortit de la pénombre, tapota la cendre et rapprocha la boîte de quelques centimètres.

— J'avais un champ préféré, d'ailleurs, continua-t-il.

Millimaki attendit qu'il continue, mais Gload garda le silence. La cigarette luisait et le visage du vieil homme se matérialisait hors de l'obscurité pour disparaître aussitôt, la fumée s'envolant dans le couloir éclairé. Il reprit enfin :

— Et vous alors, m'sieur l'adjoint ? Y en avait un que vous aimiez plus que les autres ?

Il n'y avait jamais vraiment réfléchi, il s'était rendu là où on lui avait dit d'aller, il avait fait ce qu'on lui avait demandé de faire, il s'était réjoui de la monotonie assourdissante et de la rêverie qu'elle lui apportait. À présent, bizarrement, alors qu'il se trouvait assis dans ce couloir humide en compagnie d'un tueur, il voyait le bras de son père tendu, dirigé vers l'est, l'ouest, le nord comme une girouette tandis qu'il décrivait les tâches quotidiennes – la parcelle des Schmidt, le coin des McIver, le lot des Bluff – des patchworks de rectangles délimités par d'antiques barbelés rafistolés et rafistolés encore, agrafés à des poteaux en cèdre qui semblaient tenir la pluie à l'écart par magie, et reléguer ses parents à une vie de pauvreté et d'exclusion. Il se souvenait d'eux, debout sous le porche à regarder les nuages engrossés qui viraient et tournaient autour d'eux, baptisant de pluie les champs voisins tandis que le vent qui ourlait l'orage arrachait la couche arable de leur propriété et l'envoyait valser dans les cieux où elle disparaissait comme un fantôme.

Une parcelle pentue s'étendait au pied d'un promontoire d'où jadis les chasseurs précipitaient les bisons, et chaque année le soc de la charrue mettait à jour des ossements et des dents, ainsi qu'une pointe de flèche occasionnelle ou un racloir vieux de trois cents, cinq cents ou mille ans. Depuis les hauteurs rocheuses, les animaux fonçaient dans un bruit de tonnerre pour atterrir brisés et hurlant sur les pierres en contrebas, les yeux roulant dans leurs orbites, leurs langues rouges dans leurs gueules rouges, et les femmes se ruaient sur eux armées de gourdins et de couteaux, riaient dans ce bain de sang.

Voilà plus d'une décennie qu'il n'avait pas senti le gros moteur du Minneapolis-Moline gronder à travers ses os, ni pensé aux bisons chutant dans une cascade de meuglements, et il songea à ce garçon et à sa solitude.

— On avait fait pousser du blé d'hiver juste au pied d'un promontoire. C'était un ancien lieu d'où les chasseurs faisaient tomber les bisons, et quand j'étais gamin, je les imaginais toujours en train de chuter.

Millimaki remua sur sa chaise, croisa et décroisa les jambes. Le vieil homme attendit. Il avait l'avantage de voir clairement Millimaki dans la lumière chirurgicale du néon sous lequel il était assis, et il observait dans les yeux du jeune homme la distance soudaine, plus vaste que le couloir insipide sur lequel il gardait les yeux rivés.

— Oh ben merde, vous cassez pas la tête avec ça, fiston. On fait juste la conversation.

— Il vaudrait mieux que j'aille faire une ronde, dit Val. Je vais revenir dans un petit moment.

Il parcourut le couloir et franchit le portique d'entrée. Dans le bureau, il regarda la pendule qui semblait avoir à peine bougé depuis la dernière fois où il l'avait consultée. Il se frotta les yeux avec la paume de ses mains. Les minutes s'étaient transformées en heures, les heures en jours. Il observa la deuxième aiguille avancer lentement pour s'assurer que l'horloge ne s'était pas tout bonnement arrêtée, et enfin, d'un clic sauvage, la grande aiguille entérina la minute écoulée.

Il n'avait pas encore eu l'occasion de lire la lettre de sa sœur, reçue la veille, et il la sortit de sous les restes de son déjeuner frugal où la forme d'une pomme avait fini par s'imprimer sur les pages qu'il lissa sur son genou. Un peu plus haut, le geôlier était assis dans un fauteuil surélevé et semblait perdu dans le livre posé devant lui. Depuis l'ampoule sale qui pendait au-dessus de sa tête, un papillon de nuit voleta et plana près de son visage, se posant brièvement sur le livre, mais l'homme ne bougea pas. Millimaki le scruta un instant, leva la main et l'agita. L'homme ne bougea toujours pas, et Millimaki se rendit compte qu'il s'était endormi, ses yeux globuleux parcourus de veines, immobiles et éclatants, sa chair bleutée.

Il ouvrit la lettre, lut les nouvelles de sa petite nièce, de la vie à Albuquerque dans le Nouveau-Mexique où le mari de sa sœur cadette était stationné, la lettre était bavarde et aimante, bien que sans aucun relief. À dix-neuf ans, elle venait d'être maman, mais Millimaki la considérait encore comme une enfant. Les mots écrits en boucles larges et en traits penchés, les *i* surmontés de cœurs. À la fin du courrier, elle lui transmettait son amour et celui de ce bébé qu'il n'avait encore jamais vu, et dessinait en bas de la page les X et les O d'une écolière. Aussi le P.-S. qu'elle avait ajouté le heurta comme un coup de poing à l'estomac : "Quel âge aurait Maman aujourd'hui ?"

Le fait d'être à son tour mère de famille l'avait peut-être poussée à penser à cette femme qu'elle n'avait presque pas connue – qui n'était sans doute qu'une ombre dans ses souvenirs, des aperçus d'un visage de profil, une main dans sa chevelure emmêlée, un parfum qui la hantait vaguement. Il l'enviait et la plaignait à la fois. Ses souvenirs étaient sommaires et fantomatiques, un rêve de mère, presque, aussi avait-elle peu de choses à chérir. Mais elle n'avait pas non plus à porter la douleur de la perte.

Millimaki compta les années – leur mère aurait soixante ans, une femme d'âge mûr. Mais il ne l'imaginait jamais plus vieille que le jour de sa mort. Quand il pensait à ses parents ensemble, l'image qui lui apparaissait était davantage celle d'un père et de sa fille – l'une gelée dans le temps et l'autre, à présent mort lui aussi, usé et gris, abattu, le visage dur et craquelé comme le cuir d'un harnais.

À partir de cette image, une autre – sa mère sous le porche, une main sur la bouche et l'autre sur la gorge tandis que la pluie noircissait le ciel à l'est et au sud, observant le paysage comme un naufragé suit des yeux le navire qui passe sans voir le feu de détresse ou le sémaphore, et qui garde obstinément le cap vers un lointain rivage luxuriant à l'abri du danger.

Le geôlier catatonique fixait toujours devant lui, sans ciller. Millimaki imagina ses yeux sécher dans leurs orbites effroyables et tomber sur le bureau en claquant. Quand il consulta la montre à son poignet, il découvrit que dix minutes à peine s'étaient écoulées. Au-dessus de sa tête, l'aiguille de la pendule au mur descendait avec une lenteur glaciale, son tic-tac aussi bruyant qu'un glas dans le silence.

Comme s'il s'agissait d'un monologue qu'il prononçait depuis des heures dans l'obscurité sans interruption ni entracte, avant même que Millimaki ne se soit réinstallé sur sa chaise, John Gload se remit à parler d'agriculture. Il raconta au jeune adjoint les nombreuses nuits où, ayant conçu un stratagème contre lui-même afin de combattre l'insomnie, il se rendait dans son champ préféré. Il fit une pause pour allumer une cigarette au mégot encore brûlant de la précédente qu'il laissa tomber dans la boîte de conserve. Il le scruta comme s'il revêtait un grand intérêt à ses yeux. Puis il se corrigea, dit non, ce n'est pas tout à fait vrai, ce n'était pas un stratagème contre lui-même mais contre l'insomnie qu'il imaginait pareille à une créature palpable, une sorte d'ombre, de fantôme qui se penchait au-dessus de lui pendant son repos, passant ses mains squelettiques et cliquetantes dans l'air pour retenir la visite d'un sommeil agréable. C'est bien connu que tous les enfants dorment, dit-il. Ils n'ont pas appris à faire autrement. Mais lui, il avait appris à tromper la silhouette penchée, à l'abandonner sur place, perplexe, au-dessus d'un lit qu'il avait fait ou qu'on lui avait attribué, rien qu'en redevenant le John Gload enfant, Gload le petit fermier qui sifflotait sur le siège de son tracteur dans le soleil de son innocence par une journée éclatante d'une saison inchangée, au cours d'une année qui jamais plus ne pourrait exister.

— J'avais à peine douze ans, je conduisais un John Deere 3020 et une charrue de quatre mètres. Presque deux mètres de disques et de versoirs.

Ce n'était pas un champ particulièrement bon, disait-il, le fait qu'il soit en partie à flanc de colline signifiait qu'il était rocailleux et sec, et pour cette raison, il trouvait gratifiant de parvenir à y faire pousser quelque chose. On y avait semé de l'orge, mais ce n'était pas la satisfaction d'une récolte qui semblait le calmer, plutôt le souvenir distinct du paysage depuis le siège du tracteur tandis qu'il parcourait le champ. D'un ton somnolent et monotone, en écho à la monotonie du labour peut-être, il décrivit au jeune adjoint, en panoramique, ce qu'il voyait – des promontoires de grès coiffés de sauge sans âge, la cheminée en pierre d'une cabane de pionnier où un cultivateur avait jadis baissé les bras, toujours dressée au milieu d'un amas de rondins couleur de rouille, le vert pâle du lit d'une rivière et, après un autre tournant, bien plus loin, la ligne dentelée des montagnes qui, parfois, lui paraissaient accessibles en un jour de marche, et d'autres fois ne ressemblaient qu'à une tache bleue sur bleu qui aurait pu n'être qu'un banc de nuages ou rien du tout, un mirage. Des promontoires, une cheminée, un lit de rivière, des montagnes – un curieux somnifère concocté à force de jours, de mois et d'années devant une charrue, ses disques et ses versoirs, une cinquantaine d'années plus tôt.

Le champ occupait le fond d'une cuvette primordiale ou d'une fondrière et, lors des passages en périphérie, le tracteur et la charrue évoluaient dangereusement sur l'inclinaison de la cuvette et il était contraint de poser un pied contre le garde-boue afin de garder l'équilibre, roulant avec un pied bloqué là et penché vers la pente, comme si sa maigre masse pouvait être le contrepoids indispensable qui éviterait la catastrophe. Au-delà des sillons extérieurs se trouvait une tanière de renards, l'orifice sombre orienté au sud, et dans les premiers jours chauds du printemps, les renardeaux s'étendaient sur le monticule de terre pour observer Gload sans la moindre alarme, tapis au ras du sol à son approche et, comme attachés à d'invisibles liens au siège de la machine qui passait, ils se redressaient lorsqu'il les avait dépassés, leurs oreilles immenses pivotaient, leurs petits museaux noirs analysaient l'odeur d'un humain, et celle de cette créature atypique qui rugissait, toussait et assombrissait l'air de son souffle pestilentiel.

Il raconta à l'adjoint qu'après ça les mouettes arrivaient. Elles apparaissaient d'abord en minuscules taches blanches contre le vert des arbres en bordure de rivière, puis il tournait, faisait un passage dans l'autre sens et soudain, elles étaient toutes dans les sillons derrière la charrue, et comme les soldats du mythe, elles semblaient sorties tout droit du sol. Il se demandait comment elles arrivaient à le trouver, peut-être avaient-elles suivi le nuage de poussière, ou comme des loups ou des chiens flairant l'odeur du sang, étaient-elles capables de sentir l'odeur de la terre à peine retournée. Il mettait le tracteur au point mort et restait assis à observer les oiseaux qui se gavaient de petits souriceaux débusqués au grand jour quand il avait retourné les cailloux, et de vers scintillants aussi longs que des couleuvres, de criquets, d'oisillons de perdrix, et même par-dessus le vacarme du moteur, il entendait les mouettes crier. Il n'y avait apparemment aucune communion entre elles. Elles se disputaient chaque bouchée, les plus fortes gobant des portions qui auraient étouffé une hyène, et dans le chaos criard, il leur arrivait de se battre jusqu'à ce qu'un des deux oiseaux repoussant et écrasé reste étendu dans le sillon, incapable de lever ses ailes ensanglantées pour reprendre son envol.

À la fin, il expliqua à Millimaki qu'il parvenait ainsi à dormir, les rares fois où il trouvait le sommeil. Étendu dans l'obscurité, il retournait dans ce champ et attendait la bénédiction de ce néant. Dans ses souvenirs, il ignorait s'il s'agissait du même jour ou d'un jour nouveau mais chaque fois identique, et le soleil étincelait au-dessus de lui, inobscurci, et près de la tanière se dressaient les renards qui l'observaient de leurs yeux noirs, et telles des Harpies les mouettes planaient au-dessus de la crête. Les mouettes étaient les seuls éléments qui gâchaient le tableau, avec leurs becs voraces et leurs cris, mais elles faisaient autant partie de ses souvenirs que la charrue ou le champ, et il ne pouvait pas les mettre à l'écart. Il avait essayé, mais elles refusaient de partir. Au final, il n'arrivait pas à dormir à cause d'elles.

— Je ferme les yeux et je pose ma semelle sur ce marchepied, j'arrive à voir clairement tout ce qu'il y a sous ma botte, et puis je roule, et je roule encore. Ça marche pas toujours, mais c'est ce qui marche le mieux, expliqua Gload.

Il baissa la main et écrasa une autre cigarette. Sa chaise grinça lorsqu'il se leva et son corps tout entier fut soudain plongé dans l'obscurité.

— Je crois que je vais tenter le coup tout de suite.

Depuis sa propre chaise de l'autre côté des barreaux, Millimaki entendit bientôt la plainte presque mélodieuse du sommier métallique, le froissement des vêtements et des draps. Dans le couloir, un chœur de ronflements liquides, de bribes de dialogues étranges sortis des cauchemars fiévreux et dramatiques des hommes. Des noms de femmes, souvent, des suppliques lubriques et mal articulées réclamant un peu de douceur. Ces promesses ferventes et discrètes d'un tourment délicieusement violent. Millimaki écouta les rapports nocturnes entre les hommes et leurs fantômes qui, en ces lieux, étaient aussi conventionnels que les battements d'un cœur. Il leva le poignet vers la lumière pour lire sa montre et fut étonné de voir qu'une heure s'était écoulée.

— Bonne nuit, Valentine, dit John Gload. Vous pourrez essayer mon petit truc la prochaine fois que vous n'arriverez pas à dormir. Dans le champ sous le promontoire ou n'importe où ailleurs.

Il n'avait jamais révélé son prénom au vieil homme. Il resta là à fouiller des yeux la cage, puis parcourut le couloir en lentes enjambées, son ombre massée autour de ses bottes.

John Gload compta les pas qui s'éloignaient et qui étaient devenus pour lui, dans cette épreuve, comme le tic-tac d'une horloge, l'engrenage régulier d'une dent de rouage contre une autre, marquant le passage du temps. Il ferma les yeux. Mais il se rendit rapidement compte que, cette nuit-là, les mouettes étaient particulièrement actives, se pressant derrière ses paupières en un tourbillon de plumes souillées et de becs maculés de sang. Il resta donc étendu dans cette parcelle d'obscurité que le monde lui allouait désormais, et il pensa à la femme qui l'attendait à la maison.

3

Le lendemain matin, après le détour au barrage, ils roulèrent six heures vers l'est jusqu'à Rapid City pour échanger en argent liquide ce qu'ils avaient obtenu de leur labeur : un coffre plein de vaisselle antique. Le jeune homosexuel qu'ils avaient kidnappé et assassiné avait hérité d'une grande partie de cette collection et l'avait complétée pendant une décennie, sans jamais imaginer que les assiettes décorées de coquilles Saint-Jacques et les verres striés si joliment disposés dans la maison de sa défunte mère qu'il occupait allaient devenir la raison de sa propre mort.

Ils roulèrent dans un silence total par une journée printanière éclatante, le gamin somnolait et boudait encore parce que Gload lui avait collé son pistolet dans l'oreille, et l'ambiance froide et silencieuse convenait au vieil homme.

Ils s'arrêtèrent déjeuner au Roundup où le gamin, revigoré à la perspective du repas, flirta avec la serveuse. C'était une fille de dix-neuf ou vingt ans, et White détailla ses jambes robustes et nues tandis qu'elle s'éloignait.

— Qu'est-ce que tu dirais de les avoir accrochées autour de ton cul ? dit-il.

Gload leva brièvement le regard de son journal et l'y reposa.

— Elle serait capable de t'envoyer valser, sans déconner, continua le gamin.

Quand la fille revint avec leurs assiettes, Sid leva les yeux vers elle. Au-dessus de son sein gauche, un badge affichait le nom de Jessy écrit en majuscules enfantines d'une main laborieuse.

— Jessy, dit Sid. Alors, y s'appelle comment, l'autre ?

La fille posa les assiettes et regarda derrière elle.

— Y a que moi ici, aujourd'hui.

Elle lui adressa un sourire, une jolie fille trop grosse d'une dizaine de kilos, avec les dents du bonheur et une chevelure roux clair fixée au sommet de son crâne, les boutons et les coutures de sa blouse étirés sur les hanches et sur les seins par un excès naissant de chair molle.

Sid hocha la tête.

— Non, l'autre.

Il pointa l'index vers le badge, vers son sein. Elle secoua la tête, perplexe.

— Putain, mais ton autre nichon, dit-il. Celui-là, y s'appelle Jessy, je l'ai lu là, mais t'as pas donné de nom à l'autre.

Gload jeta un bref coup d'œil à la fille, puis à White.

— Ferme ta gueule.

Il fit pivoter l'assiette d'œuf et de jambon sur le journal devant lui et entreprit de manger. Ce furent les dernières paroles qu'ils échangèrent avant d'arriver à Rapid City, trois heures et demie plus tard.

Le bâtiment était en planches de bois érodées, clamant en grandes lettres rouges sur sa façade : OLD WEST TRADING POST. Sur les caillebotis qui menaient aux portes des saloons s'étirait l'ombre noire et blanche d'un porche fabriqué en bois de cerf entrelacés. Un panneau, fixé au sommet d'un poteau en métal composé de tuyaux grossièrement soudés et fiché dans un cercle de pierres chaulées, brandissait son message vers les cieux : LA BIÈRE LA PLUS FRAÎCHE DE L'OUEST, CARTES POSTALES, PERLES INDIENNES, SERVICE CHALEUREUX. CHAMBRES PROPRES ET BON MARCHÉ. ANTIQUITÉS AUTHENTIQUES DU FAR WEST.

Gload pointa l'index en silence et Sid avança le pare-chocs de la voiture jusqu'à une barrière d'attache. Il ouvrit la portière et dit :

— Reste dans la voiture.

— On est collègues, dans cette affaire, rétorqua Sid.

Gload, debout près de la voiture, pencha la tête pour s'adresser à lui par la portière ouverte.

— Reste dans cette foutue voiture.

Au bout de dix minutes, il revint. White était assis, morose, les bottes sur le tableau de bord et les bras croisés.

— Vire tes pieds de là, dit Gload. On a rendez-vous avec le type ce soir, à 8 heures. Va te garer sur le côté, là-bas. (Il tripota le porte-clés en plastique.) C'est la 101.

Il scruta les portes battantes et le nom peint en lettres dorées de trente centimètres. Il hocha la tête.

— Colonel. (Il cracha sur le gravier entre ses pieds). Un foutu colonel de quoi ?

— J'en sais rien.

— Un colonel de la connerie, peut-être.

— Qu'est-ce qu'il a dit ?

Gload s'approcha de la porte côté passager et monta.

— 101. (Il pointa avec la clé.) C'est là-bas.

— J'ai même pas une chambre à moi ?

— Quand on se sera occupé de nos affaires, tu pourras te prendre une chambre et y rester un mois entier, pour ce que j'en ai à foutre, dit Gload. Mais avant ça, on reste ensemble. (Il posa les yeux sur lui.) Collègue.

L'obscurité totale qui s'installait si tôt leur permit de décharger discrètement du coffre les caisses d'assiettes, de tasses, de sous-tasses, de verres, de bols peints et vernis, et tous les autres articles de vaisselle dont Gload ne pouvait que supposer l'utilité. Il n'y portait pas plus d'intérêt que pour les roches, les livres ou le fonctionnement d'un moteur de voiture. Il était aussi simple qu'un enfant, bien que dépourvu de curiosité enfantine. Il éprouvait une fierté, mais aucun plaisir, à accomplir son travail avec efficacité, pas plus qu'un homme maniant des scies circulaires dans une scierie ou passant des heures solitaires à fixer d'absurdes composants électroniques sur un tableau. Il était habile dans son travail et cela lui donnait de quoi vivre. Ses plaisirs étaient rares et modestes – s'asseoir au soleil à la porte de sa maison dans le verger avec vue sur les

Breaks, ou se promener en voiture sur les sentiers caillouteux avec Francie, pour se garer enfin au-dessus de la rivière et admirer le coucher du soleil, la fin écarlate du jour. Une fois l'an, il emportait une canne solide, une bobine, et il draguait le lit boueux du Missouri en quête de poissons-spatules.

Le Colonel, une minuscule silhouette rabougrie encore plus petite dans le cadre de son énorme fauteuil pivotant, demanda à Sid the Kid de déballer les articles sur une longue table pliante, accompagnant ses paroles de larges mouvements bienveillants, et lorsqu'il eut terminé, il se leva, la pipe à la main, et fit les cent pas devant eux comme s'il passait ses troupes en revue, soulevant à l'occasion une sous-tasse ou un bol et observant, les yeux plissés, les runes inscrites en dessous. Gload s'était installé dans un fauteuil en face du Colonel et de la vaisselle déployée, afin de pouvoir observer les yeux de l'homme. Il fumait et semblait porter peu d'attention à la scène. Tel un artisan, ses talents étaient avant tout manuels – maniement du couteau, manipulation de la chair – mais ils s'exprimaient aussi quand il jouait aux cartes ou qu'il déchiffrait le visage des hommes. Lorsque le Colonel se rassit, bourra sa pipe et annonça un chiffre, Gload écrasa sa cigarette, se leva et franchit la porte sans un mot pour sortir dans la nuit, comme s'il était pris d'une lubie ou d'une idée soudaine, ou qu'il venait de se rappeler une course à faire avant de rentrer. Le Colonel et Sid White restèrent assis en silence, jambes pendantes. Ils demeurèrent ainsi quinze minutes. Le Colonel se mit à faire pivoter son fauteuil et à s'agiter, Sid commença à transpirer.

Comme pour répondre à une question qu'on ne lui avait pas posée, Sid annonça :

— Eh bien, putain, je sais pas. Il a peut-être eu un de ces machins, là. (Il fit un mouvement rotatif près de son oreille.) Une attaque. Je ferais mieux d'aller voir comment il va, ajouta-t-il en se levant.

Alors qu'il quittait la pièce, le petit homme lança :

— C'est une offre généreuse, dis-lui ça. Une somme coquette.

Gload était assis dans la chambre et fumait. Il avait allumé la télé mais ne semblait pas captivé. Installé la tête en arrière dans un fauteuil, il regardait la fumée s'enrouler en volutes vers le plafond. Il avait enfilé ses chaussons.

Sid l'observa d'un air incrédule.

— Qu'est-ce que tu fous ? Il nous attend, là-bas.

Gload continua à fumer. Puis il prit la parole, très lentement, comme s'il donnait des consignes à un enfant.

— Combien il a dit que ça valait, le gars qui possédait tout ça ?

Le vieil homme continua à observer la fumée, présentant à White une vue sur les rides de sa gorge hérissée de poils drus.

— Ce qu'il a dit, c'était peut-être pas exact, répondit White. C'était peut-être juste un pédé qui essayait de jouer les gros durs.

Gload resta assis, la tête en arrière, à attendre. Un de ses chaussons montait et descendait au rythme lent d'une mélodie dans sa tête.

— OK, dit Sid. Il a dit dix-sept mille cinq cents.

— Dix-sept mille cinq cents dollars, répéta Gload. Et ton nouveau pote, là, le Colonel, il nous a offert combien déjà ?

— C'est une coquette somme.

Gload avait de petits yeux noirs porcins et quand, ayant tourné la tête, il les posa sur le gamin, le halo mouvant de la télévision les teinta d'une brève étincelle radioactive.

— D'accord, d'accord. Huit mille dollars, dit le gamin. C'est un sacré paquet de fric pour de la vaisselle.

— Huit mille dollars. Ça fait une différence de combien ?

Sid fit des calculs pendant un moment. Il s'apprêtait à prendre un crayon et un papier.

— Neuf mille cinq cents dollars.

— C'est ça. Neuf cinq zéro zéro.

Gload leva l'index comme pour demander à White d'écouter un bruit hors de la chambre. White regarda autour de lui, la tête inclinée.

— Quoi ? demanda-t-il.

— Ça, c'est le bruit du Colonel qui se fait du fric sur le dos des gens, sur leur sueur et leur besogne.

White resta immobile et impuissant, les mains tendues en une attitude de supplique.

— Besogne ?

— Ma sueur et ma besogne.

— Alors, qu'est-ce que je lui réponds ? demanda le gamin.

La vision de lui-même vêtu d'un costume coupé façon Western dans le style de Porter Waggoner, les poches de pantalon lestées de billets fixés par une pince ornée de pierres précieuses, se mit à trembler et à faner. Même la moitié de la somme offerte par le Colonel dépassait son entendement. Il avait fait la plonge dans un restaurant italien de Black Eagle, il avait revendu des batteries de voitures volées et il avait même travaillé pendant une semaine comme journalier dans le Judith Basin où, feignant une insolation après une longue matinée brûlante perché sur une meule de foin, il avait repris le bus jusqu'en ville en léchant les ampoules de ses paumes comme un chien. Depuis cette incursion dans le travail au sein d'un ranch, Sid White se considérait comme un cow-boy. Quatre mille dollars constituaient matière à hallucination.

— Il va pas rester assis à nous attendre toute sa vie.

— Avec une offre comme la sienne, il peut s'asseoir dessus jusqu'au Jugement dernier, lâcha Gload. Si tu reviens ici sans me cracher le chiffre de douze mille dollars, je rentre chez moi. Et je vais pas te renvoyer le voir avec un autre chiffre. Je vais pas marchander comme un Mexicain pour un pichet en terre. Il n'y a qu'un chiffre qui me satisfera et je viens de te le donner.

Sid White resta bouche bée devant Gload qui s'était tourné vers la télévision et parcourait les chaînes, le visage à une trentaine de centimètres de l'écran alors qu'il tournait le bouton, ses rides baignées d'un kaléidoscope de couleurs éclatantes. Je vais finir par me faire baiser à cause de ce vieux, pensa White. Il considéra les options qui se présentaient à lui et décida que si les chiffres ne collaient pas, il pouvait toujours revenir avec un truc dans sa poche et s'occuper de John Gload.

C'était un vieillard, et il se foutait bien de tout ce qu'il avait soi-disant fait cent ans plus tôt. Il avait buté une tafiole, et alors ? Il tomberait comme n'importe quel homme, avec une lame dans le dos. Il pourrait passer un marché avec le Colonel, il en était certain, et qui allait pleurer ce fils de pute qui avait déjà un pied dans la tombe, de toute façon ?

— On pourrait proposer dix mille, dit Kid. Pour lui montrer nos, comment qu'on dit déjà, nos bonnes intentions.

— Je pars d'ici demain matin avec ce que j'ai demandé, rien d'autre, dit Gload à l'écran de télévision. Ou toutes ces saloperies retournent dans le coffre.

Au bout de dix minutes, le Kid revint dans la chambre et s'assit au bord d'un lit. Gload ne leva pas les yeux. White avait posé les mains sur ses genoux, les lèvres entrouvertes. Il resta immobile un moment, pointant la langue avec la régularité d'un battement de cœur. Puis il dit enfin :

— Eh bien, que j'aille me faire foutre moi-même. (Il regarda Gload.) Le type a dit de revenir demain matin, qu'il aurait l'argent.

Le Kid observait le large dos voûté de Gload sous un T-shirt usé jusqu'à la transparence. Une mèche de cheveux gris frôlait le col.

— Hé, le vieux, je t'ai dit qu'il aurait l'argent. Ce que t'as demandé. Douze plaques, tout ça. Il a même pas râlé ni rien du tout, ajouta le gamin en hochant la tête. Il est resté assis là trente secondes, et il a dit : "Passez demain matin." Putain, c'est pas croyable.

Il s'apprêtait à coller une claque dans le dos du vieil homme mais se ravisa.

— T'es un sacré numéro, tu sais ?

Gload leva les yeux.

— T'as laissé la porte ouverte.

Le matin, annoncé par un vent vif qui gémissait et grattait à la porte, et par un rai de lumière faible entre les rideaux, trouva John Gload se coupant les ongles dans l'éclairage conique d'une lampe de chevet. Sur le lit simple à côté, Sidney White formait un tas insignifiant, comme si sous la vilaine couverture, des pierres et des branches avaient été disposées afin de sculpter la silhouette approximative d'un homme. Un léger sifflement émergeait de sous la couverture, et, sur l'oreiller, Gload apercevait le sommet de son crâne, une méduse terne de mèches noir bleuté étalées sur la taie. Il demeura assis longtemps, son couteau à la main.

Une heure plus tard, White était installé sur le siège passager de la voiture, les yeux troubles, grelottant dans sa fine veste en jean, et il regardait Gload sortir du bureau du Colonel, arpentant d'une démarche d'ours la passerelle ridicule en caillebotis. La voiture était chargée, le moteur en marche, et John Gload prit place au volant. Dans une enveloppe, il compta et sortit dix billets raides de cinq cents dollars qu'il tendit au gamin.

— C'est pas la moitié, ça, dit White. Je suis capable de m'en rendre compte.

Gload passa une vitesse et s'engagea sur la voie rapide en direction de l'ouest ; dans le rétroviseur l'asphalte se déroulait pareil à un ruban de laiton, et de petits oiseaux qui se nourrissaient sur le bas-côté s'élevaient comme une écume marine et dégringolaient dans leur sillage, chatoyants.

— Tu étais prêt à accepter quatre mille dollars, en voilà cinq. C'est ce qu'on peut appeler "une coquette somme".

Le gamin contempla le profil de Gload, inflexible comme les visages de granit ciselés dans la montagne à des kilomètres au sud. Il agita les billets en éventail dans sa main – des billets neufs et rêches, une fortune inespérée – et il sut qu'il était inutile de discuter. Alors qu'ils longeaient à toute vitesse un étalage de centres commerciaux et de relais routiers, il appuya le front contre la vitre.

— Quelle ville de merde, dit-il.

Une fois à Miles City, l'humeur du gamin s'améliora considérablement. Sa tête tournait de tous côtés tandis qu'ils traversaient la ville, et il remarqua le nombre important de bars et les posters criards de rodéo dans les vitrines des magasins où les chevaux ruaient et se cabraient. Il posa ses yeux écarquillés sur les adolescentes qui serraient leurs livres contre leur poitrine, leurs longs cheveux balayant leur dos. Soudain, il se tourna vers Gload et demanda :

— C'est quoi, le meilleur hôtel dans ce trou à rats ?

— Le Pioneer, je dirais. Ça l'était à une époque, en tout cas.

— Dépose-moi là-bas.

— C'est à l'autre bout de la ville. On est déjà passés devant.

Le gamin sembla ne pas entendre. Il resta assis, le visage contre la vitre, tapotant la poche gauche de sa chemise où il avait rangé les cinq billets pliés. Gload hocha la tête. Il ne faudrait pas longtemps, pensa-t-il, avant que cet argent ne lui fausse compagnie.

— Si j'arrive pas à coucher ici, dit le gamin, c'est que j'ai pas un poil au cul.

Après avoir récupéré son petit sac de sport dans le coffre, le gamin ouvrit la portière passager et se pencha en mimant un pistolet avec le pouce et l'index, qu'il pointa sur le vieil homme assis au volant.

— OK, à la revoyure, collègue.

Gload s'inclina et le regarda gravir les marches de l'hôtel en se dandinant sur ses talons de huit centimètres, le jean enfoncé dans ses bottes à la manière des cavaliers de rodéo. Le gamin fit une pause à la porte pour rabattre ses cheveux emmêlés et remonter son col, puis il entra dans le hall avec grandeur, comme un prince étranger venu prendre d'assaut la petite ville. Et malgré tout, pensa Gload, ce n'était qu'un môme.

Un peu plus tard, il arrêta la voiture près d'un petit ruisseau qui, comme une oasis dans la prairie aride, était bordé d'un bosquet de vieux peupliers de Virginie. Un échassier incongru s'affairait dans les fougères le long du cours d'eau boueux, traînant son ombre efflanquée dans les hautes herbes en direction des flots teintés dans le lointain d'une touche verte.

Gload soulagea sa vessie gonflée contre un arbre et examina les branches si hautes que les nuages effilés d'avril semblaient s'y accrocher comme des pans de tapisserie ; un rapace décrivait des cercles, prisonnier d'un entrelacs de pâles bourgeons printaniers. Gload resta là un moment, jusqu'à sentir la terre sous ses pieds devenir aussi capricieuse qu'un pont de bateau tanguant. La mélodie résonnait dans sa tête, sans qu'il puisse savoir d'où ni de quand elle venait : *Above Earth's Lamentation.*

4

Ils étaient venus le chercher en fin d'après-midi. Gload avait rangé l'endroit et s'était installé peut-être pour la dernière fois sur sa chaise, écoutant les chants et les battements d'ailes des oiseaux tout juste arrivés du nord, observant les visages désolés des tournesols de l'an passé à la lisière du verger. Il se sentait étrangement en paix. Il se leva une fois et parcourut le petit sentier dans le verger, déjà bordé de chiendent fou tressé comme un ouvrage de vannerie, il observa longuement au-delà des buissons de sauge vers la rivière. Il y garda les yeux rivés sans cesser de marcher, et bientôt les mouettes apparurent telles des ordures poussées par le vent, s'élevant et disparaissant de son champ de vision pour réapparaître aussitôt, flottant sans effort sur leurs ailes déployées. Le vieil homme sentait sur lui leur terrible regard.

Le vent agitait les arbres, leurs branches grinçaient et frissonnaient, et dans chaque rangée, les pâles graminées étaient couchées au sol. Il se tint à l'endroit précis, entre les troncs noueux que le soleil brûlait lentement. Il fit quelques enjambées, regarda, revint sur ses pas, essayant d'observer le paysage comme le ferait un étranger. Il plissa les paupières, et, par l'ouverture fine, l'herbe du verger et les maigres troncs sombres frémissant vers le ciel se dessinaient en un brouillard impressionniste de bleu, d'ocre et de brun gris. L'herbe courbée sifflait dans le vent, et il entendit le morne tintement des dents de herse suspendues à un arbre comme un mobile grossier ou un carillon, puis il rentra.

Bien avant leur arrivée, il aperçut le nuage de poussière, les voitures de patrouille traînant un cumulus crasseux dans le ciel du soir, et il y voyait leurs lumières palpitant comme un feu de fonderie, puis les véhicules apparurent, sautant et esquintant la route étroite, leurs pare-brise enflammés.

Ils trouvèrent la maison en ordre, la vaisselle propre, le lit fait, les plantes en pot derrière les fenêtres orientées au sud fraîchement arrosées. Ils découvrirent les vêtements de Francie, ses parfums, ses crèmes, ses chaussures rangées par paires et alignées dans la penderie. Ils questionnèrent Gload qui se contenta de répondre qu'elle était partie, et il ne mentait pas.

CINQ semaines plus tard, assis à califourchon sur la chaise de sa cellule, John Gload se remémora le moment sous les peupliers de Virginie, non pas comme l'un des pires calculs de sa carrière, mais comme une prise de conscience. Pissant contre un arbre et embarqué dans un plan d'action tandis qu'un deuxième se concoctait, à la manière d'une visitation sortie tout droit du feuillage.

Ce matin-là, Sid White avait été mené dans la salle de tribunal, traînant les pieds, et il n'était pas aussi joyeux que lorsque Gload l'avait vu la dernière fois. Il était assis voûté, comme un gamin, dans un étrange costume violet ourlé de dorures, et sous son col de chemise ouvert, il portait une cravate bolo agrémentée d'une pierre turquoise criarde. À son entrée, il n'avait pas levé la main pour le saluer, il n'avait même pas croisé le regard du vieil homme, il semblait fasciné par les nouveaux bijoux étranges qui lui paraient les poignets et les chevilles.

Dans l'obscurité palpable de sa cellule, Gload revécut l'aube de Rapid City. Il était assis sous une lampe jaune, le couteau dans la main, tandis que le gamin dormait, et cela aurait été si simple, il suffisait d'écarter la couverture, d'empoigner une mèche de cheveux et de passer la lame sur la gorge de Sid

White. De la même manière, il aurait pu monter dans la voiture garée près du bosquet de peupliers à quelque cent cinquante kilomètres de là, attendre dans la chambre de Miles City que le gamin revienne, ivre. En quelque sorte, pensa-t-il, il avait commis deux erreurs, l'une après l'autre.

— J'aurais pu le rouler dans un couvre-lit, le fourrer dans le coffre et six pieds sous terre, et ça m'aurait pas coûté plus de deux heures.

Alors qu'il parlait, le jeune adjoint au shérif qui l'avait pris en amitié vint s'asseoir à sa chaise habituelle. Millimaki imaginait qu'après avoir vu Sid White ce jour-là, le vieil homme serait enclin à parler. Mais le vieil homme semblait considérer Millimaki comme un objet à peine plus animé que la chaise où il était assis. Gload recula dans son siège et disparut dans l'obscurité, puis la flamme d'une allumette révéla un masque théâtral livide d'une profonde abstraction.

— Vous avez dit quelque chose, John ? demanda Millimaki.

— Par exemple, répondit le vieux tueur, si j'avais fait un truc, si j'avais suivi mes foutus instincts, je serais assis dans mon petit verger en ce moment même avec une couverture sur les genoux. Au lieu de ça…

Il leva les mains, paumes vers le haut, tourna la tête de gauche à droite, invitant l'obscurité alentour à prendre en considération ses conditions de vie actuelles.

Val se retourna sur sa chaise pour voir si quelqu'un s'était approché en silence derrière lui.

Gload était assis à califourchon, les mains sur les genoux et le menton presque sur la poitrine. Il semblait très vieux, en cet instant, ses fins cheveux gris en bataille lui pendaient devant les yeux, et Val apercevait de profondes rides verticales sur son cou, pareilles à des ruisselets.

— Quel truc, John ?

Gload hocha la tête tristement.

— Le problème quand on est vieux, dans mon domaine professionnel, c'est que beaucoup de vos anciens collègues sont soit morts, soit en train de pourrir lentement en taule quelque part. J'avais besoin d'un bon coup de main, c'est comme ça que j'ai dû engager White. Le sang jeune, dit-il avec lassitude. Nom de Dieu.

Une main quitta son genou comme par sa volonté propre, et Gload regarda la cigarette qui y brûlait, puis il la porta à ses lèvres. Il parlait en plissant les yeux à travers la fumée.

— J'ai essayé de lui apprendre des trucs, mais, avec ces jeunes-là, ils savent déjà tout et ils veulent être les chefs. Mais ils savent même pas faire la différence entre une motte de beurre et un étron de merde.

Une pause, une longue expiration humide dans l'ombre.

— Des clubs de golf, ajouta-t-il. Seigneur Jésus.

— Quoi ? Des clubs de golf? Vous parlez de Sid White ?

Gload continua. Millimaki se sentait invisible.

— On fait ça, parfois – regarder en arrière et se dire, j'aurais dû faire ceci ou cela, ou je sais pas quoi. Comme avec ce gamin, là. J'en ai pas beaucoup, des moments comme ça, rien qu'une poignée, mais je suis persuadé d'un truc. Il faut jamais les laisser te miner le moral. On a fait ce qu'on a fait, à l'époque, et à l'époque, c'était la chose à faire. Je regrette presque rien. Cet épisode-là. Et quelques autres. Mais ça me bouffe pas au quotidien non plus.

Val consulta sa montre et attendit. La nuit était déjà bien avancée. Le vieux soupira, et Millimaki crut qu'il allait continuer son monologue, mais il se retira sans rien ajouter et dans l'obscurité s'éleva le grincement des chaînes de sa couchette.

Val resta assis encore un peu puis se leva pour partir. La voix de Gload émergea du noir.

— La télévision. C'est ça, le problème. Ils ont tout vu à la télévision.

5

Quand Millimaki se gara dans le jardin, le fermier qui avait appelé pour communiquer les chiffres de la plaque d'immatriculation était appuyé à un poteau de son porche, les yeux rouges à 4 heures de l'après-midi, et il tenait un verre rempli d'un liquide qui ressemblait à du thé mais n'en était pas. Il se contenta de tendre le verre en direction d'une crête basse où se trouvait la voiture, peu disposé à parler. Deux bouviers scabreux déboulèrent d'une grange qui penchait d'une quinzaine de centimètres au-dessus des fondations, ils se ruèrent aussitôt sur le flanc du chien pisteur et Val dut les chasser à coups de pied. Quand il se retourna, l'homme était rentré chez lui et, lorsqu'il redescendit de la montagne quatre heures plus tard dans la semi-obscurité, aucune lumière n'était allumée dans la maison.

Le vieil homme disparu s'était engagé sur cette route de campagne peu empruntée, un virage aléatoire pour sortir d'une voie rapide tout aussi aléatoire, au terme d'un parcours éméché et imprudent. Il avait aplati la barrière d'une propriété privée, il avait roulé sur les poteaux et les clôtures métalliques, puis la vieille Buick avait rué et grimpé la pente en brinquebalant avant que les pneus ne s'enfoncent jusqu'à l'essieu dans une mare de boue.

Le plancher de la LeSabre était jonché de journaux et de vêtements sales roulés en boule que le chien flaira en levant des yeux tristes et humides vers Millimaki, puis il s'élança sur la piste, les narines imprégnées de cette odeur. La route serpentait sur une pente raide entre quelques rares pins nains tordus et abîmés par les vents violents qui soufflaient en cet endroit, puis sur une crête où des roches jaillissaient du sol comme les plaques osseuses de quelque reptile antédiluvien. Le vent soufflait et geignait entre les arbres, et la terre de la crête nue sifflait dans l'herbe tandis que le chien se hâtait en gémissant. En contrebas devant eux, un arbre séculaire s'élevait au centre d'un immense rocher, ses branches décorées de corbeaux. À l'approche de l'homme et du chien, les oiseaux s'envolèrent par groupes de deux ou trois en croassant, leurs becs noirs ouverts comme des chiens haletant, leurs ailes crénelées frappant furieusement l'air pour lutter contre le vent.

Il avait visiblement trébuché, ou avait fait un infarctus ou un arrêt cardiaque sur la crête, et il était tombé tête la première, comme un acrobate de cirque, et s'était retrouvé coincé la tête la première dans le tronc fendu que les corbeaux avaient occupé. Les vieux bûcherons surnommaient ces arbres "des institutrices", et le crâne de l'homme, niché dans le V du tronc, était gonflé et noir comme un charbon. Marchant sans le moindre bruit dans les aiguilles de pin, Millimaki contourna lentement l'arbre, et la pellicule de son 35 mm avançait avec un bourdonnement. Il photographia en gros plan l'horrible chose, puis avec un gros effort, il le délivra de son affreuse étreinte cunnilinguale et l'étendit sur le dos où il demeura raide contre la pente, comme une gargouille calcinée. Le chien s'assit en gémissant. Millimaki prit d'autres photos de la créature pareille à un troll, en équilibre sur la pente, puis pour son usage personnel, il photographia l'arbre qui se dressait étrangement dans la lumière du jour et le vent, l'air de sortir d'un œuf de pierre, et les oiseaux funèbres qui étaient revenus l'orner pour affirmer d'une voix rauque leur place légitime.

Les montagnes étaient hors de portée des fréquences radio, et quand il eut enfin réussi à faire lever le fermier pour appeler le médecin légiste et demander l'autorisation d'emporter le corps, il faisait déjà presque nuit. Le fermier s'assit dans la cuisine et écouta, vêtu de la salopette dans laquelle il avait dormi. Millimaki négocia l'utilisation de son quad et d'une petite remorque. L'échange nécessita dix mots à peine. Quand il retourna dans la montagne, les phares du véhicule vibrèrent et faiblirent dans le ronronnement du moteur, et, à la lueur étrange du faisceau, il mit le corps difforme dans le sac et le fit rouler dans la remorque au milieu des pinces coupantes, des agrafes et des poteaux métalliques. Arrivé à son pick-up, il le chargea non sans difficulté dans le plateau comme une botte de foin humide.

Il reprit son véhicule et, quand il rentra en ville dans l'obscurité de la voie rapide et déserte pour livrer son paquet à la morgue, il était presque 6 heures du matin. Chez lui, sa femme était déjà partie au travail et le lit sans elle était aussi froid et lugubre que la table sur chevalets du médecin légiste. Le hululement insistant d'un hibou dans les pins lointains, derrière la maison, faisait un raffut qui l'empêchait de trouver le sommeil.

Assis à son bureau, le shérif fouillait dans un tiroir et Millimaki entendait tinter des stylos, des pièces de monnaie et peut-être des flacons de médicaments et des cartouches, puis l'homme lança :

— Eh merde.

Il leva les yeux, surpris de voir le jeune homme debout devant lui. Il recula dans sa chaise et l'observa.

— Vous avez un peu l'air d'un raton laveur, Val, avec vos yeux. Vous faites la fête après votre service ?

— Non, chef. C'est juste que je n'ai pas encore trouvé mon rythme de sommeil.

— Bon sang. Ce ne sont pas vos premières gardes de nuit ?

Millimaki pensa à sa maison lumineuse et vide sans sa femme qui y marchait en chaussettes, la complicité étouffée aux confins de son sommeil.

— Je dormais mieux quand ma femme était à la maison. Depuis qu'elle a pris son boulot, je ne sais pas, c'est trop silencieux.

Le shérif acquiesça d'un air absent.

— Vous allez trouver une solution. Ça prend du temps. Et quand on a enfin trouvé le rythme, c'est déjà le moment de retourner à la vraie vie.

Il regarda encore une fois dans le tiroir ouvert et le refit coulisser.

— J'ai le meilleur système au monde pour perdre les trucs dont j'ai besoin.

Millimaki se leva. Mort d'ennui, il avait mangé son déjeuner trop tôt pendant son service et il sentait désormais le mauvais café éroder les parois de son estomac vide. Il grondait et grinçait, et Millimaki espérait que le shérif ne l'entendait pas.

— Nom de Dieu, je suis désolé. C'est quoi déjà, le nom de votre femme ?

— Glenda, chef.

— J'ai aussi un très bon système pour oublier ce genre de détails. Bon sang. Glenda. C'est vrai. C'est une gentille fille. Elle est infirmière, c'est ça ?

— Oui, chef. Infirmière dans une unité de soins intensifs.

— Elle vous court après quand vous rentrez ?

— Elle le ferait peut-être si elle était à la maison. Ou moi, je lui courrais peut-être après. Mais elle est déjà au boulot quand je rentre.

— C'est vrai, c'est vrai. Vous venez de le dire.

Comme si le tumulte de papiers étalés sur son bureau risquait d'être dérangé, il souleva délicatement une feuille puis l'autre, et regarda en dessous.

— Combien de temps de route ça vous fait, une heure ou moins ?

— À cette époque de l'année, c'est un peu plus d'une heure.

— Hmm-hmm.

Il tapota sa chemise, posa la main sur ses poches de pantalon. Il cria :

— Raylene !

Aucune réponse du bureau adjacent.

— Nom de Dieu.

Il souleva une feuille de papier, la tint à bout de bras et l'examina en grimaçant.

— Vous savez tout au sujet de Gload, alors, dit-il. Enfin, vous avez lu son dossier.

— J'en ai lu une partie, depuis qu'il est incarcéré ici. Je n'y ai pas passé beaucoup de temps.

— Vous savez qu'il y a des flics en ville, bon sang, dans tout l'État, qui pisseraient dans leur froc s'ils arrêtaient John Gload par hasard sur le bas-côté ? Et je vous parle de vieux flics aguerris, des vieux durs, des shérifs, des fils de pute qui ont tout vu.

— L'agent Dobek avait l'air un peu sur les nerfs, remarqua Millimaki.

Le shérif sourit d'un air grave.

— Je n'étais pas là, mais j'imagine que c'est un euphémisme total.

— J'ai entendu parler de la réputation de Gload, chef.

Il repensa au vieil homme assis à califourchon, le dos raide, sur la chaise de sa cellule, ses allées et venues prudentes et traînantes le long des murs glacés, l'air de craindre de se briser comme une assiette s'il venait à tomber.

— Ça semble difficile à croire, maintenant.

— Ne vous laissez pas berner par son sourire, Val, ni par son âge avancé. Vous avez vu ses mains. Il pourrait presser la sève d'une bûche.

— Oui, chef. C'est vrai.

— Emportez son dossier chez vous et lisez-le. Étudiez-le. Bon sang, ça pourra peut-être vous aider à trouver le sommeil, même si ça risque plutôt de vous pousser à verrouiller les portes et à attendre toute la nuit, assis avec un flingue sur les cuisses. Je crois qu'on va enfin pouvoir le coincer avec ça, mais il reste encore beaucoup de questions sans réponses qui flottent avec le nom de Gload inscrit dessus.

Il déplaça d'autres feuilles de papier, tapota ses poches de devant et de derrière.

— Bref, le truc emmerdant dans l'histoire, Val, c'est que je veux que vous restiez de garde la nuit. D'abord parce que le vieux a une dent contre Wexler, mais aussi parce qu'il a l'air de vous apprécier. Je ne sais pas ce que ça signifie à votre sujet, et peut-être que je n'ai pas envie de le savoir. Il hait les flics. Il hait les flics de toutes ses tripes. Mais avec vous, il parle. Si vous pouviez juste tendre l'oreille ou même le pousser à vous raconter ces saloperies dont ils causent dans le dossier.

Sans cesser de parler, le shérif reculait et avançait dans sa chaise, s'efforçant de lire les lettres sur les dossiers et les documents placés en éventail sur son bureau.

— Bon. C'est pas gagné. Mais on va peut-être pouvoir mettre au clair certaines affaires qui sont restées en suspens depuis qu'il est arrivé dans notre comté. Et ça, c'était y a un sacré foutu moment, déjà.

— Entendu.

Le shérif jeta un coup d'œil à Millimaki.

— Qu'est-ce qui se passe entre vous et ce vieux, d'ailleurs ?

Millimaki réfléchit une minute. Il avait la sensation que sa tête s'était aplatie, son estomac se retournait dangereusement, et ses yeux le brûlaient.

— On parle d'agriculture.

Le shérif le dévisagea.

— D'agriculture.

— Et d'autres choses. Mais d'agriculture, oui, chef.

— Eh ben ça alors.

Il fit signe à Millimaki de sortir et passa les mains sous les feuilles de son bureau, les posa encore sur ses poches.

— Est-ce qu'en sortant vous pourriez demander à Raylene si, pour l'amour de Dieu, elle a vu mes lunettes quelque part ?

— Elles ressemblent à celles que vous avez sur la tête, chef ?

— Oh, nom de Dieu.

Il leva la main et les attrapa avant de les regarder d'un air mauvais, puis comme s'il s'adressait à elles, il dit :

— Vous allez peut-être me prendre pour un fou ou pour un menteur, cher adjoint, mais je fais partie de ceux qui ne voudraient jamais se retrouver face à John Gload sans la sécurité des barreaux devant lui.

— Je ne pensais rien de particulier.

C'étaient des lunettes en demi-lunes qui ne seyaient pas au beau visage du shérif, et il les plaça avec dégoût sur son nez. Par-dessus les verres, il regarda Millimaki pendant une longue seconde.

— Vous ne me ferez jamais croire une minute qu'il vous arrive de ne penser à rien. (Il ouvrit à nouveau son tiroir et entreprit d'en ranger le contenu.) Passez me voir la semaine prochaine, si j'oublie de vous faire venir. Et aussi, oubliez qu'il est 8 heures et demie du matin, et essayez de boire un verre de bière en rentrant chez vous. Ça marchait avec moi, et pour ce que j'en sais, je ne suis pas devenu poivrot.

Quand il sortit dans la pièce adjacente, une femme imposante à l'épaisse chevelure rousse retenue par deux pics au sommet de son crâne leva les yeux de son bureau. Elle portait un élégant châle à franges maintenu en place sur son buste volumineux par une broche en étain ou en argent représentant l'État du Montana, et elle avait coincé le combiné du téléphone entre son épaule et son menton. Quand elle vit Millimaki, elle dit :

— Pourquoi il pousse des cris de chat, là-bas dedans ?

— Ce n'est rien. Il ne trouvait pas un truc et il a fini par le retrouver.

La femme le regarda, les yeux plissés, la tête inclinée à un angle incongru pour maintenir le combiné contre son épaule.

— Ses foutues lunettes, c'est ça ? S'il n'était pas si bêtement coquet, il y mettrait une chaîne.

Elle affichait des manières possessives et tendres là où sa seule intention était de donner une image de subalterne dévouée et sévère. Elle s'adressa sèchement à quelqu'un dans le combiné. Quand Millimaki regarda une fois en arrière avant de franchir la porte, il la vit sourire.

Il passa une soirée normale avec sa femme, bien qu'il se surprenne à somnoler pendant le dîner et leur conversation, mais dans le lit plus tard, alors qu'elle respirait à côté de lui, il ne parvint pas à s'endormir. Ni le lendemain. Sachant qu'un confinement obscur l'attendait, il arpenta la maison vide en chaussons comme un prisonnier, la lumière du soleil printanier pareille à une réprimande ou une raillerie. Quand il reprit son service à la prison, il n'avait presque pas dormi depuis trente-six heures, à l'exception de quelques instants dans une chaise et un fauteuil. Quand elle était partie, sa femme n'avait même pas cherché à lui dire au revoir d'un baiser.

— Ça fait plaisir de vous voir, m'sieur l'adjoint. Vous étiez caché où ?

— J'ai été appelé pour un randonneur disparu.

— Alors, vous avez eu de la chance ?

— Je l'ai retrouvé, si c'est ça votre question.

— Il était raide quand vous l'avez retrouvé.

— Oui.

— Vous en avez encore retrouvé un raide, et vous voilà de retour pour votre service merdique à prendre en charge un vieillard.

C'était devenu leur routine. Gload tirait sa chaise près des barreaux et plaçait son matériel pour fumer à côté de lui sur le sol, et la conserve de haricots en équilibre sur son genou. Le jeune adjoint installait sa chaise sous les néons, leurs visages de longues caricatures cireuses sous l'éclat violacé.

— Y a eu un tas d'événements passionnants en votre absence. Frère Wexler a coffré de dangereux criminels, trois gamins qu'il a chopés avec un pack de douze bières. Il les a collés dans la cellule voisine, à côté de ce trouduc bigleux, et il les a laissés là-bas. Il a attendu trois heures avant d'appeler leurs parents.

— C'étaient des mineurs en possession illégale d'alcool, rétorqua Millimaki.

Gload fuma dans l'ombre et continua comme s'il n'avait pas entendu.

— Il est venu s'asseoir ici pour s'en vanter auprès de moi.

Val entendit la respiration du vieil homme accélérer.

— J'entendais ce foutu pervers de Shoals murmurer des trucs, et un des mômes a pleuré pendant longtemps.

— C'est un homme qui applique la loi à la lettre. Ces mineurs ont enfreint les lois régulant les consommations de psychotropes.

— Vous les auriez relâchés, vous, pas vrai ?

— Ils ont enfreint la loi.

— On s'en fout, de ça, siffla soudain Gload. Vous auriez pas fait ça, vous. Vous auriez confisqué leurs bières et vous les auriez raccompagnés chez eux sans les arrêter, bon Dieu.

Millimaki resta assis, immobile. John Gload respirait bruyamment.

— Wexler est un connard de la pire espèce. Je vous parie ce que vous voulez qu'il a été un petit étron toute sa vie, qu'on s'est foutu de lui sans arrêt, et maintenant qu'il a un peu de pouvoir, il fait payer ceux qu'il croise. J'ai vu des types comme lui toute ma vie. Je vous parie mille dollars qu'il a été un étron toute son enfance et que maintenant, il applique le tarif fort.

Les mains du tueur apparurent dans la lumière, d'un blanc fantomatique, indiquant la cellule à présent déserte qu'avait récemment occupée Shoals, un pédophile condamné pour la troisième fois.

— Il fait ce genre de truc.

Millimaki savait qu'il en était capable, et il le méprisait. Et il détesta soudain tout ceci, les heures interminables, l'obscurité éternelle dans laquelle il résidait, l'odeur, la mesquinerie, les petites cruautés qui peuplaient sa vie. La tension innommable qu'il éprouvait les rares fois où il croisait sa femme ces derniers temps, qui semblait croire qu'il avait choisi cet emprisonnement afin de ne plus la voir, de ne plus avoir à affronter les problèmes de couple.

— J'ai raison, pas vrai ? demanda Gload.

— Je n'en sais rien.

— Vous en savez rien. Me racontez pas de conneries, monsieur l'adjoint. Je croyais qu'on était amis.

— On est amis, John, dans la mesure où vous êtes de ce côté des barreaux pour le meurtre présumé d'un homme, et où je suis de l'autre côté afin de m'assurer que vous restiez en vie et que vous soyez puni.

Il n'y avait que le son de leurs respirations, le bruit des néons. De l'autre côté des fenêtres au niveau du trottoir et de la rue, une ombre furtive passa.

— Je ne veux plus de compagnie ce soir, finit par déclarer Gload.

Il se leva et recula dans l'obscurité de sa cage en béton.

— Allez-y, allez déjeuner.

Valentine Millimaki resta assis longuement, puis se leva et tourna les talons. C'est alors qu'il entendit Gload siffler derrière lui :

— Je le foutrais dans un trou en terre, Val. Je l'enterrerais, et ni vous ni votre chien ne retrouveriez son cul avant que ses os soient aussi blancs que ceux de Custer.

Il n'avait encore jamais entendu cette voix émaner de Gload, n'en avait jamais entendu de semblable de toute sa vie, et il scruta la cellule, prêt à voir cet autre animal qui avait pris possession des lieux, émergeant d'une obscurité différente et bien plus calamiteuse. Et soudain, la voix disparut.

— Allez manger votre sandwich, dit Gload. À demain.

GLOAD passa toute la journée du lendemain au tribunal et semblait épuisé par les efforts suscités. Quand Val prit son service, le vieil homme était endormi sur sa couchette.

Il déjeuna dans la salle commune de la prison en feuilletant des magazines usagés, puis il remplit ensuite de la paperasse à la demande du geôlier. Quand il revint dans le couloir des cellules, il vit de loin la fumée qui se matérialisait depuis l'obscurité de la cage de Gload.

Il prit place sur sa chaise habituelle. Gload évoqua brièvement les événements de la journée dans la salle de tribunal, ce que les procureurs avaient dit, ce que son avocat avait proposé en guise d'objections.

— Vous savez qu'un de ces fils de pute a employé un mot que j'avais encore jamais entendu. Peut-être que vous le connaissez, vous. Je l'ai écrit ici sur mon bloc-notes.

Il se tourna et tendit le bras juste au-delà de la lumière vers un minuscule bureau fixé au mur par une chaîne et il y saisit un bloc-notes jaune. Une écriture étrangement élégante sur les lignes, et des fresques baroques crayonnées dans les marges représentant des créatures imaginaires et des visages curieux qui étaient peut-être des caricatures du personnel judiciaire – avocats, juges ou huissiers –, allongées et méchantes comme les reflets des miroirs déformants de fêtes foraines. Gload fit glisser son index sur les phrases et s'arrêta, tapotant la page avant de lever les yeux vers les lumières du plafond.

— Turpitude.

Il fixa le mot, souligné par deux traits, la longue pente de son front équin plissé de concentration, comme si le sens du mot lui avait été révélé dans ses rêves récents et qu'il lui suffisait de l'invoquer par la pensée. Il dit enfin :

— Non, j'ai jamais entendu ce mot de ma vie.

— Moi non plus, dit Valentine.

Gload lui adressa un sourire.

— Je croyais que vous aviez été à l'université.

— J'ai dû louper ce mot-là.

— Il a dit, "Cet homme et sa vie de turpitudes", et il l'a répété encore une fois après. Il avait l'air sacrément fier de lui.

— Je vais devoir remonter un moment, dit Val. Vous voulez que je cherche dans un dictionnaire ?

— Je vous en serais reconnaissant.

Le vieil homme écouta les claquements et les crissements des pas de Millimaki qui diminuaient dans le couloir sombre. Il essaya de se remémorer son dernier rêve, quand il dormait un peu plus tôt, et il ne se rappelait qu'un chaos de silhouettes informes qui flottaient dans ce royaume incertain, échangeaient leurs têtes et libéraient dans le tribunal des créatures hybrides oniriques – minotaures et griffons, des bêtes n'existant que dans l'univers fantasmatique des rêves.

Il fuma dans le noir, lisant l'heure exacte par les bruits de la nuit, et il fumait encore au retour de l'adjoint. Le jeune homme s'assit comme avant sur la chaise à barreaux et annonça :

— Bassesse, vilenie, dépravation.

Il avait écrit les mots sur sa paume et il la dirigea vers Gload en guise de preuve, la plaçant de façon que la lumière éclaire les mots, les larges lettres majuscules dans sa main de fermier pareilles à des tatouages carcéraux. Gload sourit au-dessus de l'extrémité de sa cigarette, œil de chat incandescent, en imaginant la paume de Val et son message se poser sur la chemise de nuit en flanelle de son épouse.

— Eh bien, merci. Je me disais bien que ça n'avait rien d'un compliment.

— Non. J'imagine qu'on pouvait s'en douter.

Gload expliqua au jeune adjoint qu'à voir l'attitude des procureurs, il avait le sentiment que quelque chose se tramait. Au-dessus de leurs dossiers ouverts, ils opinaient du chef comme des enfants en plein jeu et semblaient dégager une assurance inhabituelle. Son avocat n'était guère plus qu'un figurant. Il avait déjà travaillé pour Gload par le passé, et pour quelques-uns de ses comparses, mais son penchant pour le vin de liqueur l'avait grandement diminué au fil des ans, et les documents qu'il parcourait compulsivement sur la table tremblaient de façon alarmante, son écriture n'était plus qu'un gribouillis illisible qui aurait tout aussi bien pu être une calligraphie étrangère. Il était assis voûté à côté de John Gload et affichait un air aimable, un étrange petit homme d'âge indéterminé dont le crâne dégarni était encadré par une mèche de cheveux ternes évoquant une mousse d'arbre teinte d'une main inexpérimentée. À la fin de la journée, il posait la main sur l'épaule de Gload et sortait de la salle, disparaissant jusqu'au lendemain matin.

— Je crois que mon petit pote Calvert C. Benjamin, avocat au barreau, est autant dans le cirage que dans la merde, Val. Les autres gars, ils ont en main une carte maîtresse, j'en suis sûr, et lui, il est dans le brouillard.

Il posa sur Millimaki un regard dur et inquisiteur.

— Je n'ai entendu aucun bruit de couloir, John, je le jure. Quand je prends mon service, il n'y a que moi, le geôlier et le concierge, qui est sourd comme un pot.

— Ouais. Bon.

— Tout ce que les gars du ministère public ont en main, votre type l'a aussi, John.

— C'est pas faux. Ce fils de pute doit pas savoir quoi faire avec. Mais y a un truc dans l'air. Je le sens. Ça sent le White tout craché.

Gload regarda au-delà de Millimaki, vers l'arche des petites fenêtres sur le mur opposé, tout en haut, et il observa des jambes fantomatiques passer dans le rectangle jaunâtre d'un halo de lampadaire. Les vieilles fenêtres à barreaux laissaient entrer le vent avec un léger gémissement qui faisait tanguer les néons au bout de leurs chaînes, dans un grincement métallique presque inaudible pareil à la rotation d'un lointain moulin à vent. Quelque part dans les cages obscures, un homme émit une toux grasse et jura.

— Ce bon adjoint Dobek est passé tout à l'heure pour m'expliquer comment je vais pisser dans mon froc quand ils abaisseront la trappe, et comment mes yeux vont jaillir de leurs orbites, ce genre de conneries. (Il renâcla.) Bon sang, ça fait vingt-quatre ans que personne a été pendu dans cet État, il devrait le savoir. Mais c'était mignon de sa part de passer me voir et de partager tout ça.

— Je suis désolé d'entendre ça, John, vraiment désolé.

— Je crois que mon pote Wexler était là, lui aussi, mais plus loin dans le couloir, histoire que je puisse pas le voir.

Dans l'entrelacs des ombres, Gload tira sur sa cigarette et s'adossa à sa chaise, et des lignes sombres lui strièrent le visage. On ne voyait plus ses yeux. La fumée en volutes entremêlées s'échappait de ses narines. Au bout du couloir, un prisonnier toussa encore et un autre gémit comme un enfant dans son sommeil troublé, et John Gload poussa ce renâclement qui lui faisait office de rire.

— Les méchants s'enfuient là où personne ne les poursuit. Même dans leur sommeil.

— Des cauchemars, dit Millimaki.

— Des cauchemars. Ouais.

Gload marqua une pause et acquiesça comme s'il approuvait un argument marmonné depuis la zone obscure derrière lui. Il s'inclina dans la lumière, pointa sur Val ses deux doigts qui tenaient la cigarette.

— Les cauchemars, ça se mérite, Val. Ils se pointent pas gratuitement dans votre tête sans raison. (Il souffla sa fumée vers le sol, se pencha et tapota la cendre dans la boîte de conserve.) Quand je dors pas, moi, c'est pas à cause des cauchemars. C'est pas à cause des fantômes ou ce genre de trucs. Alors, qu'est-ce que ça vous apprend à mon sujet ?

— Je n'en sais rien.

— J'en sais rien, moi non plus. (Il contempla le sol ciré à ses pieds puis leva les yeux.) Si, je sais. Je sais ce que je suis, Val.

Il resta longtemps silencieux. Il était sur le point de parler quand un homme cria dans son sommeil troublé et parut se réveiller, et les autres prisonniers des cellules voisines l'insultèrent, les jurons et les menaces passèrent de cage en cage comme un écho. Millimaki se leva et fit quelques pas dans le couloir, où il écouta jusqu'à ce que les bruits s'éteignent peu à peu et qu'il n'y ait plus rien à entendre que les ronflements et les respirations, lentes et régulières, dans le bourdonnement affolant des néons pareil à un essaim d'abeilles électriques.

Quand Millimaki revint à sa chaise, Gload dit :

— Mourir, c'est pas un truc qui me fait peur, Val. Vous inquiétez pas pour ce connard de Dobek. D'abord, ils vont ni me pendre ni me balancer leur sauce dans les veines. Je suis trop vieux. Ça leur ferait une sacrée mauvaise presse. La pendaison, c'est une affaire de jeunes. Personne éprouve la moindre satisfaction à briser la nuque d'un vieillard.

Il fit une pause pour agiter son paquet de cigarettes et en sortit une qu'il alluma avec la précédente, et il le fit dans l'obscurité comme le ferait un aveugle, au toucher et au bruit, des mouvements répétés un millier de fois dans un millier d'obscurités.

— Mais je dois bien dire une chose, j'aime pas trop l'idée de mourir en cage. C'est minable. On vous balance dans un trou avec d'autres nazes comme dans une décharge.

— Seulement si la famille ne réclame pas la dépouille.

— Il faut déjà avoir une famille.

— Mais vous avez quelqu'un, John, non ? Votre femme, c'est ça ? La femme qui vit chez vous.

— Non. Personne.

— Pourtant, j'ai vu ses affaires là-bas. J'ai vu des affaires de femme.

— J'ai pas dit qu'elle y était pas. Mais comme je vous l'ai déjà expliqué… elle est partie.

— Elle reviendrait pour un truc pareil, non ?

Dans l'ombre, Millimaki entendit le faible craquement de la chaise lorsque Gload déplaça son poids.

— Non, elle reviendra pas.

— Vous ne m'avez jamais précisé. C'est votre femme ?

Dans la pause qui suivit, Millimaki entendit peut-être un soupir ou une simple exhalation de fumée, puis dans l'obscurité secrète de Gload, plus aucun bruit ne s'échappa à l'exception d'un crissement de papier et de tabac tandis que le vieil homme tirait une profonde bouffée de cigarette. Millimaki attendit, scrutant l'ombre, mais la conversation semblait terminée. Au cours des longues semaines qui avaient suivi sa visite à la maison de Gload, il imaginait que la femme était revenue, évoluant d'une pièce solitaire à une autre, s'occupant des fleurs fragiles dans leurs étroites jardinières, s'appuyant au chambranle d'une fenêtre cent fois par jour pour guetter le retour de son homme, alors qu'un tel retour était aussi improbable qu'une résurrection.

— Ma femme refuse de venir ici, dit Val. Elle n'est venue qu'une seule fois, quand j'ai été embauché dans le bureau, c'est tout. Quelque chose dans ce vieux bâtiment lui fout les jetons.

— Eh bien, je suis d'accord avec elle.

Millimaki avait pensé qu'introduire sa propre épouse dans la conversation pousserait peut-être le vieil homme à parler de sa femme et de son couple, mais il n'en fut rien.

— Vous n'avez aucune famille ailleurs, John ? finit-il par demander.

Une fumée bleue s'envola dans la lumière lorsque le vieil homme prit la parole, et sa voix était à nouveau animée.

— J'ai jamais eu que mon père, et quand il est mort, ça a été la fin de ce qu'on peut appeler une vie normale pour moi.

— Il est mort quand ?

— Oh là. Ça doit faire une cinquantaine d'années.

— Vous n'étiez qu'un gamin.

En marmonnant, Gload égrena les années et les décennies sur ses doigts épais puis déclara :

— Soixante-cinq ans, pour être précis. Et ouais, j'étais encore qu'un gamin, Val. Mais je m'en souviens comme si c'était hier.

Il entama son récit dont les détails étaient, même pour Millimaki, aussi vivants qu'un souvenir récent. Et le vieil homme parla sans interruption pendant très longtemps.

6

Ils vivaient dans l'est du comté de Fergus, non loin de la Judith River, son père possédait quelques vaches noires dans les contreforts des Little Snowies, et c'est là-bas que Gload avait effectué les tâches agricoles qui lui inspiraient ses rêves, rien qu'un gamin mais il gérait la ferme tandis que son père maintenait les affaires à flots, non pas par des récoltes conventionnelles, mais par le braconnage et les parties de poker.

Alors qu'ils roulaient vers la cabane de chasse d'un voisin, en cette fin janvier de la treizième année de John Gload, une marée de nuages noirs comme du charbon grandissait derrière eux depuis l'Alberta, annonçant la tempête qui allait faire de lui un orphelin.

La cabane se dressait dans une clairière ronde au milieu des pins rabougris si typiques de la région, située à l'abri du vent et prévue pour être invisible. Alors que son père et deux autres hommes s'affairaient à dépecer deux biches hémiones et un jeune cerf abattus quelques nuits plus tôt sur les berges asséchées du Missouri, le jeune John Gload était assis sur une caisse retournée et aiguisait une collection éclectique de couteaux, ses gestes rapides et agiles malgré son âge, et les lames qu'il passait sur la pierre à huile semblaient aussi liquides que du mercure. Les hommes sciaient et tranchaient, buvant à une bouteille qu'ils plaçaient parmi les quartiers de viande sur une table fabriquée à l'aide de bûches et d'un rectangle de contreplaqué inégal. Il y avait deux couchettes puantes dans la cabane, repoussées contre les murs extérieurs afin de dégager la place nécessaire pour leur tâche sanglante, et dans un coin sombre, une caisse remplie de haillons où était étendue une chienne bâtarde qui les observait entre ses paupières tombantes. De temps à autre, elle s'aventurait sous la table pour lécher la flaque noire épaisse jusqu'à ce qu'un des hommes la chasse d'un coup de pied. Elle paraissait avoir du sang de coyote en elle, ses babines retroussées en une grimace perpétuelle qui dévoilait des crocs abîmés couleur argile. Ses chiots marron couinaient misérablement dans la caisse en sentant le froid soudain, le jeune Gload les surplombait et les comptait, pariant sur ceux qui vivraient et ceux qui mourraient.

La tempête les avait atteints, même en ces lieux protégés, elle gémissait et frappait à la porte, envoyant de fins serpents de neige dans la pièce. L'ombre de chaque homme grandissait et rétrécissait sous la lanterne qui se balançait au plafond. Malgré les deux radiateurs au propane qui chauffaient, la respiration des bouchers fleurissait en volutes blanches et, quand ils ne sentirent plus leurs mains, ils interrompirent leur travail. Le garçon espérait pouvoir ramener l'un des chiots à la maison, mais ils n'emportèrent que des paquets de viande emballée à la va-vite dans un papier de boucher scellé par du chatterton et qui pleurait une fine traînée vermillon sur la neige.

Le pick-up était un Chevrolet quatre-cylindres de 1924, il tournait et glissait sur les racines gelées comme un wagonnet de fête foraine, tandis qu'ils gravissaient les pentes enneigées, encadrés par des arbres rabougris qui acquiesçaient et bégayaient ; quand ils atteignirent une zone à découvert, le vent les heurta de plein fouet. Des cristaux de glace passés à travers les joints racornis des portières scintillaient comme du mica dans le halo vert du tableau de bord. Six kilomètres plus loin, ils se trouvèrent au centre d'une ravine balayée par le vent. La croûte neigeuse était aussi dure que l'asphalte, et le pick-up, avec ses pneus étroits, avait roulé dessus et s'était soudain enfoncé. Le vent hurlait, la neige tombait depuis les cimes agitées jusque dans la clairière et s'écrasait contre le véhicule comme les vagues de l'océan. Son père creusait autour des roues et des jantes avec une pelle, puis il sautait dans l'habitacle et poussait le moteur à fond, avançant d'une trentaine de centimètres avant que le pick-up ne s'enfonce à nouveau. John Gload apercevait le visage rouge et luisant de son père dans le faisceau des phares. Il plongeait le manche de la pelle dans la ravine qui disparaissait jusqu'au métal. Il se souvenait que le bonnet de son père était tombé et que ses cheveux étaient follement dressés sur sa tête et au-dessus de son front blanc. Au bout d'une heure à creuser, à pousser le pick-up et à creuser encore, ils avaient à peine parcouru trois mètres. Ils ne pouvaient pas non plus faire marche arrière car la neige avait déjà recouvert leurs traces, donnant l'impression que le Chevy avait été posé là comme un jouet au milieu de la ravine. La tempête venue du nord faisait rage, le monde n'existait presque plus au-delà des cônes jumeaux des phares et, à la limite de leur champ de vision, des pins noirs se dressaient sinistres et encapuchonnés, pareils à des bourreaux. Son père planta la pelle dans la ravine et grimpa dans le pick-up.

— Pfiou, fiston. Je crois qu'on a dû tomber dans un glacier ou un truc comme ça. On a dû le contourner à l'aller.

Il resta assis immobile au volant, hors d'haleine et en nage.

— Je crois qu'il est sans fond, ce sale fils de pute.

Il redémarra le moteur pour les réchauffer, les cylindres peinant et presque inaudibles dans les hurlements du vent aux portières, les flocons de neige granuleux tels des sauterelles sifflant sur le métal du capot. De sous le siège conducteur, son père sortit une bouteille de J&B et but au goulot.

Il expliqua à son fils qu'il allait prendre la direction d'un ranch qui se trouvait un peu plus loin, à l'ouest.

— Juste derrière ce bosquet, dit-il. Ce sera plus près que la cabane de chasse. (Il regarda le garçon et sourit.) C'est rien qu'une petite marche.

Il recommanda à son fils de rester dans le pick-up et de n'en sortir sous aucun prétexte. S'il avait besoin de faire pipi, il devait utiliser la bouteille de bière vide qui avait roulé sous le siège. Mais qu'il l'attende ici. Qu'il démarre le moteur de temps à autre et entrouvre légèrement la vitre. À la lueur du tableau de bord, il inspecta le contenu de sa bouteille, la glissa dans sa poche de manteau et descendit. La main sur la poignée de la portière, il parut hésiter un instant, jetant un coup d'œil vers la route qu'il avait empruntée jusque-là, vers les cieux blancs et tourbillonnants, et il s'enfonça dans la tempête. Gload le vit clairement pendant un moment, puis rien qu'une silhouette sombre ondulant entre les pins noirs et, le visage collé contre la vitre embuée, son père devint un élément de l'obscurité elle-même.

— Il n'est pas allé très loin, Val. Je pense qu'il était un peu désorienté parce qu'il n'a pas pris de direction précise. D'après ce qu'ont dit certains fils de pute après coup, la maison la plus proche par là-bas était à une quinzaine de kilomètres, près de Grass Range. Quand ils ont fini par me retrouver, j'avais déjà presque cané. J'ai perdu des orteils à ce pied.

Millimaki regardait l'intérieur de la cellule, hypnotisé par la voix désincarnée. Gload pensait peut-être que l'adjoint regardait le pied en question, ou bien voulait-il prouver la véracité de son histoire, quoi qu'il en soit il retira un brodequin marron usé et une chaussette marron, et avança dans un rai de lumière cet étrange pied, très blanc, avec deux orteils, ressemblant davantage à la patte d'un grand et curieux échassier qu'à un pied humain.

— Ils m'ont emmené à un ranch où ils m'ont installé dans une chambre à coucher. Le propriétaire de la cabane de chasse, le collègue de mon père, c'est lui qui est venu me chercher là-bas, il m'a traité de fils de pute parce que j'avais révélé à la police où se trouvait le reste de la viande. Mais j'avais rien balancé du tout. Quel connard sans cœur, dire ça à un môme qui vient de perdre son père.

Il hocha la tête dans l'obscurité avant d'ajouter :

— Un peu plus tard, je les ai vus le porter.

Gload se pencha en avant dans la lueur violette, et Val le vit contempler le sol et son pied étrange, nu et d'un blanc morbide.

— Rien qu'une petite marche, c'est ce qu'il m'avait dit. Je me souviendrai toujours de l'avoir vu hésiter un instant près du pick-up, mais il savait que je le regardais, je crois qu'il est parti d'un air sûr de lui pour que j'aie pas peur. Je pense que c'est ça. Mais il s'est retrouvé là-dedans, murmura Gload. Incapable de faire la différence entre le nord et l'est.

La dernière fois qu'il vit son père, deux shérifs le portaient dans la cour enneigée du ranch, un instantané lorsqu'ils passèrent dans l'étroit champ de vision qu'il avait depuis la fenêtre, de gauche à droite entre les plis des rideaux derrière lesquels il était assis, ses pieds noirs et enflés dans une bassine d'eau. C'était une masse informe qu'ils portaient, aussi indélicatement qu'on porterait une meule de foin ou un meuble, et quand ils passèrent en contrebas, il laissa dans la neige vierge un étrange sillage, comme si les deux hommes transportaient un dragon de conte de fées, sa queue et la pointe de ses ailes instables au-dessus de la neige étrangère.

Un souffle d'air émanant d'un lointain tuyau ou des fenêtres imparfaites au niveau de la rue fit tanguer l'ampoule nue de Gload, la chaîne tinta doucement, et il leva le regard vers le plafond. Au coin de ses yeux s'étiraient de longues crevasses qui disparaissaient dans sa chevelure clairsemée, et l'insomnie chronique avait ourlé de rouge ses yeux injectés de sang.

Il paraissait abattu par l'effort de sa longue narration, d'avoir revécu cette nuit d'hiver qui l'avait recréé au sein du monde. Sa voix, quand il reparla enfin, était faible et rauque.

— De là-bas, je suis allé à l'hôpital, puis dans un orphelinat géré par des femmes bizarres vêtues de noir, le tout en quelques semaines à peine. C'était une période sacrément difficile pour un môme, faut bien l'admettre.

— J'imagine, oui, dit Millimaki. Mon vieux s'est endormi pour une sieste et ne s'est jamais réveillé, c'était déjà traumatisant.

Gload le dévisagea entre les barreaux. Assis le dos droit sur sa chaise, il écarta les mèches fines sur son front et se racla la gorge.

— C'est arrivé quand ?
— Oh, ça doit faire un an. Un an et demi.
— Il avait quel âge, votre vieux ?
— Soixante-deux ans. Il est mort dans son fauteuil.
— C'est rude.
— C'était un homme très correct. Il avait un tempérament un peu fou, mais il ne m'a frappé qu'une seule fois, et je l'avais bien cherché.
— Mort dans son fauteuil. Et vous avez le sentiment que vous auriez dû être près de lui.
— Oh, je ne sais pas. Pas tant que ça, non. Mon cousin passait le voir tous les jours.
— Vous avez le sentiment que vous auriez pu faire quelque chose pour éviter ça, j'imagine.

Val dévisagea le vieil homme.

— C'est arrivé comme ça. Il a eu une vie difficile.
— Soixante-deux ans. Vous avez perdu votre père assez jeune, comme moi.

Il marqua une pause évidente afin que l'importance de leur ressemblance baigne ce moment.

— Pas si jeune que ça, rétorqua Millimaki.

Gload continua comme s'il n'avait pas entendu.

— Et votre mère ? Où est-elle ?
— Partie il y a bien longtemps, maintenant.
— Et je parie qu'elle vous a laissé tomber, pas vrai ? Comme la mienne ? Je parie qu'elle s'est fait la malle.

Millimaki se leva.

— Comme je vous l'ai dit, c'était il y a longtemps.

Les mains de Gload apparurent. Il empoigna les barreaux de sa cage et avança le visage dans la lumière des néons.

— On est juste deux orphelins malchanceux, pas vrai, Valentine ?

Le visage du vieil homme était un masque mortuaire souriant dans la lumière artificielle brutale. Millimaki s'excusa et ramassa un petit sachet marron à côté de sa chaise. Au bout du couloir, Gload l'entendit s'adresser à un autre prisonnier.

Il revint rapidement, reposa le sachet vide et s'installa sur la chaise. Gload arqua un sourcil inquisiteur.

— Le dénommé Grogan, là-bas, il a une mauvaise toux. Je lui apporte du sirop antitussif artisanal. Ceux qu'on achète en magasin n'ont pas l'air de faire grand-chose.

— On se croirait dans un foutu centre pour tuberculeux, ici, dit Gload. Je l'ai écouté cracher ses poumons toute la journée.

Il remonta lentement sa chaussette, laça sa chaussure et, une cigarette coincée à la commissure des lèvres, il détailla le jeune adjoint.

— Foutu flic au grand cœur. Le Christ sur sa croix.

Il renâcla et hocha la tête avec une incrédulité amusée. De la fumée s'échappa de ses narines. Il essuya le bout de ses chaussures avec l'ourlet de sa salopette et les examina à la lumière.

— Quelle heure vous avez, Val ?

— Un peu après une heure. Une heure dix.

Millimaki consulta sa montre à l'instant où la cloche de l'église catholique à trois pâtés de maisons sonnait un coup.

— Voilà. Je dois être un peu en avance.

— Vous avez déjà mangé ?

— Oui. Juste avant de venir.

Gload réfléchit. Il se leva, approcha sa chaise des barreaux et disposa sur le sol son matériel pour fumer, installant la boîte de conserve sur son genou.

— Pourquoi vous vous approchez pas un peu, Val, pour qu'on empêche pas ces connards de dormir. À moins que vous ayez mieux à faire.

Val regarda encore sa montre d'un geste machinal et il inclina la tête, écoutant un instant le couloir endormi. Grogan sommeillait, les autres dormaient ou écoutaient en silence.

— Pas franchement, non.

Il souleva sa chaise et la plaça plus près des barreaux, juste hors d'atteinte. Il y prit place, croisa les jambes et, dans l'obscurité, Gload sourit sans le quitter des yeux.

— Vous faites toujours pas confiance au vieux, Val.

— Ce sont les consignes, John. Vous devriez le savoir.

Gload se pencha en avant juste assez pour croiser le regard de l'adjoint. Il affichait une mine affectueuse.

— Val, je vais vous raconter des choses, et vous pouvez les transmettre à votre Vieux Chef, mais je pense pas que ça fera aucune différence pour moi, au stade où j'en suis.

— Vous savez que je serai obligé de rapporter les informations concernant d'éventuelles activités illégales, alors vous feriez peut-être mieux de vous contenter de sujets neutres.

— Les consignes.

— Peu importe la terminologie.

— Eh bien, c'est moi que ça regarde, Val.

— Je voulais juste que les choses soient claires.

— Elles sont parfaitement claires, monsieur l'adjoint.

— Très bien.

Gload s'était encore avancé sur sa chaise et il était positionné à moitié dans la lumière, à moitié dans l'obscurité, comme s'il avait été coupé en deux et exposé là, la tête et les épaules d'un criminel empaillé, un trophée présenté aux touristes et aux enfants dans un diorama de l'univers carcéral: une table, une chaise, une couchette. Un tueur.

Il avait supporté à peine six mois l'orphelinat catholique où on l'avait confié comme pupille de l'État voisin, où étaient enterrés les os de sa mère. Les premiers mois furent marqués par de longs silences mornes et des taquineries incessantes tandis que le garçon cherchait la solitude dans l'obscurité réconfortante des penderies, des remises de jardin et des placards de cuisine. Puis il commença à se battre. Pour le jeune John Gload, il n'y avait rien d'amusant dans ces altercations, et presque dès la première, le sang finissait par couler, comme si, à l'image d'un sacre païen, elles ne pouvaient se terminer autrement. Des garçons trois ou quatre ans plus vieux que lui et plus lourds de dix kilos en sortaient les oreilles arrachées et les yeux crevés, la commissure des lèvres déchirée là où Gload avait enfoncé ses doigts et tiré, comme on craque un sac de jute. Les hurlements de ses camarades de chambre, les menaces des nonnes et des prêtres tombaient dans l'oreille d'un sourd, et Gload reçut plus d'une fois un coup de canne sur le coin de la tête par un des vieux Jésuites alors qu'il s'acharnait, maculé de sang et stoïque, à califourchon au-dessus d'un garçon qui avait peut-être simplement ri au mauvais moment.

Rares furent les enfants ou les adultes attristés par son départ, et quand il prit la route en douce vers l'ouest sous un quartier de lune, ses pieds à peine guéris, personne ne partit à sa recherche ni ne déclara sa disparition. Il traversa l'État à pied ou en voiture. Il partagea le plateau d'un pick-up avec une gamine de six ans, membre des jeunesses agricoles, seule avec un cochon si gros qu'il aurait pu l'écraser et la dévorer. Il roula dans une Oldsmobile avec un vendeur de confiseries originaire de Duluth dans le Minnesota, qui lui offrit vingt dollars pour voir son caleçon. Il y eut deux céréaliers flegmatiques, des frères peut-être jumeaux, que les nuages agglutinés dans le ciel du Canada, au nord, inquiétaient tant qu'ils quittèrent la route et roulèrent à travers champs et jachères vers une étrange structure métallique hérissée d'antennes qu'ils appelaient le Temple météorologique de Jésus-Christ, et qui lui proposèrent d'entrer et de prier, s'il pouvait leur prouver la pureté de son cœur; et il roula avec l'épouse d'un éleveur, à demi-folle et ivre à midi, qui les aurait tués tous les deux contre le parapet d'un pont si Gload n'avait pas tenu le volant alors qu'elle s'était endormie. Par ces moyens, et d'autres encore, il passa la frontière et retourna dans le Montana, à l'été 1947.

Dans la petite ville où il arriva cet après-midi-là, des garçons de son âge perchés sur leurs vélos le dévisageaient tandis que d'autres marchaient vers la rivière avec des cannes à pêche sur l'épaule. À l'exception de la crasse sur ses vêtements et de son regard de prédateur, il aurait pu être l'un d'entre eux.

Il avait chaud et il était fatigué d'avoir marché plusieurs kilomètres ce matin-là depuis la voie rapide où l'avait déposé une voiture. L'air embaumait du parfum sirupeux des mélilots poussant en bordure de route, et les revers de son pantalon étaient jaunes, comme s'il avait traversé un champ de craie.

Il l'aperçut alors qu'il arpentait le quartier, une femme âgée en robe de chambre agenouillée sur un tapis de jardinage derrière une clôture métallique, retournant la terre de son parterre de fleurs à l'aide d'un déplantoir. Un petit loulou de Poméranie blanc ivoire était installé à côté d'elle et haletait à l'ombre d'un lilas. Gload descendit la rue puis fit demi-tour, et il la vit se lever, porter les mains à ses reins et regarder le soleil. Elle se pencha pour parler au chien qui se leva, poussa quelques aboiements aigus et se mit à courir en cercle comme un jouet mécanique.

Il franchit le portail à l'arrière du jardin, fit une pause sous une mangeoire suspendue où voletaient de petits oiseaux jaunes qui faisaient pleuvoir sur lui de minuscules graines. Un oiseau se percha sur une branche lourde de fleurs couleur prune et entonna une longue et douce canzonette en guise de salutations.

Il passa la porte en silence et parcourut les pièces sans savoir ce qu'il cherchait. Il empocha une brosse à cheveux, une montre, des pièces de monnaie dans un bol en porcelaine sur une table de chevet. Il se sentait à l'aise, comme si les parfums, les saints en plâtre, le tic-tac et le tintement faible des pendules constituaient des souvenirs de sa propre enfance, les fantômes de désirs oubliés. Quand la vieille entra dans la pièce, le jeune John Gload était devant le manteau de la cheminée où il observait les visages des photos encadrées, cherchant peut-être dans le grain de ces images le sien, qui lui rendrait son regard. Elle ne prononça pas un mot, se contenta de fixer bouche bée ce garçon en haillons dans sa maison. Le petit loulou de Poméranie aboya, se jeta sur lui et plongea ses dents acérées dans sa cheville nue. Sans réfléchir, le garçon l'empoigna et le jeta contre le mur. Alors seulement se mitelle à hurler. En un seul mouvement fluide, Gload s'empara d'une lampe à pied, frappa la femme au-dessus de l'oreille gauche avec la lourde base en plomb. Il fut surpris de la voir s'effondrer aussi vite et aussi lourdement, et elle resta étendue sur le tapis dans un rayon de soleil estival, inerte.

Il reposa la lampe sur la table, la positionna dans le cercle sans poussière où elle s'était trouvée et il contempla ses mains. Il scruta la petite tache écarlate sur le mur où le chien s'était écrasé, une marque runique pareille à une peinture préhistorique, et il se posta au-dessus du paillasson animé qui ouvrait et fermait sa petite bouche obscène sans un bruit.

Puis il surplomba la femme. Elle était très pâle, allongée les bras écartés, une jambe repliée sous elle comme si elle avait fait un simple faux pas pendant une danse. Il s'agenouilla, ouvrit la robe de chambre et redressa prudemment ses longs membres, si légers, pensa-t-il, comme si ses os étaient déjà retournés à la poussière. Il souleva sa chemise pâle et examina les parties que les garçons à l'orphelinat évoquaient en chuchotant, et qu'il avait vues dans les magazines cochons que certains conservaient à l'abri du regard des nonnes. Il s'allongea sur elle tout habillé et, au bout d'un moment, il passa les bras autour d'elle et lui parla, prononça le nom d'une fille de l'orphelinat voisin avec qui il avait dansé un soir, et il dit certaines choses que disaient les garçons dans le vestiaire après le cours de sport. Les yeux de la femme étaient mi-clos et d'une narine, une goutte apparut telle une larme rouge et visqueuse.

Il se releva. Le petit chien était encore étendu et émettait un ronflement, puis il ne bougea plus, son œil ouvert légèrement proéminent et illuminé par les longs rais de soleil d'après-midi qui s'insinuaient par les fins rideaux. Il regarda la femme encore une fois, s'approcha d'elle, replaça les plis de sa robe de chambre sur ses seins et ses membres flétris. Il y avait un petit coussin sur le canapé, un entrelacs de dentelle blanche en guise de bordure et des mots incompréhensibles brodés au point de croix. Il le glissa sous la tête de la femme et, à l'exception du sang sous son nez et de la plaie au-dessus de son oreille sous laquelle s'était formée une mare écarlate, on l'aurait cru endormie.

Dans la cuisine, il s'arrêta et choisit une pomme dans une coupe en porcelaine, et au milieu de la pièce lumineuse, il contempla la pomme dans sa main. Il la posa sur le comptoir, retourna dans l'autre pièce. Il fouilla dans un tiroir, trouva une paire de chaussettes d'homme avec lesquelles il épongea le sang de sa cheville avant de les enfiler. Il repassa devant la femme, s'arrêta un instant et baissa les yeux. Il enleva le coussin de sous sa tête, le mit sur son visage, lut à nouveau les mots brodés – étrangers, irrémédiablement intraduisibles, et ainsi inoubliables car ils lui semblaient porteurs d'un message, leur signification aussi obscure et cataclysmique que le chant du chardonneret.

En partant, il prit la pomme sur l'îlot de cuisine, ferma et verrouilla la porte, puis il s'éloigna sans se presser vers l'est, de cette étrange démarche claudicante sous une arcature d'ormes imposants, ses oreilles emplies de chants d'oiseaux.

QUAND il eut fini son long récit, le vieil homme s'adossa à sa chaise, raide, avec un grognement de protestation à peine audible contre les barreaux du dossier ou contre ses vieux os, Millimaki l'ignorait. Il se redressa sur sa propre chaise, le dos raide lui aussi, et quand il consulta sa montre suivant sa vieille habitude, il se rendit compte que son service était presque terminé. Il avait oublié de déjeuner, son estomac grinçait et grondait. Le couloir était éclairé par la lumière marginale des hautes fenêtres, le bruit des hommes qui urinaient et grattaient des allumettes annonçait un jour nouveau. Grogan s'était remis à tousser.

Gload semblait s'être retiré très loin, après avoir évoqué ces souvenirs, et dans son obscurité privée, il resta longtemps sans parler. Il pencha enfin son long visage dans la lumière violette et leva les yeux pour observer l'adjoint, comme pour déchiffrer quelque chose dans l'expression du jeune homme.

— C'est drôle, non, Val, que j'aie pu prendre cette voie à cause d'un loulou de Poméranie ?

— Attendez. Une pomme ? Vous avez mangé une pomme ?

— Une pomme, oui, pourquoi pas ? Ouais. C'est pas important, Val, mais voilà le truc.

Il était assis, les avant-bras sur les genoux, le regard fixé sur la paume de ses mains immenses comme si sa vie y était transcrite dans les crevasses et les rides, et qu'il se contentait de la lire à voix haute.

— Environ trois kilomètres plus loin, je me suis assis au bord d'une voie ferrée pour reprendre mon souffle. C'était un moment intéressant. Une fois la pomme mangée, je n'éprouvais absolument plus rien pour cette femme.

Il leva les yeux pour dévisager Millimaki, les mains encore ouvertes sur ses genoux en une pose d'offrande.

— Val, j'ai su à cet instant que j'aurais plus jamais besoin de bosser un seul jour de ma vie.

7

En haut des marches, il savourait le matin. Les oiseaux chantaient dans les ormes de l'autre côté de la rue, dans la cour du tribunal, le soleil à travers les branches tachetait les pavés humides de l'allée et, dans la lumière intermittente, l'herbe récemment tondue brillait, comme constellée d'éclats de diamant. Émergeant de la lumière artificielle et glacée de la prison, plongé dans cette journée d'avril dorée et dans le chant des oiseaux, Millimaki se sentait plus que jamais prisonnier. Un lieu d'obscurité perpétuelle où, même par un jour de printemps resplendissant, la pénombre ne disparaissait pas mais se retirait simplement, reculant comme un brouillard et s'attardant près du plafond où étaient fixées les chaînes des néons. Quand il se rasa en fin d'après-midi, les yeux du travailleur nocturne qui le scrutaient dans le miroir étaient ourlés de rouge, sa peau cireuse, presque jaune. Il examina le dos de ses mains à la lumière du jour, elles lui semblaient lisses et pâles comme celles d'un enfant. Il craignait qu'un virus carcéral n'ait pris possession de son corps, contracté par une poignée de main, une toux, un éternuement. Ou de se transformer en Gload. Il se demandait aussi si, comme une maladie contagieuse, le vieil homme ne lui avait pas transmis son insomnie, et s'il pouvait l'accuser de ce manque de sommeil qui semblait incurable.

Des hommes en uniforme arrivaient pour prendre leur service, et il regarda Weldon Wexler garer sa voiture dans le parking de l'autre côté de la rue. Il le vit réajuster sa matraque, ranger son arme dans son étui, se pencher pour se recoiffer dans la vitre de sa voiture en guise de miroir. Puis il se redressa et pivota. Il s'engagea dans la rue et affecta un boitement soudain.

Val le croisa en bas de marches.

— Tu peux aller retrouver ta femme, Millimaki, dit Wexler. Je l'ai un peu fatiguée, mais à part ça, elle va bien.

— Tu sais, Wexler, même si je t'aimais bien, ça ne serait pas marrant.

— Je crois qu'on a réveillé les voisins avec nos gémissements et nos cris. Mais je suis allé les voir et je leur ai dit: "Rendormez-vous, je suis représentant de l'ordre."

— Techniquement, j'imagine qu'on peut dire ça, oui. Du moins, tu en portes l'uniforme.

— Tu pourrais essayer un coup de crachat et de cirage, collègue. On dirait que tu viens d'aller traire les vaches.

— Qu'est-ce que tu sais au sujet de la petite visite que notre ami Dobek a faite à Gload ?

— En quoi ça te concerne ? Quoi, on a vexé ton petit copain le tueur ?

— C'était vraiment inutile.

— Écoute, collègue. (Wexler gravit deux marches pour surplomber Millimaki, et quand il reprit la parole, il s'adressait au vide au-dessus de sa tête.) On va dire les choses comme ça. Je compte bien obtenir des infos de Gload qui pourraient nous permettre de résoudre Dieu sait combien d'affaires en suspens. Si en faisant peur au suspect, on peut le pousser à parler de certains trucs, alors je le ferai.

— Mais nom de Dieu. Lui faire peur ? Ce type a saigné des gens pendant un demi-siècle. Il a vu et il a commis les crimes les plus ignobles et abjects qui soient. Tu crois vraiment que tu peux lui faire peur au point qu'il passe aux aveux ?

Le sourire qu'afficha Wexler était pincé et hypocrite. Il posa la main sur son pistolet dans l'étui, l'autre sur le bout de sa matraque, il se redressa les jambes écartées, le dos droit, une attitude qu'il avait dû voir à la télé ou qu'il avait répétée devant le miroir. Il prononça "Valentine" d'un ton que Millimaki n'avait pas entendu depuis la maternelle. Un ricanement, une moquerie.

— Valentine, dit-il. Si je ne peux pas lui faire peur, je serai son pote. Comme toi.

Il se pencha et tendit l'index et le majeur croisés devant le visage de Millimaki :

— Aussi proches que ça. Comme cul et chemise.

La rivière coulait à trois kilomètres de la prison, et il roula jusque-là, se gara à côté de la berge rocheuse au-delà de laquelle l'eau était aussi paisible et calme qu'un lac. Partout, des mouvements emplissaient le ciel matinal, des vols de canards qui décollaient, d'autres qui évoluaient parmi les chaumes des champs sur la rive, leurs cris qui l'atteignaient lui évoquant ceux de jeunes enfants jouant aux pirates sur une embarcation au milieu de l'eau tranquille. L'odeur organique de la rivière s'élevait jusqu'à ses narines tel le souffle d'une créature vivante. Sur la berge opposée, les cheminées rouillées d'une raffinerie se dressaient en rang, lançaient leur fumée vers le ciel comme des canons d'artillerie, et lorsque le crépuscule bleuté s'installerait, la structure avec ses lumières vibrantes et ses langues de feu bleu outremer ressemblerait à une ville en guerre, assiégée.

Il était 9 heures du matin, et il buvait de la bière en regardant les canards flotter sur la rivière, dessiner des cercles, se rassembler, et par centaines, par milliers en une cacophonie, s'éloigner vers le nord en direction des marais et des trous d'eau du Canada. Il sombra dans un bref sommeil confus, et le chœur des oiseaux se mua, dans son rêve, en voix qui l'appelaient depuis un outre-monde absurde d'arbres noirs animés comme des serpents où, prisonniers de leurs anneaux, les victimes pâles de ses recherches tendaient les bras en implorant.

Il se réveilla en sursaut et trouva un agent de police debout à côté de sa vitre à demi baissée.

— Comment ça va là-dedans, Millimètre ?

— Agent Moon. Bon sang.

Millimaki porta la main à ses cheveux, essuya la pellicule de sueur moite qui s'était formée sur son front pendant son sommeil éclair.

— Discret comme un voleur en pleine nuit.

L'agent sourit, dévoilant sa dentition parfaite de star de cinéma. Il avait grandi dans une ferme de la Hi-Line, dans le nord du Montana. Ils avaient discuté plusieurs fois pendant des réceptions de police, ils s'étaient trouvé en commun le désir de ne plus voir le bétail maigre ni les machines bricolées à l'aide d'un fil de fer et de quelques prières, ni de se réveiller au bourdonnement des mouches contre les vitres. Malgré son physique d'accro à la muscu, Millimaki savait que c'était un homme doux et un bon flic. Il portait des lunettes de soleil réfléchissantes, et Millimaki y apercevait son propre visage blafard, le journal chiffonné sur le siège passager, la canette de bière entre ses cuisses.

— Tu t'agitais là-dedans comme si on t'avait fixé des câbles de démarrage au cul.

— Sans déconner ?

— Si, sérieux. Tout va bien ?

Millimaki tenta de lisser sa chemise d'uniforme. La lumière crue lui transperçait les yeux, et il y appuya ses pouces pour atténuer la douleur.

— Sauf que je n'arrive plus à dormir. Je termine le boulot, ma femme est déjà partie, je rentre et je n'arrive pas à dormir. Je viens de finir mon service. (Il regarda sa montre.) Enfin, il y a deux heures. Quand je rentre chez moi, je suis totalement crevé, mais je suis debout et remonté comme une montre à deux dollars.

Moon se redressa et observa le jour étincelant, la rivière satinée avec ses myriades d'oiseaux, et il reposa les yeux sur sa propre voiture de patrouille qui tournait encore. Sa chemise d'uniforme était parfaitement coupée, les manches roulées pour dévoiler ses biceps. Il sortit un petit carnet de sa poche de poitrine et entreprit d'y écrire quelque chose.

— Il m'en fallait six, de ces saloperies, avant de pouvoir m'endormir, dit-il. C'était terrible.

Il tourna le carnet face à Millimaki pour qu'il puisse lire, passa l'index sous les lettres majuscules comme s'il faisait la leçon à un enfant.

— Alors la solution, la voilà. C'est à base de plantes, naturel, aucun effet secondaire, rien. C'est magique, putain.

Il arracha la feuille et la glissa entre deux doigts par la fente de la vitre, comme une contravention pour excès de vitesse.

— Ouais, je commençais à avoir du bide, continua-t-il en passant les mains sur le devant parfaitement plat de sa chemise. Je m'enfilais huit cents abdos par jour et je grossissais quand même. Toute cette bière.

Il s'était penché pour parler à Millimaki par la fenêtre. Il se redressa et posa les mains sur le toit du pick-up.

— Bon, moi évidemment, je buvais à l'abri de ma propre maison, pas au bord de la rivière comme un lycéen rebelle.

— Eh bien, Agent Moon, je vais peut-être aller me chercher ces cachetons de hippies. Et puis j'irai rattraper mon sommeil en retard dans le parking du Daylite Donuts pendant mes heures de service, comme toi.

Moon s'écarta de la voiture.

— Descendez du véhicule, monsieur, s'il vous plaît. Je crains d'être obligé de vous casser la gueule.

— Moon, mec, écoute-toi parler.

Millimaki se passa la main sur les yeux et, soudain, il eut l'impression de pouvoir s'endormir sur place, ou n'importe où, dormir pendant un jour et une nuit, et réintégrer le monde réel des créatures diurnes dans la lumière éclatante du lendemain matin.

— Si tu es comme ça avec un collègue, j'ai du mal à imaginer que tu puisses être sympa avec les citoyens.

Moon sourit.

— Sérieusement, Val, va chercher ces trucs, rentre chez toi et dors.

Il tendit brusquement le bras, arracha la bière entre les jambes de Millimaki et la jeta dans les saules pleureurs.

— Putain d'alcoolique.

IL effectua l'heure de route comme dans un brouillard. Le long de la rivière, les peupliers et les aulnes arboraient une frénésie de feuilles nouvelles, les veaux couraient et bondissaient le long des berges où broutaient leurs mères, somnolentes et enfoncées jusqu'aux jarrets dans l'herbe éclatante. Il roula vitres baissées. Des sturnelles et des carouges à épaulettes chantaient sur les poteaux des clôtures en bordure de route et dans les saules le long du cours d'eau. Par la fenêtre, les notes enjouées qu'il avait entendues toute sa vie semblaient confuses et brouillées à son oreille, le chant d'espèces inconnues.

Chez lui, pas de petit mot habituel signé de sa femme, pas de dîner, peu de choses indiquant sa présence ces derniers temps. Il s'assit dans le fauteuil près de la cheminée. Des cendres d'un blanc d'os voletaient dans l'âtre froid. Il resta ainsi longtemps à regarder ses mains blanches de prisonnier sur ses genoux.

— IL n'est pas menuisier, Maman, et il n'est pas mécano, et pas non plus, comment ça s'appelle, il n'est pas cantonnier pour entretenir l'allée dehors.

Il sortit pieds nus de la chambre. Ses cheveux se dressaient sur son crâne en une coiffure irrégulière et il avait la sensation que ses orbites étaient remplies de sable. Elle lui tournait le dos et se penchait au-dessus de la table à manger, s'appuyant sur un bras, le téléphone calé contre son épaule. Il voyait les contours de son dos aux formes enfantines sous son T-shirt jaune moulant, les os de sa colonne vertébrale, leur dessin vaguement sinueux, et il lutta contre l'envie de le caresser.

— Je ne sais pas, dit-elle. C'est comme ça. (Elle écouta en silence.) Je vais devoir vivre avec. Oui, Maman, merci, c'est un très bon conseil.

Elle écarta le combiné de quinze centimètres comme s'il était soudain devenu brûlant.

— Non, je suis désolée.

Elle le répéta encore une fois, faiblement, avec résignation.

— Oui. C'est comme ça. (Elle écouta.) Oui. Embrasse aussi Papa pour moi.

Elle reposa le téléphone d'un geste délibéré sur le socle et se redressa, les poings serrés sur la table, la tête penchée.

Millimaki s'adressa à son dos :

— Qui a dit que je n'étais pas menuisier ?

Elle fit volte-face. Une mèche de cheveux dorés se trouva prisonnière de sa bouche furieuse et elle l'écarta brutalement.

— Bon sang, Val, fais pas ça.

Elle baissa les yeux vers le téléphone sur la table basse qui semblait l'avoir trahie, et elle reposa le regard sur Millimaki.

— Je croyais que tu dormais. Tu devrais.

— Si tu as besoin d'un menuisier, je peux te faire un truc d'aplomb et d'équerre jusqu'à ce que mort s'ensuive.

Il se tenait devant elle, implorant, dans son pantalon de pyjama élimé, les paumes tournées vers le ciel, les yeux plissés dans la lumière éblouissante du mois d'avril, après l'obscurité confinée de la chambre. Il contempla son visage. Ces derniers temps, il était trop souvent une géométrie de lignes tranchantes, de formes tranchantes, et au cours des brefs et rares instants où leurs vies s'entrecroisaient, elle avait été insensible à ses plaisanteries qui, dans leur couple, avaient toujours brisé la glace, réglé les désaccords, servi de cataplasme sur la blessure enflammée d'une dispute.

— C'est trop demander, Val, que la porte fonctionne bien ?

— Non, ce n'est pas trop demander. Ce n'est vraiment pas trop demander.

— Je me bats contre cette porte depuis le premier jour. J'ai failli me casser le pouce en essayant de l'ouvrir, aujourd'hui. (Elle brandit son pouce en parlant.) Et ça laisse entrer la terre, la neige et Dieu sait quoi d'autre. Les insectes. Les serpents. Depuis le premier jour. Je la déteste.

— D'accord, Glenda. Mais il n'y a pas de serpents.

— Je la hais.

Il lui adressa un sourire.

— C'est horrible, de détester un truc aussi joli et pratique qu'une porte.

— Je ne suis pas d'humeur. Vraiment pas. (Elle regarda les pieds nus de Millimaki.) Et, bon sang, où sont tes chaussons ?

— Je m'y colle tout de suite, à cette porte. Je la lâche plus d'une semelle.

— Arrête. Je ne plaisante pas. Pas du tout.

Il passa deux heures à raboter le bord de la porte avec la vieille ponceuse de son grand-père jusqu'à ce qu'elle pivote sans mal sur ses antiques gonds. La ponceuse avait laissé à ses pieds des rubans de copeaux clairs. Il avait les paumes à vif. Les pierres des fondations n'étaient pas cimentées, elles bougeaient et tanguaient comme un chalutier à chaque gel et chaque dégel. D'ici quelques mois, la porte ne serait plus d'équerre. Il avait appris à attendre. En octobre, elle serait à nouveau bloquée sur ses montants déformés et inégaux.

Ils dînèrent sans un mot, le tintement assourdissant des fourchettes sur la porcelaine dans la pièce silencieuse, et, à leur habitude, ils se levèrent de table sans débarrasser les assiettes sales ni les verres de vin vides pour faire une promenade en voiture. Dans la Datsun jaune pâle de Glenda, ils serpentèrent lentement vers le pied de la colline, négociant les racines et les pierres mises à nu par les pluies printanières, et ils atteignirent le bitume de la voie rapide. Vingt kilomètres plus loin, ils s'engagèrent sur une route gravillonnée qui partait vers le sud-est en direction de la vieille ville minière de Hughesville. Le soleil brûlait dans les rétroviseurs et la poussière s'élevait derrière eux en un nuage rouge sang. Dans les parois calcaires du canyon, des statues et des visages difformes se découpaient parmi les crevasses ombragées et les saillies. Glenda regardait par la fenêtre passager. Des cerfs se tenaient avec leurs petits tachetés entre les pins lodgepole, les saules rougeoyants et le sumac en bordure d'eau, ils les observaient d'un œil méfiant, et, quand Val les montra à Glenda, elle ne bougea même pas la tête, ne prononça pas le moindre mot.

Ils se garèrent dans le fossé du bas-côté et se frayèrent un chemin entre les treillis broussailleux jusqu'au petit cours d'eau. Elle lui prit la main en silence. Sur la berge, ils s'étendirent dans l'herbe, bercés par les remous de l'eau. En quelques instants, il s'endormit. Il se réveilla d'une somptueuse sieste sans rêve, et Glenda avait disparu. Il la trouva dans la voiture, recroquevillée sur la banquette arrière comme une enfant. Il grimpa dans l'habitacle et referma la portière sans bruit. Elle ne se réveilla pas, ou fit semblant, tandis qu'il les ramenait à la maison dans la lumière bleue et fraîche qui baignait le canyon. Au-dessus d'eux, le jour diminuait dans une palette de couleurs étincelantes, les pins oscillant sur les crêtes aussi brillants que des flammes de bougies.

La petite voiture grinça et tressauta sur la colline jusqu'à la maison plongée dans le noir. Millimaki s'appuya au capot, en quête de chaleur, et sa femme resta étendue sur la banquette arrière. Le chien s'était approché du grillage de sa cage et gémissait tout bas.

Val resta ainsi jusqu'à ce que le crépuscule laisse place à l'obscurité. Des chauves-souris émergèrent par centaines des crevasses du ravin rocailleux au sud, elles voletèrent en masse parmi les constellations qui brillaient froidement entre les palissades noires des pins. L'unique lumière du jardin s'était allumée. Il s'approcha de la portière arrière pour réveiller sa femme. Elle avait passé une main sous sa tête, et il la contempla par la vitre poussiéreuse. Dans l'étrange lumière, son épouse paraissait faite de cire.

8

Comme convenu, Val se présenta au bureau du shérif après son service la semaine suivante. D'un geste bref de la main, la secrétaire le fit entrer discrètement dans le sanctuaire, et ses yeux ne quittèrent pas l'écran, des yeux vides et irisés d'insecte. Dans la pièce, Millimaki resta debout devant le bureau jonché d'un fouillis de documents et de sacs en plastique remplis d'articles ésotériques, et il éprouva une pointe de culpabilité, comme s'il s'apprêtait à violer un pacte sacerdotal.

Le shérif l'observa par-dessus ses lunettes demi-lunes.

— Je vous ai convoqué ?

— En quelque sorte, chef. Vous m'avez demandé la semaine dernière de venir vous voir pour discuter. Au sujet de Gload. Si jamais j'entendais parler de quelque chose.

L'homme dévisagea Val d'un œil grave.

— Apparemment, le remède que je vous ai conseillé contre votre mal n'a pas fonctionné.

— J'ai essayé. Mais boire de la bière si tôt dans la journée me donne la migraine.

— Ce n'est pas tôt, techniquement, quand vous êtes de service de nuit. Nom de Dieu, c'est toujours l'heure d'une bonne Miller.

— Je n'arrive pas à en convaincre mon cerveau.

Le shérif acquiesça d'un air triste, et ses lunettes qui paraissaient si peu à leur place sur son visage glissèrent au bout de son nez. Il les repoussa, rejeta la tête en arrière pour inspecter le jeune homme à travers les verres-loupes comme si une image plus nette aurait pu l'aider à mieux comprendre.

— Vous êtes toujours proche du vieil homme ? demanda-t-il.

— Oui, si on veut.

— Il vous prend peut-être pour son fils prodigue, bon sang. Je l'ai jamais entendu prononcer plus de quatre mots à un flic, et c'était "Allez vous faire foutre."

— Je ne saurais pas l'expliquer, moi non plus.

— Et puis il discute aussi avec Wexler, ce qui me rend vraiment perplexe. Peut-être que ce vieux fils de pute se radoucit. Ou que son cerveau ramollit.

— Je n'étais pas au courant.

— Qu'il discutait avec Wexler ou qu'il ramollissait du cerveau ?

— Wexler.

— Il n'y a jamais fait allusion ?

— Eh bien, il m'a juste dit que Wexler était passé le voir. Mais pas vraiment qu'ils avaient discuté.

— Peut-être qu'il ne veut pas vous vexer.

Val ne répondit pas. Le shérif s'affaira sur le désordre de son bureau.

— Alors, qu'est-ce que vous avez de neuf à m'apprendre ?

— Il m'a parlé d'une vieille femme qu'il avait tuée.

— C'est pas vrai.

Le shérif retira ses lunettes et les posa au milieu des documents éparpillés. Son intérêt était piqué au vif. Il fouilla dans son tiroir supérieur dont il sortit une petite pipe marron, il regarda dans le foyer puis cala le bec à la commissure de ses lèvres.

— Et si, c'est vrai.

— Excellent. Vous avez lu quelque chose à ce sujet dans son dossier ?

Millimaki croisa les poignets devant lui et tint sa casquette par la visière, scrutant le logo du comté fixé devant.

— Je ne sais pas si c'est à ça que vous vous attendiez quand vous m'avez demandé de passer vous voir, chef.

— Eh bien, c'est à moi d'en décider, monsieur l'adjoint.

— C'était un peu plus à l'est, à Wibaux, je crois.
— Et alors ? Ça ne change rien pour nous.
Val regarda par la fenêtre.
— Il avait quatorze ans.
— Quatorze ans.
— Oui, chef.
— Bon Dieu, ça remonte à, quoi, une soixantaine d'années ?
— Soixante-quatre ans.
— Eh bien, voilà qui ne nous aide pas franchement, hein ?
Millimaki continua de tripoter la visière de sa casquette.
— Il m'a dit que ça ne l'avait pas tracassé. Pas très longtemps, du moins.
— Eh ben, je reconnais bien notre gars.
— Il a compris, après ça, qu'il n'aurait plus jamais besoin de travailler.
Le shérif s'adossa à sa chaise.
— Le début d'une longue carrière mouvementée.
Il joignit ses mains sous son menton, en prière, et leva les deux index comme le font les enfants pour jouer. Il parcourut du regard la silhouette mince et cireuse du jeune adjoint.
— Et comment va Gail ?
— Elle va bien. C'est Glenda, d'ailleurs.
— Mais bon sang, bien sûr que oui.
— Bien. Elle va bien.
Le shérif le dévisagea. Val regardait l'unique fenêtre, haute et arquée, brillante dans la lumière matinale malgré la calligraphie de traînées d'eau séchée et les éclaboussures de fientes des ignobles pigeons roucoulant dans les gouttières au bord du toit. Le bâtiment avait jadis fait partie intégrante de la prison, aussi les fenêtres étaient-elles équipées de barreaux dont les ombres s'étiraient sur le sol et le mur opposé.
— Votre bouche dit que tout va bien, mais votre visage clame le contraire.
— Elle a du mal avec mon service de nuit.
— Plus de mal que vous.
— Plus de mal que moi, chef. Je crois que oui.

— C'est difficile. Je sais. Je suis passé par là. On y est tous passés.

— Je sais. Je ne vous demande rien.

— Je sais bien, oui. Je ne pourrais pas faire grand-chose, de toute façon, Val. C'est une question d'échelon sur l'échelle de la hiérarchie. Vous comprenez, pas vrai ?

— Oui, je comprends.

— Ce n'est sans doute pas la meilleure comparaison, mais c'est un peu comme dresser un cheval. C'est difficile pour tout le monde, au départ, mais rapidement, les parties impliquées n'y pensent plus. C'est comme ça, point final.

— Je préfère ne pas lui proposer cette comparaison, si ça ne vous embête pas.

— Si ma femme m'entendait, elle me ferait la tête pendant une semaine. Pour une raison qui m'échappe, les femmes n'aiment pas être comparées à du bétail.

Il retira la pipe de sa bouche et la contempla.

— Voilà, ajouta-t-il, l'étendue de mes connaissances à ce sujet s'arrête sans doute là.

— C'est déjà plus que certaines personnes.

Le shérif sourit.

— Plus que certains, oui, c'est vrai.

Il replaça la pipe dans sa bouche et tapota le désordre de dossiers et de documents sur son bureau semblant attendre de l'un d'entre eux qu'il manifeste de lui-même son caractère urgent.

— Vous avez besoin de prendre des congés ? Je peux arranger ça.

— Non, chef, ça ira. Et puis, je ne crois pas que ce soit le moment de s'éloigner, avec Gload.

— Oh, pour ça, je ne crois pas que ça pose problème. À mon avis, on va le coincer avec le macchabée au nord de la ville.

— Je n'étais pas au courant.

— Vous avez lu son dossier, sa technique pour rendre les cadavres anonymes, non ?

— Le passage où il se débarrasse des mains et des dents ? Il ne l'a pas fait, cette fois ?

— Oh, si. Notre gars est méticuleux. Ce n'est pas ça. Il semblerait que le pauvre garçon ait subi une opération à cœur ouvert il y a quelque temps, dans un hôpital de la région. Deux ans, environ. Ce qu'ils disent, c'est qu'ils peuvent l'identifier à la façon dont il a été recousu à l'époque. Les toubibs du cœur ont une sorte de signature quand ils rafistolent les gens.

— Je ne savais pas.

— Bon sang, moi non plus. Et autant dire que John Gload l'ignorait aussi, sinon il lui aurait aussi retiré le torse et l'aurait jeté à la baille avec le reste.

— C'est ce qu'il a fait avec la tête ?

— C'est ce qu'affirme le dénommé White. Il a balancé tout ça dans le barrage. Bon sang, cette tête doit déjà être en train de barboter près de St Louis, à l'heure qu'il est. (Le shérif pointa la tige de sa pipe vers la fenêtre d'un geste vague pour indiquer la direction de la ville.) Bref, votre petit vieux va rester coffré jusqu'à sa mort. Ce serait bien de connaître tous les autres squelettes dans son placard – et ceux qu'il a enterrés ailleurs, aussi. Mais vous n'êtes pas obligé de le presser davantage si vous n'en avez plus envie. Il est cuit.

Il baissa les yeux, choisit une enveloppe au hasard, l'examina à travers les demi-lunes de ses petites lunettes. Il conclut :

— Fin d'une longue carrière mouvementée.

— Sans doute, oui.

Le shérif reposa l'enveloppe et s'intéressa à une autre, il tourna la tête à un angle incongru pour la lire comme si elle était fixée sur le bureau et qu'il ne pouvait pas la déplacer. Il posa les coudes sur le désordre, tint sa pipe d'une main par le foyer et lut. Millimaki resta debout en silence. Puis il remit sa casquette.

Le shérif ne leva pas les yeux.

— N'oubliez pas ce qu'il est, Val. Pensez à ce qu'il a fait à ce jeune homme, comment il l'a fait, et à combien d'autres personnes il a infligé la même chose. Il ne mérite pas votre pitié.

— Oui, chef.

Il avait presque atteint la porte quand le shérif dit :

— Et Val, vous avez fait du bon boulot pour retrouver le vieux à la Buick, ou à la Pontiac, je ne sais plus la marque. Sa famille était très reconnaissante.

— Une Buick, chef. Et ce n'était pas grand-chose, vraiment. Il n'est pas allé très loin, Tom l'a trouvé tout de suite.

— Bien.

Le shérif posa sa pipe avec prudence sur l'amas de papiers comme s'il risquait de déranger ou de déstabiliser un ordre établi connu de lui seul.

— Vous faites ça depuis combien de temps ? demanda-t-il.

— Quinze mois et deux semaines. À peu près. Pas que je compte les jours.

— Vous allez sortir de cette mauvaise série, Val. Et ça finit toujours par s'équilibrer.

— Comment ça ?

— Bon sang, j'en sais rien. Il y en a qu'on retrouve vivants alors qu'ils devraient être morts. D'autres qu'on retrouve morts dans un arbre par une nuit douce, avec à peine un bleu sur le tibia.

— Sauf votre respect, chef, ce que vous venez de dire n'a aucun sens.

— Ça n'a pas obligatoirement de sens, fiston. Vous devriez le savoir, depuis le temps. Mais c'est comme ça.

— Sur ce point-là, je vais devoir vous croire sur parole, chef.

— Faites donc ça, oui.

Il coinça la pipe éteinte entre ses lèvres et, d'un geste de la main, il congédia Millimaki.

— Allez, rentrez chez vous et soyez gentil avec votre femme.

Ce jour-là, il fit l'impasse sur sa routine en bord de rivière et partit vers le nord de la ville pour inspecter les lieux de l'exhumation. Le ruban jaune de la police avait été abandonné sur place, ou oublié, et il s'agitait parmi le liseron comme une vipère incongrue dans la jungle, claquant et se débattant dans le vent. Il s'assit sur le sol à l'endroit exact où s'était tenu John Gload afin d'orchestrer l'enterrement du jeune homme avec le canon de son pistolet. Millimaki voyait où s'était trouvée la fosse, la terre humide et plus sombre d'avoir été récemment retournée, et dont la majeure partie avait été tamisée en quête de preuves, entourant désormais le trou, aussi fine que du talc. La chose qu'ils avaient dû exhumer après deux mois, imaginait-il, ne devait être qu'un mannequin décapité avec la peau sur les os, la cicatrice de Frankenstein incriminante sur son torse dissimulée sous des haillons sales. Pour John Gload, il avait sûrement fallu scier et dévisser, couper des tendons élastiques et résistants, casser des os d'un coup de genou. Déchausser les vertèbres, faire tourner le crâne. Il essaya d'imaginer le bruit. Ils avaient trouvé peu de sang sur les lieux, Gload avait donc dû saigner la victime ailleurs. Une nuit, se souvint-il, pas si longtemps auparavant, les coyotes étaient sortis de la pénombre, attirés par une odeur inconnue et ils s'étaient roulés dans le sang, leurs crocs maculés de boue.

Il saisit une poignée de terre et la laissa filer entre ses doigts. Le vent soufflait depuis la plaine au nord, agitait les étranges cosses de graines de yuccas, portait les cris presque inaudibles des mouettes qu'il voyait planer, aussi immobiles que des cerfs-volants dans le ciel matinal. Il essaya d'associer l'image du vieil homme avunculaire cherchant réconfort et conseil dans l'obscurité de sa cage avec celle de cette créature capable de démembrer placidement un être humain. Une éternité plus tôt, alors qu'il mangeait une pomme (une pomme, pensa Val, comme moi ce jour-là, une pomme) à côté de la voie ferrée par un jour de printemps doré, John Gload avait noté en lui avec un curieux détachement cette absence de passion. Il était peut-être exempt de responsabilité, il ne pouvait pas être mis en cause, tout comme un enfant né sans pied ne pouvait pas être accusé de son incapacité à courir.

Millimaki resta assis par terre, les yeux rivés sur la fosse, engourdi par l'insomnie. Gload semblait capable de bonté, mais ce n'était peut-être qu'un trait de caractère résiduel, comme les membres atrophiés et palmés des enfants-thalidomide – un élément grotesque à demi développé qui les rendait encore plus pitoyables, un rappel constant de ce qu'ils auraient pu être dans leur intégralité.

Pour le reste d'entre nous, pensa Millimaki, la distance entre la raison et la folie est infime, une frontière fine comme du parchemin et tout aussi fragile pour contenir le monstre. Il était en chacun de nous, pensa-t-il. Il était en lui. Une demi-seconde de colère aveugle et la lame s'abat. Il observa la parcelle de terre retournée où un cadavre avait reposé, encore récemment. À un certain stade, pensa-t-il avec lassitude, ce n'était plus que de la viande.

Il resta ainsi un moment, le vent soufflait dans les rares épis de graminées et faisait claquer le ruban jaune. Ses mains pâles étaient posées sur ses cuisses, et il les scruta. Le soleil sur son visage était agréable et il ferma les yeux. Quinze minutes plus tard, il se réveilla en sursaut. Il s'était endormi dans l'herbe près de la fosse et, quand il se leva, de la terre lui collait au visage, et son bras était engourdi et insensible. Il regarda autour de lui, les yeux écarquillés, comme si quelqu'un s'était approché sans bruit dans cet endroit désert.

— Nom de Dieu, dit-il à voix haute. Regarde-toi, à dormir par terre comme un clodo.

L'herbe avait poussé sur la route entre les ornières et elle crissait sous la voiture alors qu'il grimpait vers sa maison. De l'autre côté du ravin, parmi les rochers, des marmottes fuyaient ou s'immobilisaient, et à cette distance, on aurait dit que la roche ondulait. Les cimes des pins logdepole pareilles à des clochers d'église derrière la petite maison frémissaient dans le vent. La voiture de sa femme était encore là et il vit Tom qui arpentait la cage de son chenil. Il se gara et marcha jusqu'au chien qui s'assit et gémit.

— Alors, gamin, comment ça va ?

Il caressa la truffe du chien avec deux doigts, à travers le grillage. Il se tourna vers la maison et, dans la lumière matinale, les fenêtres éblouirent ses yeux fatigués.

Il entra, accrocha sa casquette à un clou usé planté dans une poutre du mur et quand il se retourna, il la vit debout devant l'évier, vêtue de ses habits civils, et elle ne le regarda pas.

— Salut, dit-il. Comment ça se fait que t'es pas au boulot ?

— C'est mon jour de congé. Tu devrais le savoir.

— On est mardi ? Bon sang, mon horloge interne est toute déréglée.

— Tout est déréglé chez toi, Val.

Il s'attendit à la voir faire volte-face et éclater de rire. Elle n'en fit rien.

— Pourquoi Tom est-il enfermé dans le chenil ?

Elle ne répondit pas.

— Glenda, pourquoi le chien est-il enfermé ?

Elle s'adressa à la fenêtre.

— Parce qu'il n'arrêtait pas de me suivre.

Il n'y avait pas de vaisselle dans l'évier, l'eau ne coulait pas. Elle serrait le rebord.

— Chaque fois que j'allais à la voiture, il me suivait, et il me suivait au retour, et ça a fini par m'agacer.

Il l'observa un moment puis sortit sur le porche. Il vit des cartons entassés sur la banquette arrière de la Datsun et des vêtements pendus aux crochets au-dessus de chaque vitre. Il rentra et se posta à côté d'elle. La fenêtre dessinait un rectangle étincelant entouré d'érables, et au-delà la ravine était d'un vert printanier. Le ciel était d'un bleu ponctué de nuages comme des coups de pinceau van goghien qui, dans leurs premières années, les avait incités à grimper dans la voiture et à rouler à travers la campagne sans but particulier. Il leur suffisait d'être ensemble sous le soleil printanier, sur ces terres infinies et verdoyantes. Il contempla le paysage par-dessus l'épaule de Glenda. Ses cheveux blonds luisaient dans le soleil, il éprouva l'envie subite d'y plonger les mains, de les presser contre son visage.

— C'est un ciel à boire et à se promener, aujourd'hui.

Elle fixa ses mains devant elle, jeta un coup d'œil à la journée idyllique dehors.

— Tu étais où ? demanda-t-elle. Tu aurais dû rentrer il y a deux heures.

Il se passa la main sur le visage. De la terre était encore accrochée à sa joue et à ses cheveux.

— Il a fallu que j'aille au nord de la ville pour examiner une scène de crime. J'avais oublié que c'était ton jour de congé, honnêtement.

— Une scène de crime.

— On y a trouvé un corps.

Elle se tourna à cet instant et il vit qu'elle avait pleuré.

— Ah bon. Un corps. C'est bien. Enfin quelqu'un avec qui tu peux te sentir proche.

— Qu'est-ce qui se passe, Glenda ?

Elle le regarda.

— Qu'est-ce que tu as sur le visage ? Bon sang, Val, tu ressembles à un clochard.

— Je veux que tu me dises ce qui se passe.

— Je vais en ville.

— Ce soir ?

— Cette nuit. Pour quelque temps.

— Quelque temps, c'est combien ?

— Je ne sais pas. Indéfiniment.

Elle se frotta l'œil de l'intérieur de son poignet, puis l'autre, repoussa ses cheveux en arrière pour se ressaisir.

— Oui, c'est le mot juste, indéfiniment.

— J'ai l'impression que tu as déjà tout prévu. Ce n'est pas un truc dont on aurait pu discuter avant ? Bon sang, Glenda.

— J'ai essayé d'aborder le sujet, mais chaque fois que je levais les yeux, tu étais soit endormi, soit sur une autre planète.

— Ce n'est pas tout à fait faux, mais nom de Dieu, je n'arrive plus à dormir.

— C'est plus que ça.

— Plus que quoi ?

— Plus que ton absence émotionnelle.

Il la dévisagea. Elle s'était totalement ressaisie et elle fixait un point au-dessus de la tête de Millimaki, imperturbable.

— Ça ressemble à un truc pêché dans un livre, ton discours, dit-il.

— Ça décrit notre problème.

— Depuis quand il y a un problème ? Bon sang, je rentre à la maison, j'enlève ma casquette et voilà qu'on a un problème.

— Tout ce que je sais, c'est que je n'arrive pas à réfléchir ici et j'ai besoin de temps pour réfléchir.

— Tu as tout le temps pour réfléchir.

— Tu ne m'écoutes pas, bordel. Je te dis que je n'arrive pas à réfléchir ici.

— Et pourquoi pas ? Je croyais que tu adorais cet endroit. Tu l'as répété plein de fois. C'est ta maison, putain.

— Je n'arrive pas à réfléchir.

Elle parlait très lentement, articulant chaque syllabe comme si elle donnait une consigne à un enfant.

— Et je me sens petite.

— Toutes ces foutues réflexions, dit Val.

Il se passa la main sur le visage. Il se sentait engourdi, ses bras lourds comme la pierre. Il la dévisagea. Tout ce qu'elle disait – sa posture, la façon dont elle plaçait sa mâchoire, l'air de s'adresser à quelqu'un derrière lui – semblait avoir été maintes fois répété. Millimaki, dans son extrême fatigue, avait le sentiment que deux personnes jouaient cette scène, leurs sosies, tandis que sa femme et lui se tenaient en retrait à les observer.

— Ça rime à quoi, toutes ces foutues réflexions ?

— Eh bien voilà. Tu ne sais même pas.

— Très bien, dit-il en se passant à nouveau la main sur le visage en un geste circulaire. Très bien, qu'est-ce que tu entends par petite ? Commençons par là. Ça n'a aucun sens pour moi.

— Ça veut dire que je me sens insignifiante. Dans ta vie et en général. Et c'est exacerbé par cet endroit. J'ai l'impression qu'il m'engloutit.

Il tendit la main pour toucher ses bras croisés, pour créer un contact tandis que toute sa raison et le cœur même de son univers valsaient à travers la pièce. Elle recula d'un demi-pas.

— Ce ne sont même pas tes mots, commenta-t-il. Ça n'a pas la bonne sonorité, quand ça sort de ta bouche.

— Ça veut dire que cet endroit empire les choses.

— Je comprends ce que ça veut dire, putain. Mais ce ne sont pas tes propos.

Les paroles de Glenda sortaient avec un calme exagéré, comme pour contrer l'urgence de son mari. La pièce s'assombrit soudain, par le passage d'un nuage ou du fait d'un obscurcissement dans ses yeux ravagés, il l'ignorait. Conserver une capacité de raisonnement suffisante l'épuisait terriblement, et sa tête se mit à tourner.

— J'ai besoin de temps pour réfléchir, continua-t-elle. Et je n'y arrive pas ici. C'est ce que j'essaie de dire.

— Tu as dit que l'endroit t'engloutissait.

— C'est le cas. En ton absence, je suis plus seule que tout.

Cette pensée sembla avoir soudain raison de sa détermination, et elle se mit à pleurer.

— Tu ne peux pas comprendre. Comment pourrais-tu comprendre, puisque ça fait partie de toi-même. Mais pas moi, non, pas toute seule. Tu ne peux pas comprendre, répéta-t-elle.

— Quoi ? Qu'est-ce que je ne comprends pas ?

— La nuit. La nuit. C'est horrible.

— Pourquoi ?

De toute évidence, elle n'avait pas prévu que la conversation prenne ce tournant et elle fit une pause pour peser ses mots.

— La nuit, le dehors est à l'intérieur avec moi. Ça rentre avec moi, c'est comme si je pouvais regarder mon corps, et tout ce que je vois, c'est moi-même dans le lit, il n'y a rien entre moi et le reste, dehors. (Elle balaya l'air de la main en direction du jour éclatant.) Val, tu ne comprends pas. Tu ne peux pas comprendre. Je dors la lumière allumée. Et je t'interdis de me contredire. Une nuit, il y avait une chouette dans la maison.

— C'est du délire.

— Je t'ai demandé de ne pas me contredire.

— C'est impossible qu'une chouette entre ici, Glenda.

— Elle était au-dessus du lit, elle était là, à battre des ailes. Comme des éventails dans l'air.

— Bon sang.

Elle se cacha le visage.

— Je sentais les déplacements d'air.

— Non. Elle n'a pas pu rentrer dans la maison.

— Et la nuit dernière, sur le porche, il y avait des coyotes.

— Ce sont des cauchemars, Glenda, rien d'autre.

— Arrête.

— Mais bon sang, Tom aurait pété les plombs s'il y avait eu des coyotes sur le porche.

Elle pointa l'index vers la porte d'entrée comme pour lui montrer une preuve concrète, et il vit sa main trembler.

— J'ai entendu leurs griffes cliqueter sur le porche, Val. J'ai entendu leur respiration.

— Non. Ils ne s'approcheraient jamais jusqu'ici.

— Des cliquetis. Un bruit de cliquetis. (Elle porta la main à sa bouche.) Et cette foutue porte. Ils auraient pu simplement la pousser et entrer.

— OK, écoute. C'est rien. C'étaient les branches de l'érable qui frôlaient la maison. C'était juste ça, Glenda. Je vais les couper. Tout de suite, aujourd'hui. Rien que des branches que le vent agitait. Je vais les couper autant que je peux.

— Ce n'étaient pas des branches. Ni le vent, ni rien du tout. Tu n'arriveras pas à me convaincre du contraire, parce que je sais ce que je sais.

Millimaki ferma les yeux. Il chercha à tâtons derrière lui l'accoudoir du canapé et s'y assit lourdement.

— Glenda, je suis complètement à bout. Même à deux mains, je n'arrive pas à trouver mon propre cul. On peut reparler de tout ça demain ? J'ai vraiment besoin de dormir. C'est injuste de discuter maintenant. Je n'arrive même pas à comprendre de quoi il s'agit vraiment.

— Il s'agit de ce que je viens de te dire. C'est plutôt simple, non ? Je ne peux pas rester ici. Quand on y vivait ensemble, j'arrivais à dépasser ça, ou du moins à me sentir intégrée. Mais seule, je ne suis pas plus importante qu'un oiseau ou un arbre. Que ce soit un cauchemar ou non, ce que ça signifie, c'est que cet endroit est en train de m'engloutir. Il fait partie de toi, Val, mais moi, il m'engloutit.

Val la regarda d'un air désolé.

— Tu te comportes comme si j'étais un fantôme. Je suis ton mari. Je suis assis juste en face de toi.

— Non. Tu as raison, c'est le mot parfait. C'est exactement ce que tu es. Un fantôme.

Elle prit une longue et profonde inspiration, cherchant l'oxygène là où il semblait en quantité insuffisante, puis elle exhala lentement.

— Et je ne sais pas où tu es, Val. Avec tous ces morts que tu retrouves dehors, j'imagine. Ils sont plus simples. Tu n'es pas obligé de leur parler. Tu ramènes à la maison leurs foutues photos comme s'ils faisaient partie de la famille, ou comme si c'était une amante secrète. Bon sang, Val, voilà ce que tu es, à peine plus qu'un fantôme qui arpente la terre avec tous ces cadavres dans la tête. Je ne vivrai pas en compagnie d'un fantôme, Val. Je refuse. Et je n'en deviendrai pas un, moi-même.

QUAND elle fut partie, Val se posta avec son café sur le porche dans la lumière étourdissante de cette fin de matinée. Il avait déambulé dans la cuisine avec raideur, comme dans un rêve, et ses mains ressemblaient à de pâles créatures fourrageant parmi les tasses et les assiettes, indépendantes. Debout devant l'évier, il se rendit compte qu'elle avait dû le voir se garer, circuler dans le jardin jusqu'au chenil puis monter l'escalier du pas lent d'un vieillard. Il essaya de déceler dans la fenêtre le visage de cet inconnu qui, disait-elle, habitait sous la peau de son mari, et il vit dans le verre argenté une parodie de lui-même, fardé, les yeux maquillés de noir, son uniforme froissé, et qui en gravissant les marches d'un pas fatigué avait fait son entrée sur scène, dans l'acte central d'une tragédie banale. Pire encore, pensa-t-il, elle avait vu le fantôme de l'homme qu'elle avait épousé, à peine plus qu'une silhouette confuse de verre opaque à travers laquelle elle apercevait l'herbe, la terre et les arbres au-delà.

Bien plus bas, à travers les arbres qui verdissaient, il distinguait presque l'endroit le long de la rivière où ils avaient nagé un après-midi, lorsqu'ils se faisaient la cour. Pour l'atteindre, ils s'étaient frayé un chemin entre la végétation, ils étaient arrivés près de l'eau. Depuis l'herbe haute et les troncs fins des saules pleureurs, leurs coudes avaient provoqué un nuage de petits papillons orange qui s'étaient envolés devant eux dans l'air chaud, comme une pluie de pétales de fleurs lancée devant les héros. La rivière jaillissait des broussailles impénétrables, rapide et transparente, semblait sortir d'une grotte, puis elle serpentait avec langueur, murmurait contre la berge pentue où les racines d'un peuplier abattu s'étiraient au-dessus du courant. Ils avaient étendu une couverture sur la plage de galets tièdes et tandis que Val préparait un feu, il avait entendu un bruit d'éclaboussure et avait vu la tête dorée de Glenda dans les flots, et alors qu'il l'observait, elle s'était dressée dans le méandre, luisante comme une chasseresse de légende, trempée et nue, illuminée par le soleil et l'eau froide. Il était resté là, un bâton à la main, à la regarder bêtement. Depuis qu'il était écolier, il avait l'habitude de réciter une prière quand il désirait ardemment quelque chose : mon Dieu, fais en sorte que cette femme reste avec moi, ne me laisse pas gâcher cet instant, fais que je l'épouse, et je serai bon et pur à jamais. Et quand elle était sortie, posant ses pieds tendres avec prudence sur les galets, sa peau d'un blanc laiteux parée de bijoux dans le soleil, les prières s'étaient évaporées et, au centre de l'univers, il ne subsistait qu'elle. Et en cet instant, il aurait fait n'importe quoi pour l'avoir.

Alors qu'il se trouvait à présent sur le porche, il se rendit compte qu'il le ferait à nouveau si seulement il pouvait découvrir le dieu à qui s'adresser, la prière correcte à formuler.

Il observa la rivière en contrebas, ses scintillements de chrome à travers les peupliers et les saules. Il jeta son café par terre et rentra. Assis dans le chenil fermé, Tom le regardait et, quand Millimaki rentra, il pivota pour scruter l'allée étroite où une voiture venait de passer, et où un voile de poussière demeurait encore suspendu au-dessus de la route en un brouillard. Sur la berge de la rivière, les peupliers étaient ourlés d'or sous le soleil qui montait au-dessus de la ravine, si étincelants et substantiels qu'ils semblaient avoir été tenus par les racines et plongés dans une cuve d'or fondu. Des bruants venaient picorer tels des oiseaux de basse-cour dans la pelouse dégarnie et leurs ombres s'étiraient sur l'herbe en forme de géants exotiques – aigrettes, flamants roses.

LES jours et les nuits suivantes, il effectua son travail machinalement et, à la maison, il ne pouvait se résoudre à dormir dans le lit vide. Il se réveillait en fin d'après-midi, engourdi et courbaturé dans le fauteuil inclinable ou dans le canapé, et la seule chose positive dans sa vie, jugeait-il alors, c'était qu'il n'était obligé de parler à nulle âme qui vive. Même Gload le laissait à ses pensées pendant ses interminables services, ne requérant que sa présence silencieuse, les idées noires du jeune homme et sa déprime, pareilles à un feu de cheminée, lui étaient d'un profond réconfort. Il restait assis des heures durant près des barreaux, subjugué par les mains brutales et désincarnées flottant dans la lumière, et bientôt, elles éveillèrent en lui une sensation étrange. Assis dans la maison par ces journées changeantes de printemps au milieu des affaires de sa femme, son parfum s'accrochant encore comme un souffle au lit et aux placards, il se rendit compte avec horreur que la compagnie du vieil homme lui manquait.

Il regarda l'orage rouler depuis l'ouest, effaçant le soleil à la manière d'une éclipse, puis la pluie s'abattit, déchira les feuilles nouvelles sur l'érable et le lilas, inonda les ornières de la route. Aussi brutalement, le jour fut à nouveau étincelant, alors même que la pluie dégoulinait de l'auvent du porche en une cascade lumineuse. Les deux hémisphères de son cerveau semblaient s'affronter tandis qu'il regardait le paysage, chaque œil observant un monde différent – l'un brillant, l'autre noir et violent. La maigre paix intérieure qu'il trouvait, il la trouvait dans ce mausolée obscur en compagnie d'hommes en cage, où personne n'exigeait de lui qu'il parle – là, parmi les sociopathes, il était soulagé du fardeau de la sociabilité.

Une fois, au cours d'une de ces périodes, il téléphona à sa femme. Tandis qu'il attendait qu'elle prenne le combiné, il percevait à l'autre bout de la ligne les voix inarticulées qui s'exprimaient dans le dialecte du service de soins intensifs. Une langue étrangère pour parler des malades et des mourants. Quand elle prit le combiné, il se rendit compte qu'il n'avait rien à lui dire. Il lui demanda comment elle allait. Elle allait bien. Il lui demanda quand elle rentrerait à la maison. Elle ne savait pas. Silence. Il l'imagina debout dans le bureau des infirmières, impatiente, au-delà des rangées de lits plongés dans l'ombre et de leurs occupants immobiles dans leurs vêtements fins en coton ornés de tubes lumineux. Sans trop savoir pourquoi, il lui dit que son chien et lui avaient découvert une petite fille dans la rivière, qui avait été violée et étranglée. C'était faux. Après un moment, elle dit :

— C'est horrible.

Quelqu'un s'adressa à elle, et il l'entendit répondre :

— Lit sept.

Puis elle lui dit :

— Val, il faut que j'y aille.

— Elle avait huit ans, cette fillette. Je te l'ai dit ?

— Oui. Je suis désolée. Il faut que j'y aille, Val.

— D'accord.

— À bientôt.

— Bientôt, c'est quand ?

— Je ne peux pas dire, exactement. Mais à bientôt.

— Je pourrais passer à l'hôpital.

— Non. C'est une mauvaise idée, Val.

— Alors passe à la prison. Je n'ai rien d'autre que du temps libre, ici.

— Val, tu sais que je déteste cet endroit. Je refuse de venir.

— Je sais.

— Val, il faut que j'y aille.

— Très bien.

Il attendit qu'elle ajoute quelque chose. Dans la longue pause avant qu'elle ne mette fin à la conversation, il entendit derrière elle les couinements et les sonneries des machines qui faisaient autant partie des patients allongés là que leurs veines ou leur peau. Il attendit. Il entendit une voix d'homme prononcer le nom de sa femme, et elle raccrocha.

Étendu dans le canapé parmi les draps emmêlés, il entendit les branches d'arbre crisser contre le toit de la maison. Ce son qui, pour Glenda, avait évoqué des prédateurs à l'affût de son être profond, était pour lui un baume, une caresse à son oreille troublée. Mais rien ne paraissait apaiser son insomnie. Elle était aussi tenace que la roche, elle était devenue aussi chronique que celle de Gload, mais sans le secours du labour soporifique de sa jeunesse. Il repensa au moment où sa femme l'avait accusé de fréquenter des fantômes, et c'était sans doute la vérité. Sauf que les morts faisaient également partie du travail de Glenda. Elle semblait capable de les laisser derrière elle, et à l'instant où les malades s'éteignaient, ils devenaient à ses yeux aussi inanimés que les machines bruyantes, leurs tubes et leurs cathéters censés les maintenir en vie. Elle lui avait expliqué un jour qu'en cet instant ils n'existaient plus pour elle, que c'en était terminé. Quand elle le lui avait dit, il avait même senti une animosité envers eux, comme si, pareils à un rouage défectueux du mécanisme, ils l'avaient trahie. Il ne fallait pas lui tenir rigueur de vouloir ainsi oublier ses échecs. Évidemment, pensa-t-il, c'était une forme de vantardise professionnelle, mais elle paraissait pourtant aussi insensible que Gload. Il les enviait, tous les deux.

Il se sentait chez lui, en leur compagnie, elle avait raison. Qu'ils aient cherché les paysages ouverts pour mourir, ou bien que la mort soit venue les chercher là où ils étaient, peu importait. Ces âmes sœurs, celle de Millimaki et celles des disparus, se retrouvaient sous des cieux cléments, et cette rencontre leur était profitable à tous. Dans le silence de leur compagnie, Millimaki trouvait la paix, et les morts, eux, étaient ramenés chez eux pour reposer près de leurs proches au milieu de la verdure et des pierres éternelles des cimetières. Leurs os ne seraient pas rongés ni éparpillés comme des branches mortes dans des canyons anonymes. Et voilà qui lui était aussi d'un grand réconfort.

En l'absence de la femme et de travail dans la forêt, le chien Tom devenait possessif – si Val se tenait immobile suffisamment longtemps, il venait poser sa truffe dans sa main. Val l'emmena en promenade entre les arbres derrière la maison, Tom bondissait devant lui, sautait et flairait sous les feuilles, sous les aiguilles de pin, puis il revint soudain à son pied lorsqu'il aperçut Val, inexplicablement figé comme une pierre, l'air d'attendre un guide pour l'aider à traverser un terrain inconnu.

9

DEPUIS la rue, ils auraient pu passer pour un grand-père et son petit-fils prenant l'air au milieu des ormes aux feuilles pâles. En escortant le vieil homme jusqu'à sa cellule à la fin de la journée, il lui permit de s'asseoir sur un banc dans le parc du tribunal pour fumer. Ils étaient assis côte à côte, Gload dans sa salopette orange du comté où s'étalait sur son dos le mot PRISONNIER, l'adjoint qui l'écoutait, le bras étendu sur le dossier du banc. Les grands arbres gris et le vent qui agitait leurs feuilles semblaient faire ressurgir des souvenirs chez le vieil homme, et, les poignets menottés sur ses genoux, il levait la tête de temps à autre pour prendre une profonde inspiration et la relâcher, savourant ce souffle de liberté comme s'il venait de remonter du boyau d'une mine vers la sécurité, loin des ténèbres destructrices.

Val prit le paquet de Camel du vieil homme dans la poche supérieure de l'uniforme criard, l'agita afin d'en sortir une qu'il alluma pour Gload. Ils restèrent assis en silence à observer les voitures qui passaient dans la rue et les oiseaux qui volaient au-dessus d'eux. Millimaki dit enfin :

— John, vous savez que Sid White les a menés jusqu'à un cadavre au nord de la ville ?

Gload, la tête rejetée en arrière, suivait du regard les oiseaux. Il leva ses mains entravées à ses lèvres, tira sur la cigarette, exhala une lente et longue volute.

— Ouais, à ce qui paraît.

— Ils disent qu'ils peuvent faire le rapprochement entre le type et vous.

Le vieil homme baissa la tête, se tint le dos raide et étrangement cérémonieux, les yeux rivés dans le vague.

— Je pense pas, Val. Ils peuvent pas baser leur théorie entière sur White. D'abord parce qu'il a un casier. C'est pas ce qu'on peut appeler un témoin crédible. (Il renâcla, hocha la tête avec dégoût, ou avec amusement.) Et regardez-le donc, assis là-bas dans son magnifique costume Opry.

— Non. Ça va bien plus loin que les suppositions de White.

— C'est rien que des os, Val, répliqua Gload d'un ton décontracté. Ça pourrait être ceux de n'importe qui.

— Ils ont un indice pour l'identifier.

— Je crois pas, non.

— Le truc, c'est qu'il a eu une opération à cœur ouvert. On m'a dit que chaque chirurgien a une sorte de signature quand il recoud le type. Les sutures se croisent sur le sternum d'une façon bien particulière. Ils disent qu'ils peuvent l'identifier comme ça.

Gload se pencha en avant et se tourna vers Millimaki avec un sourire déconcerté.

— Sans déc, dit-il.

— Ils vont en parler, cette semaine. Des diagrammes, des photos, la totale.

— Eh ben, bon Dieu, je dois bien avouer que c'est nouveau pour moi.

— Votre avocat ne vous a rien dit ?

— Oh, nom de Dieu, Val. Vous l'avez vu. Ce gars est rond comme une barrique à l'heure qu'il est, je vous le garantis, et on est sortis du tribunal depuis, quoi ?

— Une heure. Un peu plus.

— Voilà. En ce moment, il est plus ivre que dix Indiens. C'est garanti.

— Vous pourriez faire une requête pour obtenir un autre défenseur.

— Quoi, un commis d'office ? (Il renâcla, de la fumée jaillit de ses narines.) Non, ça ne changera rien, monsieur l'adjoint.

Il jeta un coup d'œil en coin à Millimaki avant de continuer.

— Vous êtes pas un peu en train de marcher en terrain miné sur le plan éthique, Valentine ? Donner des conseils juridiques à un criminel ?

— Comme vous me l'avez dit une fois, on ne fait que discuter.

Le vieux tueur contempla le profil de Millimaki. Il baissa les yeux vers l'arme de poing et la matraque accrochées au ceinturon de l'adjoint, il regarda la vieille prison en grès de l'autre côté de la rue. Puis il observa encore longuement Millimaki.

— Vous ressemblez à un foutu épouvantail, Val, vous savez ?

— C'est un truc que j'entends assez souvent, ces derniers temps.

— Votre femme s'occupe pas de vous ? C'est ça ?

Millimaki suivit des yeux une voiture qui passait dans la rue et le vieil homme l'observa de près.

— Si on veut, oui.

— Allumez-moi une clope, vous voulez bien, m'sieur l'adjoint ?

Quand il eut fumé un moment, Gload reprit :

— Votre pote Weldon est venu me faire la cour.

— Comment ça ?

— Il veut être mon petit copain. Et il a l'air déterminé à vous voler la vedette.

Millimaki lâcha un rire fatigué.

— John, j'ai rien à voler, surtout pas le statut de vedette.

Gload plia son genou et l'attrapa de ses mains menottées. Il leva les yeux vers le dôme de verdure qui bruissait au-dessus d'eux.

— Envisagez la situation à travers le regard de cette fiente. Il sait que vous avez toute l'attention du Grand Chef, n'importe quel crétin peut voir qu'il a un faible pour vous. Cet étron de Wexler, il a l'impression que ça devrait être lui, le chouchou, vu qu'il est là depuis plus longtemps. Vu que c'est un petit soldat propre sur lui.

Val se tourna vers lui.

— Et comment vous savez tout ça, vous ?

Gload fit un geste du menton en direction de la prison à une trentaine de mètres. À cet instant, les pierres du dernier étage étaient baignées d'une lueur rose.

— Le monde est petit, là-dedans, Val.

— Eh bien, c'est vrai, il fait partie des forces de l'ordre depuis plus longtemps que moi. Ça ne changera jamais.

Gload leva à nouveau les yeux vers le feuillage. Il souriait.

— C'était le jour de congé de Weldon, aujourd'hui.

— Je sais. C'est pour ça que je suis là, dans la magnifique lueur du soleil.

— J'ai comme l'impression qu'il va passer la journée à se piquer le cul aux figuiers de Barbarie.

Millimaki se tourna pour le dévisager.

— Pourquoi vous auriez cette impression, John ?

— Voilà le topo, Valentine. Il s'est mis en tête qu'il y a un paquet de cadavres enterrés dans le coin, de l'autre côté de la rivière. Un foutu champ de bataille dans les règles de l'art. Il se dit que, s'il arrive à mettre la main dessus, il aura son heure de gloire. Inspecteur de première classe. Surtout si c'est lui qui les découvre, et pas vous.

— Mais comment a-t-il pu se fourrer une idée pareille dans le crâne ?

Le vieil homme afficha un sourire grimaçant et se mit à trembler imperceptiblement.

— L'ambition est une chose dangereuse, Val.

— Vous ne devriez pas faire ça, John, sans déconner. Il pourrait vous le faire payer au prix fort.

Le vieux prisonnier hocha la tête, et ses yeux noirs pétillèrent. Les tremblements s'amplifièrent, et Val pensa qu'il avait peut-être froid dans son uniforme orange, fin et distendu au niveau des coutures par des milliers de lessives.

— Oh bon sang, dit Gload. Oh bon sang, nom de Dieu ça en vaut la peine. (Il émit une respiration sifflante et les larmes lui montèrent aux yeux.) Je l'imagine en train de courir à gauche et à droite dans les collines avec son carnet de notes et sa pelle. Il court, il écrit, il creuse et il court encore un peu. Oh, bon sang de bois.

De ses lèvres serrées s'échappa une série de renâclements et de respirations courtes. L'espace d'un instant, Val crut qu'il faisait un malaise. De petites larmes perlèrent soudain au coin de ses yeux. Il se pencha sur ses genoux, tremblant, et il agita son immense tête comme un ours ivre. Il siffla enfin :

— Bon Dieu.

Il se frotta les yeux de ses mains entravées, puis il les passa sur l'immense dôme de son crâne pour repousser ses cheveux. Val n'avait encore jamais vu Gload aussi heureux, et le vieil homme finit par s'adosser au banc, hors d'haleine, affichant ce curieux sourire équin. Le soleil avait disparu derrière le tribunal et, tandis qu'ils étaient assis sur le banc dans la longue ombre bleue, de petits oiseaux allaient et venaient dans les nids dissimulés dans le feuillage des ormes. Gload y concentra son attention et sembla s'adresser aux arbres avec un grand sérieux, le ciel embrasé à cette heure, baigné d'une lueur rousse.

— Il va vous couper l'herbe sous le pied, Val, ne vous faites aucune illusion là-dessus.

— Ça m'inquiète pas.

— Vous feriez mieux de vous inquiéter, si. Je suis vraiment sérieux.

— John, j'imagine que vous avez déjà entendu ce bon vieux truc sur le code d'honneur entre les bandits. Eh bien, vous pouvez être certain qu'il y a un code d'honneur entre les représentants de la loi aussi.

— Un sacré paquet de conneries, ça, Valentine. La seule chose qu'il y a entre les bandits, c'est de la turpitude. (Il sourit.) Alors ça, en voilà un mot utile.

Le vieil homme tourna son regard vers les moineaux, même après qu'ils avaient totalement disparu dans le crépuscule de l'épaisse canopée. La cloche de l'église se mit à sonner, et il jeta un œil à la montre de Val que ce dernier tendait devant lui.

— Il faut qu'on rentre, John. Vous allez rater le dîner.

Gload baissa la tête, sembla étudier le bout de ses chaussures et les fines chaînes usées autour de ses chaussettes. Il dit soudain :

— Dans n'importe quelle profession, quelle qu'elle soit, il y a les bons et les moins bons. Pas forcément les bons et les mauvais, juste les bons et ceux qui sont juste un peu en dessous. Réfléchissez un moment. Pour chaque docteur qui obtient son diplôme en tête de sa promo, il y a celui qui finit dernier. Mais il a tout de même le droit de se faire appeler docteur. Pareil pour les profs. Et pour les flics. Ils seront pas tous bons. Il y a des degrés, des nuances. C'est un simple fait. Un fait de la vie.

— C'est pas moi qui vous contredirai. Mais certains gars ont une approche différente des autres. Ça fait pas forcément d'eux des mauvais flics.

Gload sourit.

— Je vais vous raconter une petite histoire, Val.

Bien qu'il eût à peine consulté sa montre, Val la regarda une fois encore.

— Vous allez rater le pain de viande, John, si on rentre pas maintenant.

— Encore deux minutes.

— C'est la seule chose qui vaille la peine d'être mangée, bon sang.

Le vieil homme le dévisagea.

— Il y a de la pâte, d'accord, mais de la viande ? Le verdict n'est pas encore été rendu.

— Peu importe.

Le vieil homme se pencha encore en avant, ses mains enchaînées sur les cuisses comme un homme en prière. Puis il s'adossa au banc et tapota la poche de sa poitrine.

— Oh, bon sang. Vous voulez bien me rendre un service, Val ?

L'adjoint plongea la main dans la poche de la salopette de Gload et en sortit les cigarettes et les allumettes. Il agita le paquet, le vieil homme porta une cigarette à ses lèvres, les deux mains menottées jointes et la maintenant en position comme si elle pesait lourd. Val gratta une allumette, la tendit, et le vieil homme approcha la tête de la flamme en un mouvement de bénédiction. Il tira une bouffée, écarta la cigarette dans ses mains entravées. Une voiture passa sur la voie à sens unique, des adolescents déjà ivres par cette belle soirée de printemps crièrent et sifflèrent à l'attention des deux hommes, leurs paroles ricochèrent et se perdirent dans le grondement du moteur et dans la fumée bleue du pot d'échappement. Pédés. Taulards.

— Des petits durs, dit Val.

— Des malotrus, oui.

Alors qu'ils regardaient la voiture s'éloigner, les lampadaires grésillèrent, et bientôt, la lumière s'alluma au-dessus de la porte de la prison.

— Il faut que je vous raccompagne, dit Val.

— Une minute, Val. Faites plaisir à un vieillard. Après, on pourra y aller. (Il tira une bouffée.) Il s'est passé quelque chose dans le coin, il y a, oh, une trentaine d'années peut-être.

Il s'interrompit, sourit et leva à nouveau les yeux vers la voûte verte au-dessus de lui.

— Trente ans. Bon sang. Les années filent à toute vitesse.

Le regard toujours vers le ciel, il se mit à raconter une de ses nuits alors qu'il n'était encore qu'un jeune homme. L'époque où, dit-il, il était au sommet de sa force.

— Je me vante pas ni rien. Mais c'était le cas.

Il demanda à Millimaki s'il lui avait déjà parlé de ces jours passés à jouer aux cartes à Butte, et l'adjoint répondit que oui. Gload évoqua alors une partie de cartes avec un Chinois, un vrai Chinois de Chine, les gens comprenaient à peine ce qu'il disait. Mais le poker était une langue à lui seul, c'était un jeu qui exigeait peu de discours, aussi cela importait peu. La partie s'était poursuivie tard dans la nuit, Gload avait une bonne avance et se débrouillait bien, mais son attention avait été attirée par les bagues aux doigts de l'étranger, énormes et scintillantes d'une lueur électrique à la lumière de la lampe basse. Il se souvenait que l'homme était un dandy, ses cheveux étaient coiffés en arrière par une gomina puante et ils brillaient d'un noir bleuté comme un chapeau en pâte à modeler. Il tournait régulièrement les bagues à ses doigts, une sorte de tic nerveux, faisant passer l'éventail de cartes d'une main à une autre, et si Gload n'arrivait pas à déchiffrer le jeu de l'homme à travers ce tic, il y avait cependant lu la valeur des bagues.

Gload fit une pause et sourit.

— Laissez-moi vous dire un truc, Val. C'est exactement comme un type avec un portefeuille plein à craquer, et vous ne le savez peut-être pas, mais un type avec un portefeuille plein ne cesse d'y porter la main, genre, il le tapote toujours dans sa poche arrière. C'est ça qui le trahit. Juste une petite astuce pour vous, ou un conseil bon marché, si jamais c'est vous, le type avec le gros portefeuille. Donc je savais que les bagues du Chinois valaient un paquet, à la façon qu'il avait de les tripoter.

Val attendit, pensant que d'autres conseils utiles allaient suivre, mais Gload restait immobile, le dos droit, le regard rivé dans les feuillages, puis il reprit son histoire.

L'homme pariait gros, c'était un assez bon joueur, il faisait tourner ses bagues avec régularité, quelle que soit sa main, bonne ou mauvaise, aussi Gload cessa-t-il d'essayer d'interpréter son geste. Son plan se forma peu à peu dans la fumée et l'obscurité de la pièce, il allait bien au-delà d'un jeu de hasard. Il ne serait pas question de hasard. La nuit s'étirait et, derrière ses cartes, John Gload étudiait l'homme, jaugeait sa taille et son poids, estimait sa capacité à résister.

Il finit par conclure qu'il s'agissait d'un bon coup. Quand la partie se termina, il se leva simplement et suivit l'homme dans la ruelle où il le tua. Il ne l'avait encore jamais vu debout depuis le début de la soirée et fut surpris de le trouver si petit, si faible, c'était presque comme s'il serrait contre lui un enfant.

Gload fit une pause et demanda une autre cigarette qu'il alluma au bout incandescent de la précédente, puis il écrasa méthodiquement le mégot sur le bord du banc avant de le glisser dans sa poche de poitrine. Millimaki resta là, hypnotisé, et il se rendit compte qu'il avait retenu sa respiration. Le vieil homme continua :

— L'emmerdant, c'était que j'arrivais pas à lui retirer ses bagues. Ce fils de pute de Chinois devait bouffer du sel par poignées entières. (Il fit une pause, plia ses doigts épais.) Encore un conseil bon marché pour vous, Val, allez-y mollo avec le sel. Le sel a tué plus de gens qu'Hitler. Ou que l'autre, là. Le Russe.

La tête baissée, ou le regard posé de temps à autre sur le visage de Millimaki, il parla encore un moment. Val jeta un coup d'œil vers la prison de l'autre côté, où les fenêtres avec leur treillis de barreaux sombres brillaient déjà d'un halo jaune dans la lumière faiblissante. Les petits oiseaux piaillaient dans la sécurité des arbres.

Le vieil homme vit le regard de Millimaki dirigé vers la prison.

— Accordez-moi encore une seconde. Mon histoire mène quelque part, c'est promis.

Un des autres joueurs découvrit le Chinois malchanceux, assis jambes écartées sur les pavés de la ruelle, la mare de sang qui s'étalait dans la lumière d'un néon solitaire affichait sa couleur criarde sous le faible éclairage. John Gload l'avait saisi à la gorge d'une main pour l'empêcher d'appeler à l'aide et quand on le découvrit, le petit homme à l'odeur de fleur sucrée avait la trachée écrasée et la bouche ouverte, l'air de vouloir entonner une chanson. Il avait les yeux écarquillés qui vibraient dans la lumière, et une tache de sang s'étalait au niveau de ses mains, ainsi qu'une plus grande encore entre ses jambes tandis qu'un filet s'écoulait de l'orifice juste sous le sternum.

Le joueur de cartes était sorti se soulager dans la ruelle, mais, pris de nausée, il vomit sur sa chemise et, sans un mot, il se rua dans la pièce où le reste des joueurs, moins deux, étaient encore assis à la table, fumaient et terminaient leur whiskey avant de rentrer chez eux. Bouche bée, ils regardèrent la statue blafarde qui pointait l'index vers l'obscurité dehors, ils se levèrent et lui emboîtèrent le pas. Quand les policiers arrivèrent, ils découvrirent les hommes autour du Chinois, et le Chinois au centre du cercle.

Les joueurs s'entretinrent avec la police tour à tour, puis se dispersèrent, certains allèrent retrouver leurs épouses endormies, d'autres l'odeur renfermée de leurs chambres mornes de célibataires, deux étages au-dessus de la salle de jeu, qui leur paraîtraient plus vides encore cette nuit-là.

Parmi les billets et la monnaie dans les poches du Chinois, John Gload avait découvert un assortiment de comprimés dans un sac en plastique. Il plia les billets, les fourra dans sa poche, vida les comprimés avec un grognement de dégoût, puis il déposa les doigts de l'homme avec leurs joyaux contrariants dans le sac. Il parcourut les pavés de la ruelle sombre sans se presser, resta dans l'ombre des auvents et des pierres d'angles des vieux bâtiments publics, et quand il arriva à sa voiture, à peine plus de dix minutes s'étaient écoulées depuis qu'il avait couché sa dernière main de poker.

Dans la nuit sans étoiles, il roula vers le nord, la vitre baissée malgré le froid. Il s'arrêta sur une petite aire en bord de route à Elk Pass Park, où de l'eau de source glacée jaillissait d'une canalisation dans un évier en pierre, il lava ses mains et le couteau, enleva son pantalon et sa chemise, tous deux trempés et maculés du sang sombre du Chinois mort. Il transféra ses trophées dans les poches d'un pantalon propre, puis il avança à tâtons comme un aveugle au cœur des pins et des fourrés, dans l'obscurité totale, et enterra ses vêtements sous un tas d'humus et de branches mortes. De retour à sa voiture, il se coupa les ongles à la lumière du plafonnier. Il regarda longuement ses yeux rougis dans le rétroviseur, ramena ses cheveux en arrière et s'engagea une fois encore sur l'asphalte. Par deux fois, il dut faire une embardée avec son Oldsmobile jusque dans l'herbe haute du bas-côté pour éviter un cerf hémione campé sur la route comme une statue de jardin aux yeux phosphorescents.

Les cailloux heurtèrent les garde-boue. Dans cette campagne éloignée, la radio bourdonnait de parasites, mais il fredonnait avec les mélodies sporadiques, et le bitume se déroulait sous le faisceau des phares, pareil à un décor artificiel tournant à l'infini.

Le soleil se leva, rouge et indécis dans le ciel d'août, brouillé par des incendies lointains, et il trouva John Gload traversant ce matin-là les hautes plaines et les buttes que des peintures avaient rendues célèbres, leurs contours prenant forme au loin en une géométrie rosée, leurs plateaux enflammés, et le long de leurs versants ombragés, des rapaces descendaient et survolaient les champs de céréales mûres. La voiture de patrouille le croisa en direction du sud et il vit pivoter la tête du policier. En un instant, les gyrophares se mirent à clignoter, la voiture fit demi-tour sur l'asphalte fumant, franchit la ligne médiane dans un tourbillon de poussière et de saleté, et se trouva derrière lui, sirène hurlante.

Gload jaillit par la portière du siège passager, traversa les hautes herbes du bas-côté, enjamba les barbelés de la clôture. Les épis crissaient contre ses jambes tandis qu'il courait, mais, du fait de la pente et de la mauvaise adhérence de ses pieds dans les sillons trop mous, il avançait comme dans un cauchemar récurrent, et les grains presque mûrs bourdonnaient à son passage comme des abeilles chassées de leur essaim, puis il entendit le sifflement d'une première balle, il sentit son passage près de lui avant qu'elle ne s'écrase dans une pierre six mètres devant, au niveau de sa tête, aussi s'arrêta-t-il. Il tomba au sol, comme épuisé, et la tête sous les épis agités, il sortit les doigts du Chinois de sa poche ensanglantée et du sac plastique, creusa un trou dans la terre meuble où il les enfouit. Il continua à quatre pattes, creusa un autre trou pour y cacher le couteau, et il s'arrêta enfin.

— D'accord, d'accord, cria-t-il. Vous m'avez eu.

Il ne se retourna pas, mais il entendait le bruit des bottes du policier qui traversait le champ, puis il perçut le chuchotement des épis de blé contre son pantalon, et enfin, son souffle saccadé.

— Bouge pas d'un cil, dit l'homme. (Il respirait à grand-peine.) Espèce de fils de pute.

— Vous m'avez eu. Je faisais un excès de vitesse, c'est incontestable. Je savais pas que ce tas de boue pouvait aller aussi vite.

— Un excès de vitesse, c'est ça, siffla l'agent. Un excès de vitesse, mon cul.

— Bon, je suis pas ivre, si c'est ce que vous croyez. Je peux marcher sur une ligne droite, si vous voulez. Je suis totalement sobre.

— Ferme ta gueule.

Gload était désormais agenouillé, le visage encore tourné à l'opposé du policier, et il voyait devant lui un petit avion dans le lointain qui s'élevait sans bruit dans le ciel limpide. Il semblait jaillir directement des rangées de céréales. Gload sentit le bout d'un canon se loger à la base de son crâne.

— Il est armé, je suis sur les nerfs et je respire très fort, déclara le patrouilleur. Et y a personne dans les parages, à des kilomètres à la ronde, pour expliquer comment que ça se fait que ta cervelle est étalée partout sur le sol. Alors ne bats même pas d'un cil pendant que je te passe les menottes. Les mains derrière le dos.

— Oui, monsieur. Je tiens pas à mourir à cause d'un excès de vitesse.

— Lève-toi.

Il se leva. Il pivota pour faire face à l'homme et il entendit soudain le bourdonnement du Beechcraft volant vers lui, puis couvrant le son de sa respiration et des halètements de l'agent, il distingua les crissements des sauterelles parmi les épis ambrés, et sur les poteaux de la clôture, le chant des sturnelles clamant la beauté du jour.

— Alors, les doigts, y sont où putain ?

— Je vous les montrerais bien, mais ils sont menottés.

— Les doigts du Chinois, connard.

— Des doigts de Chinois ?

Le sac plastique qu'il avait jeté était à présent accroché à un bouquet d'épis de blé et claquait. L'agent y jeta un coup d'œil et Gload pensa : "Allez, le vent, souffle." Il agita ses poignets entravés et l'homme reposa le regard vers lui, le sac s'emplit d'air et roula au-dessus du champ de céréales comme le ballon de baudruche d'un enfant, avant de disparaître.

— Bon. Écarte-toi.

Gload fit deux pas de côté parmi les épis.

— Reste là.

L'agent, un homme d'environ quarante-cinq ans, entreprit de chercher entre les sillons, la main tenant son arme de service toujours tendue, son regard balayant le sol devant leurs pieds. De loin, on aurait pu croire qu'il effectuait une danse rituelle avec pour partenaire un John Gload stoïque et souriant.

— Ils sont dans la voiture ? Tu les aurais pas laissés dans la voiture, si ?

— Monsieur l'agent, vous me donnez la migraine.

— Merde.

Ils se frayèrent un chemin dans le champ et, quand ils furent arrivés à la voiture, le policier le fit s'appuyer sur le capot brûlant du véhicule. Il fouilla les papiers de la boîte à gants et, avec le canon de son pistolet, il repoussa les reçus chiffonnés et les journaux vieux d'une semaine sur le plancher et les sièges spacieux de l'Oldsmobile. Il prit les clés sur le contact, ouvrit le coffre et inspecta longuement entre les valises, les chaînes à neige et une énorme boîte de pêche pleine d'hameçons triples rouillés et de drôles d'appâts immenses sur des fils métalliques, tendant le cou de temps à autre derrière le hayon du coffre ouvert pour jeter un regard mauvais à l'implacable John Gload. Un quart d'heure plus tard, il s'appuyait à la portière, rouge et dégoulinant de sueur.

— Nom de Dieu, Gload. T'as pas mangé ces saloperies, quand même ?

Le vieil homme s'interrompit un instant, sourit et leva sa cigarette oubliée pour observer la longueur de la cendre ;

il resta assis un moment, la tête inclinée, à écouter le chant crépusculaire des oiseaux là-haut dans le feuillage nouveau.

— Le shérif était si furieux qu'il a envoyé dix hommes pour ratisser le champ d'un bout à l'autre, tous à quatre pattes, et même l'un d'eux avec un foutu détecteur de métal, il paraît. On aurait dit que quelqu'un avait roulé en voiture dans le champ tellement il y avait de traces parmi les épis après notre passage, au patrouilleur et moi, donc on ne pouvait pas se tromper sur l'endroit à fouiller. Ils ont jamais rien trouvé. (Il sourit à Val et hocha la tête.) Ça a failli les tuer, putain. Mais ils ont été obligés de me relâcher.

Il s'adossa à la chaise et attendit, il compta dans sa tête jusqu'à quatre.

— Alors, qu'est-ce qu'ils sont devenus, les doigts ? demanda Val.

Gload sourit.

— À votre avis ?

— Des coyotes ? Bon sang, j'en sais rien. Des oiseaux ?

— Val, Val, Val. (Le vieil homme soupira, comme si le partage de ses connaissances était un fardeau trop pénible.) Je vous l'ai déjà dit, dans n'importe quelle profession, il y a ce qu'on peut appeler des degrés dans la valeur des gens. Par exemple un docteur, qui est le meilleur docteur du monde dans son domaine mais qui trompe sa femme. Ou bien un prêtre qui passe la nuit au chevet d'un pauvre bougre miné par le cancer et appelant Jésus, eh bien ce même homme de Dieu va s'enfiler une bouteille de whiskey avant le déjeuner. Et il y a des flics qui volent, Val. Ne vous faites aucune illusion.

— Le patrouilleur ?

— Un peu, mon neveu.

— J'en doute vraiment, dit Val. Je trouve même que c'est franchement improbable.

Gload continua l'air de rien, sa voix lointaine et douce, émerveillée.

— Ce connard était à deux doigts de me faire sauter la cervelle, et puis il me sauve les miches par pur appât du gain.

Mais est-ce qu'on peut lui en vouloir ? Il doit gagner mille dollars par mois à courir après les ivrognes ou à sortir les gens de voitures en feu. S'il a l'occasion d'offrir un truc sympa à sa copine, pour une fois, et d'avoir un peu d'argent de poche… (Gload émit son rire croassant.) Et personne n'est lésé, à par moi et ce Chinois. Je parie qu'il a gerbé ses tripes pour retirer les bagues, par contre. Bon sang, Val, rien que pour ça, il l'a mérité.

Millimaki hocha la tête, incrédule.

— Voilà ce que je cherche à dire. Si ce pauvre fils de pute a fait tout ça pour un peu d'argent, allez pas croire une seconde que votre pote Wexler va pas vous frapper dans le dos au nom de sa prétendue carrière. Vous le connaissez. Il est plus que capable de faire un truc pareil. Je veux juste que vous sachiez comment ça marche, Val. Je veux juste que vous compreniez comment fonctionne le monde.

10

— Une histoire sur un Chinois à Butte et quelques bagues, dit Millimaki.

— Ah, bon sang, oui.

— Un truc sur des doigts coupés et un officier de patrouille.

— De l'histoire ancienne, Val. (Le shérif agita la main d'un geste dédaigneux.) Une vieille affaire qui date d'avant mon arrivée ici, et sûrement sans gloire aucune.

Millimaki éprouva un grand soulagement. L'idée de rapporter en détail le récit de démembrement de Gload et les insinuations de malversations policières l'épuisait d'avance. Pire même, se rendit-il compte, il aurait eu l'impression de trahir.

— Quoi qu'il en soit, monsieur l'adjoint, je vous ai surtout demandé de venir pour faire le point. La dernière fois que nous avons discuté, vous rencontriez un souci ou des soucis avec votre femme. La situation s'est-elle améliorée ?

Millimaki s'était installé sur la chaise inconfortable en face du bureau du shérif et il jeta un coup d'œil vers la porte, vers Raylene assise à son poste de travail spacieux, bien plus imposante dans ce décor que le geôlier de nuit fantomatique.

— Ne vous en faites pas pour elle, Val. Tant qu'elle n'a pas terminé ses mots croisés du matin, elle se fiche bien de ce que je peux mijoter. Je pourrais être raide mort ici même. Quand je ferai mon inévitable infarctus du myocarde, j'espère que ce sera pendant l'après-midi.

Ensemble, ils contemplèrent le dos de la femme, une large étendue de fleurs tropicales aux couleurs criardes. Sous son épais vortex de cheveux, la tête dodelinait au-dessus de la page.

— Vous pouvez fermer la porte, si vous voulez, mais généralement, c'est ça qui met en route son radar.

Millimaki avait terminé son service vingt-six heures plus tôt, il s'était obligé à rester éveillé jusqu'au crépuscule, mais il n'avait pourtant pas dormi. Le vent faisait trembler la porte sur ses gonds, et quand il s'était levé pour la bloquer à l'aide de deux couteaux de table, elle avait alors émis un marmonnement, comme si des mots se formaient dans l'obscurité dehors et franchissaient, indéchiffrables, les interstices gémissants. Au petit matin, il rêva encore de sa mère, ses lèvres tachées émettaient les sons de la nuit et produisaient des paroles incompréhensibles, bien qu'il essayât toujours de les interpréter pendant une heure après son réveil dans les draps emmêlés. Il savait qu'il lui fallait encore dormir, mais l'image refusait de s'effacer. Il céda, s'assit au bord du lit pour regarder le jour nouveau peindre les carreaux des fenêtres. Il était maintenant assis devant le bureau encombré et scrutait d'un regard fatigué ses bottes non cirées.

— Elle loge chez une amie en ville.

— Ah.

— Elle va rester en ville un moment. (Il leva les yeux, à peine plus haut que le torse du shérif.) On avait besoin d'espace. Enfin, elle en avait besoin.

— Oui. De l'espace. L'espace, c'est un thème récurrent.

— C'est moi qui emploie ce mot. La conversation était un peu plus élaborée que ça.

Le shérif s'adossa à sa chaise. Il posa l'extrémité de ses index sur la partie molle de sa mâchoire. Alors qu'il se balançait imperceptiblement, sa chaise émit un léger son félin.

— Notre bureau est une mise à l'épreuve du darwinisme marital, Val. C'est notre boulot, et c'est un boulot qu'on aime, certes, mais il est souvent en contradiction avec notre devoir conjugal, ou du moins il le rend difficile. Je parle de devoir au sens agricole ou animal, presque. Et puis, il y a des facteurs annexes, par exemple le métier de l'épouse, si elle travaille en dehors de la maison, ou bien les enfants issus de l'union. C'est le plus coriace.

Le jeune homme avait tourné le regard vers l'unique fenêtre, striée d'un treillis de barreaux, et il semblait s'y perdre. Le shérif n'était pas certain qu'il ait entendu ses propos. Quoi qu'il en soit, il était gêné d'avoir articulé à voix haute la philosophie qu'il avait modelée au fil des ans pour de pareils entretiens, des années à panser son propre chagrin inconsolable. Dans la lumière crue, il remarqua les rides profondes qui étaient apparues entre les sourcils de Millimaki depuis la dernière fois qu'il l'avait vu, et ses yeux pâles enfoncés dans leurs grottes sombres étaient plissés en permanence, comme s'il cherchait un sens au monde, un secours, et qu'il avait entrepris ainsi d'observer la vie à l'échelle des acariens ou des atomes.

— Vous savez, Val, ma vieille mère me disait toujours qu'à faire la grimace trop longtemps, on risquait de rester figé.

Millimaki observa la journée de printemps étincelante, un long rectangle d'ombre horizontale lui barrant le visage, comme un homme aux yeux bandés devant un peloton d'exécution.

— Est-ce que ça signifie qu'on fait un choix ? demanda Millimaki. Ça m'a l'air de signifier que si vous choisissez votre boulot, je veux dire si vous choisissez de bien le faire, alors votre couple se résume à deux personnes partageant le même toit par commodité. L'un se couche quand l'autre se lève.

— C'est un peu rude, comme vision des choses, dit le shérif.

Il ouvrit un tiroir et fouilla dedans. Il en sortit sa pipe qu'il cala, froide, à la commissure de ses lèvres.

— D'accord, peut-être que ma théorie n'est qu'un ramassis de joyeuses foutaises, Valentine. C'est peut-être juste de la chance. Ou du hasard, peu importe comment on veut l'appeler. J'ai vu ça des centaines de fois. La personne qu'on épouse s'avère toujours être quelqu'un d'autre, au bout d'un temps. Une personne qui finit par changer, devenir quelqu'un d'autre. Ni mieux ni pire. Juste différente.

— Vous mettez de l'orge dans un tonneau et six mois plus tard, ça devient du whiskey.

Le shérif sourit légèrement derrière sa pipe.

— Oui, quelque chose dans ce genre, si on veut poursuivre la métaphore agricole.

Il attendit. Il creusait dans le foyer de sa pipe à l'aide d'un trombone tordu. Millimaki apercevait des oiseaux jaunes, minuscules et électriques, passant de branche en branche comme des billes de flipper dans les ormes d'en face. Il pensa qu'il s'agissait peut-être de chardonnerets. Il les regarda par la vitre sale, avec le sentiment fugace d'être lui, en cage, et de voir les oiseaux colorés se moquer de lui dehors, voletant libres et légers dans le monde immense.

— J'imagine qu'on finit par s'habituer aux barreaux, au bout d'un moment.

Le shérif se tourna vers la fenêtre et détailla comme pour la première fois les barreaux rouillés, puis il concentra à nouveau son attention sur Millimaki.

— Vous pourriez parler avec un de nos psychologues, Val. Il n'y a aucune honte à ça.

— Je me disais qu'en déchargeant mon arme… Un truc dans ce genre.

— Ce n'est pas seulement pour ça que nous les avons.

— Il faut juste que je dorme correctement.

— On peut vous avoir quelque chose pour remédier à ça. Peu importe ce qu'il vous faut. C'est l'affaire d'un coup de téléphone.

— Merci, chef.

— Je ne suis pas très doué pour les petites claques rassurantes dans le dos, Val. Il paraît que c'est un de mes grands défauts. Mais vous êtes un bon élément. Et je n'ai jamais vu personne se débrouiller mieux que vous avec un chien. Pas depuis que je suis arrivé ici.

Il sortit la pipe de sa bouche, en examina le foyer d'un air pensif, puis il la posa sur le bureau.

— Sur beaucoup de points, vous me faites penser à moi-même.

— Et vous êtes toujours marié.

— Oui. Enfin. Toujours remarié.

Millimaki se détourna de la fenêtre et posa le regard sur lui.

— Je l'ignorais.

— C'était il y a très longtemps, Val. N'allez pas tirer de conclusions hâtives.

Une voiture passa dans la rue en contrebas. Le silence qui s'ensuivit ne fut rythmé que par les miaulements de la chaise du shérif.

— Est-ce que Teagarden était là quand vous avez commencé dans le service ? Je ne m'en souviens pas.

— Non, chef. Mais j'ai déjà entendu son nom quelque part.

— Ed Teagarden, marié pendant trente-deux ans, pendant toute la durée de son service dans les forces de l'ordre. Une femme gentille. Une femme bien. Et intelligente.

Il s'interrompit brutalement, captivé par un souvenir, puis il s'affaira dans le désordre impénétrable de son bureau. Ses lunettes sortirent de leur cachette et il les chaussa avant de baisser les yeux. Il les retira, les examina comme s'il pouvait s'agir de lunettes abandonnées par un autre, et il les reposa sur le bureau.

— Oui, chef. C'est tout ? C'était le seul ?

— Non, bon sang.

Le shérif parcourut le bureau comme si une réponse pouvait y apparaître parmi les enveloppes du courrier de la veille, les papiers carbone jaunes et rouges, les formulaires en triple exemplaire qui attendaient sa signature – un épais dossier listant les hommes aux unions longues et heureuses qui avaient servi sous son commandement.

— Eh bien, c'est le seul qui me revienne en mémoire pour l'instant. Mais il y en a sûrement eu d'autres. J'en suis sûr.

— Dobek ?

— Voyle Dobek. Marié quatre fois, pour ce que j'en sais. Mais c'est Dobek. Il n'est pas représentatif de notre population.

Millimaki sortit du bureau, les pieds lourds et la tête engourdie. En passant devant le poste de Raylene, il s'arrêta un instant et sembla inspecter avec grande attention le sol devant lui. La secrétaire leva brièvement les yeux de son journal plié, puis le regarda une fois encore, posa son crayon.

— Je peux vous aider, monsieur l'adjoint ?

— C'est trop tôt dans la saison, pour les chardonnerets ?

11

Ils suivirent sa piste dans le lit d'un cours d'eau asséché au beau milieu d'un territoire qui était cartographié depuis une centaine d'années, mais dont les informations détaillées, comme sur les antiques cartes maritimes avec leurs dragons et leurs vagues monstrueuses, étaient pour le moins arbitraires. Certaines années, l'herbe était suffisante pour le bétail, mais venir faire paître les vaches et les faire ressortir d'un paysage si accidenté et aride s'était révélé une entreprise trop peu profitable. Des bovins aussi sauvages que des cerfs vivaient prétendument dans la région, l'évolution de leur population errante régulée par les chats sauvages, les loups fantomatiques, les sécheresses et les blizzards.

Le sol sous ses pieds était chaud, l'air lui-même semblait frissonner de chaleur, et partout résonnaient le sifflement et le crissement des sauterelles.

— Ils disent que vous êtes un vieux fou, mais vous avez un sacré courage pour votre âge, déclara Millimaki.

Le chien s'arrêta pour le regarder, la langue pendante. Ils avaient déjà parcouru huit kilomètres et l'adjoint pouvait voir le paysage désert sur deux kilomètres devant lui. Loin au nord, un faucon décrivait des cercles au-dessus du lac invisible. Un passereau étourdi par la chaleur se tenait sur une branche d'armoise. Le chien flaira brièvement une vache morte depuis deux ou trois ans, désarticulée par un orage soudain ou par des charognards, et qui semblait être tombée du ciel avant de s'éclater au sol. Un morceau de peau rouge s'étirait encore sur la cage thoracique comme un parchemin.

Lancé à la poursuite de Dieu savait quoi, le vieil homme avait traversé ce territoire désolé au cours de la troisième semaine de juillet, parti d'un campement brûlant et poussiéreux sur les berges de Fort Peck Reservoir. Ses proches l'avaient cherché des heures durant jusqu'à craindre de se perdre à leur tour dans l'obscurité profonde, et le lendemain, Valentine Millimaki était arrivé en fin de matinée, ayant roulé trois heures et demie d'affilée dans le lever du soleil après son interminable service de nuit. Il se tenait à présent près de la hereford explosée, à 7 heures et demie du soir, et commençait à son tour à souffrir du manque d'eau et de sommeil.

— Je l'ai installé avec une canne à pêche et un fauteuil, un seau d'appâts, et puis nous, on est montés dans le bateau et on est partis, dit l'homme. On s'est absentés à peine une demi-heure et voilà qu'il est introuvable. Il a dû partir dès qu'on a démarré ce putain de moteur.

— Alors vous vous êtes absentés une demi-heure.

— À peu près.

Val regarda l'épouse de l'homme pour recevoir confirmation.

— J'aimerais bien que tu évites les grossièretés en ce moment, dit-elle à son mari. (Elle se tourna vers Millimaki.) C'était peut-être bien une heure. Environ une heure.

— Peut-être bien, dit l'homme. C'était comme si quelqu'un l'avait appelé pour dîner. La canne posée là près du fauteuil, la ligne encore dans l'eau. Elle était tout emmêlée quand on est rentrés. J'ai dû la péter pour la sortir.

La fille du vieil homme disparu se tenait sur la rive du lac avec son mari, pâle et frêle, immobile comme si elle risquait de se volatiliser dans le moindre mouvement d'air estival, aussi facilement qu'une poignée de plumes. Tous deux affichaient des brûlures d'un rouge terrifiant après leurs longues recherches frénétiques à la poursuite d'ombres et d'indices dans les collines et le long de la plage.

— C'est comme si on appuyait sur un interrupteur, dit-elle.

L'iris de ses yeux était couleur saphir et semblait se liquéfier, le tégument trop fragile pour contenir une telle douleur. Elle contempla le ciel infini derrière lui.

— Il pouvait être gentil et normal, il ne se trompait pas quand il prononçait mon nom, ni même celui des enfants, et puis c'est comme si on appuyait sur un interrupteur. Il affichait cette mine terrible, l'air de dire, c'est qui cette inconnue dans ma maison qui essaie de me faire manger de la nourriture empoisonnée ? Oui, c'était exactement ça.

— On le nourrissait bien, s'aventura l'homme.

— C'est pas ce que je cherche à dire.

— Je sais bien.

— Alors tais-toi.

Elle se mit à sangloter ouvertement, les bras croisés autour de son torse comme si elle se trouvait dans un lieu glacial.

— Oh, Papa.

Son mari ne savait que faire pour la réconforter, sa main suspendue au-dessus de sa tête en un geste de bénédiction, et il finit par la poser sur la nuque de sa femme et ses coups de soleil.

Rapidement et avec un effort visible, elle se ressaisit.

— Il disait qu'il l'entendait l'appeler, il disait, "Tiens, c'est Clara" et il se levait, où qu'il se trouve. À la table du dîner, peu importait. À l'église. Il se levait et il partait.

Elle gardait ses bras rouges autour d'elle, la main de son mari était toujours posée sur sa nuque. Derrière eux, deux enfants en maillot de bain étaient assis par terre et se passaient un ballon gonflable, inconsolables. Le garçon portait d'épaisses lunettes et il leva vers Millimaki d'énormes yeux derrière ses loupes.

— Alors je sais où il est parti, dit la femme.

Valentine pivota vers elle, et le mari détourna le regard.

— Il est parti chercher Maman, dit-elle. Elle nous a quittés il y a trois ans, et il est en train de la chercher dans les collines.

Tom était assis aux pieds de l'adjoint et suivait le ballon des yeux. Quand la femme se mit à pousser des pleurs perçants, il l'observa, la tête penchée d'un côté, puis de l'autre.

— Je suis désolé, dit Val.

Le couple se tenait devant lui et, derrière eux, l'eau était aussi placide et luisante qu'une vitre.

— Vous pouvez me décrire ses vêtements ?

— C'est pas comme si vous risquiez de le confondre avec quelqu'un d'autre dans les parages, répondit l'homme.

Val le dévisagea. Loin sur le lac scintillant, une île d'armoise et de pins d'un bleu aérien semblait flotter et frissonner à travers le brouillard de chaleur – un royaume mythologique un instant aussi tangible que le sol sous ses propres pieds, puis invisible l'instant d'après.

— Des couleurs. Je voudrais savoir quelles couleurs chercher.

— Un T-shirt et le pantalon marron qu'il portait toujours, répondit l'homme. Un pantalon en toile, le même qu'il a porté au boulot pendant trente ans, quand il balayait les sols à l'école. (Il hocha la tête.) Des chaussures, comment qu'on dit, le genre qui s'enfilent toutes seules parce qu'il arrivait plus à faire ses lacets. C'est à peu près tout, hein, chérie ?

La femme s'essuya les yeux d'un revers du poignet.

— Un T-shirt blanc, dit-elle. Et une casquette. Je lui ai mis une casquette sur la tête quand on est partis, pour le protéger du soleil. Rien qu'une casquette classique, celle de Jamie. Je ne sais plus ce qu'il y avait dessus. Elle était noire, je crois.

Le garçon leva les yeux et fit la moue.

— C'était une casquette NASCAR, c'était ma préférée et, maintenant, elle est perdue.

L'homme se tourna vers lui.

— Va pas recommencer.

— Mais c'est vrai, quoi.

— De quelle couleur, fiston ? demanda Val.

— Violette, jaune et rouge avec un 26 dessus. (Il contempla le chien.) Il peut la retrouver ? Est-ce que, comment qu'y s'appelle, lui, il peut la retrouver ?

— Il s'appelle Tom. Il va faire de son mieux, oui.

— Rien qu'un T-shirt blanc, dit la femme. Et la casquette, et le pantalon.

— Entendu.

Des vagues de chaleur ondulaient sur la caravane, la bâche bleue tendue au-dessus de la porte projetait un maigre losange d'ombre. Deux parpaings la maintenaient sur le toit et, à travers des œillets, des poteaux la fixaient, pareille à un ventre gonflé surplombant des chaises longues éculées.

— J'aimerais un peu d'eau pour le chien, et vous pourriez me trouver un vêtement de votre père ? Une chemise ou un pantalon, quelque chose dans le genre. C'est pour donner un point de départ au chien.

Val se rendit au pick-up où il entreprit de s'approvisionner en vue de la longue journée à venir. L'homme s'approcha, un coupe-vent bleu pâle à la main qui avait appartenu à son beau-père.

— Pardon d'avoir dit tout ça. C'est pas facile pour nous, ici. Elle rejette la faute sur moi. Je sais qu'elle fait pas exprès mais quand même.

— Ne vous inquiétez pas, dit Val.

— J'ai cherché partout. (Il examina la surface plate du lac.) Il pourrait être au fond ? Est-ce qu'il aurait pu juste avancer dans le lac et point final ?

— C'est possible, dit Millimaki. Mais Tom n'a pas montré d'intérêt pour cet endroit précis. On dirait plutôt qu'il est parti à pied. C'est assez courant, chez les gens atteints d'Alzheimer. Ils marchent, et ils marchent encore.

— J'en sais quelque chose.

L'homme restait immobile, ses immenses mains de travailleur plongées dans les poches de son jean coupé sommairement au niveau du genou avec un couteau ou une hache. Le dessus de ses pieds était écarlate et pelait déjà.

— Parfois, il pissait dans son froc. (Sa voix se cassa.) Assis là. Ma femme le changeait comme un bébé.

— Vous avez bien agi, dit l'adjoint. Vous avez fait tout ce que vous pouviez.

— Je pourrais peut-être vous accompagner.

— Non. Restez avec votre famille. Tom est tout chamboulé s'il est obligé de garder un œil sur deux hommes au lieu d'un.

— Très bien. Mais je peux pas faire quelque chose pour vous ?

— Si jamais je reviens pas, appelez un shérif et son chien.

— Oh, bon sang.

L'homme retira son chapeau et se passa les doigts dans les cheveux, puis il contempla le vaste paysage déployé autour d'eux.

— Je plaisante, dit Val. Mais faites un bon feu quand la nuit sera tombée, et entretenez-le. Je devrais pouvoir le voir d'assez loin. Demandez peut-être à votre dame de rester assise avec vous près du feu. Essayez de lui changer les idées.

Il ajusta les gourdes à son ceinturon, appela le chien et s'éloigna, lorsque l'homme s'écria derrière lui :

— Écoutez, je sais que vous pensez, “Quel genre de poissons il aurait bien pu pêcher là-dedans ?”

Il fit un geste de la main en direction du lac boueux d'une couleur de calcimine sous le ciel uniforme. L'eau chuchotait sur la plage de galets.

— Je voulais juste qu'il s'occupe. Enfin, il aurait pu choper une carpe ou un sandre, un truc aurait pu mordre à l'hameçon.

Alors qu'ils prenaient la route, le chien Tom fut aussitôt attiré par le lit d'un cours d'eau qui se jetait dans le lac au sud, et ils cheminèrent lentement à travers de profonds ravins, des berges abruptes et un enchevêtrement de planches érodées, de poteaux et d'arbres morts apportés là par une inondation au printemps précédent. D'étranges rochers étaient posés sur la terre, aussi lisses et ronds que des œufs jurassiques, et des pommes de pin ovales et sculptées par le torrent étaient dispersées alentour comme des reptiles marins d'une ère révolue. Des sauterelles bondissaient devant eux, crissaient dans les herbes hautes et l'armoise.

Ils marchèrent un moment, le chien allait et venait dans le cours d'eau. Des genévriers et des pins poussaient au sommet de la berge, les arbres plus grands affichaient des blessures suintantes là où s'étaient enfoncées les dents des porcs-épics. Des racines serpentaient à nu sur le sol asséché, s'enroulaient autour des pierres comme pour en presser toute substance. Des escarpements de grès où se dessinaient en filigrane des poissons et des coquillages fossilisés jaillissaient au-dessus des berges comme des proues de navire et, partout, d'étonnantes colonnes de roche sans âge érodées par le vent se dressaient, sculptures d'un rêve enfiévré.

Une heure plus tard, en haut d'une petite côte, ils découvrirent une cabane de pionnier en rondins de bois entaillés et rabotés, et le chien leva la truffe qu'il dirigea vers la structure. Un éclair d'espoir revigora Millimaki, et il courut depuis la rive jusqu'à la cabane, le rectangle noir de son entrée, l'unique promesse d'ombre véritable à des kilomètres à la ronde. Ils n'avaient pas trouvé l'endroit où l'homme avait passé la nuit, et Millimaki pria pour qu'il ait reposé sa vieille carcasse dans l'intérieur frais de la cabane.

Mais il n'y était pas. Tom gémit et décrivit des cercles dans la pénombre poussiéreuse, et Millimaki aperçut dans la terre pâle parmi les empreintes de rats, de moufettes et de blaireaux, celles des chaussures d'un homme évoluant en un rond à peine plus grand qu'un tonneau. Il avait été là, à tourner et tourner sur lui-même pendant un moment, puis il était ressorti dans le monde lumineux et inconnu.

Le silence était total. Tom s'étendit à même le sol, haletant. La porte de la cabane était enfoncée et pendait à un gond fabriqué à l'aide d'une semelle de chaussure. Millimaki, pris de vertige et à demi aveuglé par la lumière soudaine, scruta le chemin qu'ils venaient de parcourir jusque-là. C'était un parcours curieusement résolu pour un homme qui peinait à arpenter les couloirs de la maison de sa fille, un parcours sans les détours et les demi-tours insensés des malheureux qu'il avait suivis au fil des ans, ceux qui s'aventuraient, affolés et en hypothermie, à travers les branches mortes ou jusqu'aux cuisses dans les ruisseaux glaciaux ou qui, comme des fuyards affolés, escaladaient des parois à pic, laissaient leurs ongles ensanglantés plantés dans les fissures. La femme effrayée au campement lui avait dit que son père était parti chercher son épouse décédée, et elle avait peut-être raison. Il semblait attiré par quelque chose, et tandis que Millimaki surplombait les empreintes de ses chaussures bon marché, le mot "quête" traversa son esprit brouillé. Une quête, pensa-t-il. Mais bon sang. Je perds la tête.

Il n'avait pas dormi depuis plus de vingt heures et l'épuisement s'insinua dans ses os en une lente paralysie. Il imaginait le vieux concierge debout là lui aussi, un peu plus tôt, prenant les cicatrices faites à la hachette dans les rondins pour un motif de papier peint ancien que sa femme avait choisi chez eux. Là où les hirondelles voletaient sous les poutres en pin du plafond, il entendait le gazouillis de ses enfants dans leurs chambres à l'étage. Et puis la voix de sa femme, à nouveau. Elle l'avait mené jusqu'ici, mais elle se déplaçait, la vocalisation tendre et musicale de son nom dans le vent, parmi les branches d'arbres.

L'OMBRE pareille à une encre malveillante glissait dans les ravines et donnait une forme sinistre aux totems de grès et aux rochers escarpés vêtus des débris rejetés par l'inondation, et il y avait bien assez de silhouettes pour peupler les rêves et les cauchemars des esprits, même les plus sains. Les érables et leurs ombres crépusculaires ressemblaient à des mandragores ou à des créatures griffues, les rapaces qui planaient dans le ciel leur donnaient voix, et les racines des pins sombres serpentaient sur le sol accidenté comme des vipères.

Le jour était bien avancé quand Millimaki et le chien s'arrêtèrent près du squelette de la malheureuse hereford. Il examina le tas d'os blanchis à ses pieds, comme s'il s'agissait d'un augure qu'il cherchait à décrypter, mais, dans son état diminué, il parvenait à peine à comprendre les mystères de sa propre boussole. Il était stupéfait que le vieil homme, à quatre-vingt-six ans, ait pu s'aventurer aussi loin dans un tel territoire, poussé par un amour vivant depuis cinquante ans, à la poursuite de mirages et d'apparitions, le spectre de sa femme lui faisant signe à chaque méandre brûlant du ruisseau. Ou bien, à l'instar de Tom, suivait-il la trace olfactive d'un parfum de lilas, d'eau de rose, ou la senteur de ce savon qu'elle avait utilisé deux mille soirs avant de venir s'étendre à ses côtés ? Pour Millimaki, de tels sentiments semblaient aussi froids et lointains qu'une étoile éteinte, et il lui était plus facile d'inventer des images de l'épouse du vieil homme que de la sienne, celle dont le visage et la silhouette s'étaient brouillés dans son esprit semaine après semaine depuis qu'elle l'avait abandonné.

Millimaki frotta ses yeux fatigués et consulta sa montre. Quand il leva le regard et qu'il s'adressa au ciel couleur lavande à cette heure avancée, sa langue lui parut épaisse.

— Mais où êtes-vous bon sang, mon vieux ?

À cet instant, Tom se mit à gémir, décrivant des cercles près d'un entrelacs de racines et de bois morts empilés par une ancienne inondation, et qui ressemblait au repaire d'un rongeur du Pléistocène. La casquette du petit-fils était posée à terre, le sol avait été piétiné et creusé par les chaussures de l'homme, comme s'il avait lutté contre un fantôme.

Le chien se mit à fendre l'air de sa queue avec fureur et il s'élança, sa langue rose pendante. Il courut et attendit Millimaki, puis repartit. Au bout d'environ deux kilomètres, l'adjoint aperçut une tache blanche dans le lointain – une couleur qui, à l'exception des ossements, était absente de ce sombre paysage brun gris. Il ne faisait plus confiance à ses yeux. Il franchit la courte distance d'un pas titubant, ses pieds lourds comme la pierre.

Une pie était perchée sur le dos du vieil homme et tirait le tissu de son T-shirt, l'air de vouloir le réveiller de son sommeil. Elle s'envola à son approche et, depuis la branche d'un genévrier, elle admonesta le chien de ses cris colériques si humains que le chien la dévisagea, sidéré. L'homme était étendu face contre terre et paraissait être tombé de tout son long, comme poussé par-derrière. Chaque centimètre de sa peau nue et pâle était affreusement brûlé, couvert de cloques, et il rôtissait lentement sur le sol.

Il avait été mordu par un serpent au-dessus de l'aine, sa jambe gauche avait tant enflé que le tissu de son pantalon était distendu et décoloré par le filet liquide qui s'échappait de la blessure. C'était un crotale des prairies long d'environ un mètre cinquante et aussi épais qu'un câble de hauban, il était enroulé autour du bras de l'homme comme un étrange bijou égyptien. Dans sa rage et sa confusion, le vieil homme avait apparemment attrapé le serpent derrière la tête et s'y était accroché. Le chien le flaira, flaira le serpent avec prudence, puis s'assit simplement. Val sortit le petit appareil photo de son sac ventral, contourna le corps pour prendre des photos du sol, de l'homme qui reposait là, ainsi que des gros plans de la blessure sur la jambe enflée. Il prit un cliché du serpent piégé dans le poing de l'homme, une image qu'il trouverait plus tard étrangement douce, le reptile aussi peu menaçant qu'une marionnette en chaussette, avec sa langue tirée, fin filament sec comme une bande de feutrine. Il s'assit enfin à côté du chien et l'aida à boire de longues gorgées d'eau qu'il versait d'une gourde dans le creux de sa main. Il l'avait gardée pour le vieil homme, mais à présent le chien pouvait boire jusqu'à plus soif. Il resta longuement assis à regarder l'homme et son serpent. Il semblait avoir marché presque deux kilomètres avec sa blessure, tenant le serpent par la tête, il avait suivi laborieusement le cours d'eau se rétrécissant vers le promontoire boisé qui, alors que Millimaki était assis là, soufflait une brise au parfum de sauge, de genévrier et de pin. Il était épuisé, il contemplait le promontoire et les arbres dont la silhouette se découpa soudain dans la lumière perlée. Il se leva, s'approcha du cadavre et le retourna. On aurait dit un objet de bois, une sculpture affublée d'un habit de travail et d'un masque d'étonnement, d'émerveillement, les yeux grands ouverts et peints du même bleu déchirant que ceux de sa fille.

Les ombres s'allongeaient sur le sol, les étoiles se matérialisèrent et, des hauteurs qui s'étiraient vers la Judith River, Millimaki entendit les premiers jappements hésitants des coyotes. Il ferma les yeux et posa le front sur ses genoux. Le chien s'endormit. Le vieil homme sommeillait près de ses pieds, rigide.

C'est alors qu'il la vit, jeune et fraîche, un peu impatiente sur le promontoire, le vent chahutant ses cheveux. Elle attendait, et bientôt son chevalier, son combattant exténué – celui qui brûlait les déchets, qui balayait les sols –, la rejoignit. Et il n'y eut plus rien d'autre qu'elle, ni le chagrin écrasant, ni le soleil qui lui brûlait la peau, ni la douleur dans sa jambe, ni l'abominable chose sifflante à son bras. Il marchait d'un pas léger et atteignit le sommet de la colline en un instant, et ils se tinrent ensemble sur cette palissade, parcourant du regard les prairies parfaites de leur vie, verdoyantes et fleuries. Dans son rêve, Millimaki regardait Tom gravir à tâtons la pente rocailleuse, décrire un cercle en gémissant, et perdre enfin l'odeur qu'il avait suivie tandis qu'elle s'élevait en spirale dans la troposphère comme une volute de fumée.

Millimaki se réveilla et observa avec affection la terrible silhouette sombre, puis il reposa à nouveau la tête sur ses genoux tandis que le crépuscule bleu s'installait au-dessus de lui dans le murmure des abeilles. Tom vint le pousser du museau et le dévisagea de ses yeux tristes et humides, puis il s'allongea à ses pieds. Une lune gibbeuse montait derrière les collines, le paysage était baigné d'une lumière argentée. Il n'avait pas envie de quitter la compagnie du vieil homme.

Il tenait le chien par le collier et resta longuement dans l'obscurité. Du bois flotté craquait dans le feu avec un bruit d'os brisés. Quand il s'approcha, l'homme et son épouse étaient assis devant les flammes, en proie à la stupeur, et ils levèrent leurs yeux écarquillés et étonnés sur Millimaki comme s'il était le remède à leurs pensées noires, une silhouette découpée dans l'obscurité elle-même. Derrière eux, le lac était une étendue de mercure, si placide et calme que Millimaki distinguait les mouettes ou les canards à la surface à cent mètres de là, pareils à une flotte de navires mouillant là.

— Dieu tout-puissant, vous nous avez fait peur, monsieur l'adjoint.

Millimaki avança dans le cercle de lumière.

— Je pourrais avoir un peu d'eau pour Tom ?

La famille avait tiré un tronc de peuplier depuis le lac, blanc et lisse comme une immense dent, il l'enjamba et s'assit dessus. Le chien disparut dans le noir, on put l'entendre laper longuement l'eau du lac sur la berge. L'homme posa un bol près de Millimaki.

— Au cas où il en voudrait quand même.

Il tendit à Millimaki une bouteille de bière où perlait une rosée fraîche. Millimaki sentit quelque chose dans sa poche et sortit la casquette du garçon qu'il déposa sur le tronc à côté de lui.

La femme ne l'avait pas quitté des yeux depuis son arrivée, et elle dit enfin :

— Il est mort quelque part là-bas, c'est ça ?

Millimaki fixa les braises changeantes.

— Oui. Je suis désolé.

— Je le savais, de toute façon. Tant pis. C'est ce qu'il voulait.

— C'était un homme robuste. Vous ne me l'aviez pas précisé, dit Millimaki avec fatigue. Il a marché loin.

La chaleur, le manque de sommeil, la tristesse générale et anonyme l'étreignaient comme un succube. Assis, les avant-bras sur les genoux, il fut surpris de trouver une bouteille de bière dans sa main. Il ne pouvait se résoudre à leur parler du serpent, et mieux valait qu'ils imaginent le vieil homme intact et confortablement endormi sous le ciel trompeur. Presque pour lui-même, il dit :

— J'arrive pas à croire qu'il soit allé si loin. Par cette chaleur. (Il hocha la tête.) Une douzaine de kilomètres, environ. Peut-être plus. Treize ou quatorze.

— Il a fait ça plusieurs fois chez nous, dit le mari. Une fois, ils l'ont retrouvé à l'aéroport, à plus de vingt kilomètres de la maison.

— Enfin, c'est ce qu'il voulait. (La fille du vieil homme portait un fin pull sur ses épaules et elle le serra autour d'elle.) Il est avec Maman, maintenant.

L'homme était enfoncé dans une chaise de camping en toile, une bouteille de bière pendait au bout de sa main tandis qu'il contemplait les braises qui éclataient.

— Il n'aurait pas pu se contenter de mourir dans son fauteuil à la maison ? dit-il en hochant la tête tristement. Partir comme ça, là-bas.

Il pencha la bouteille dans la direction vague des Breaks, des plateaux et des promontoires hérissés de pins que l'on distinguait à peine sur l'incroyable étendue d'étoiles.

— C'est affreux. C'est indigne, voilà ce que c'est.

— Je refuse d'entendre une chose pareille, dit la femme. Lawrence, je refuse de l'entendre.

— D'accord.

— C'est faux.

Elle garda le silence un moment. Le feu s'éleva lorsqu'une brise souffla, des bûches s'affaissèrent et projetèrent un chapelet d'étincelles brillantes. Un voile de nuages clairs passa devant la lune.

— Il cherchait quelque chose, voilà ce que je crois.

La femme fit une pause, son visage dans la lumière du feu aussi ocre et extravagant qu'un masque indien.

— Une sorte de recherche, oui. Je n'arrive pas à trouver le mot exact.

Millimaki ne leva pas les yeux. Il parla presque comme dans un rêve.

— Une quête.

— Oui, tout à fait. (Elle le regarda, surprise.) C'est exactement le mot. Une quête. C'était vraiment ça. Il était en quête de ma mère depuis sa mort. Pour lui, elle était juste quelque part hors de sa vue, juste à l'angle de la rue. Et ne me regarde pas comme ça. Pourquoi tu me regardes comme ça ?

— Je ne te regardais pas d'une façon particulière, répondit le mari.

— Je connais ce regard, dit-elle d'une voix tremblante. Je connais ce regard, Lawrence.

L'homme la dévisagea un long moment. Le vent soufflait au-dessus d'eux, et Millimaki l'imagina porter avec lui l'odeur du vieil homme par-delà ces terres implacables et accidentées, vers toute cette soif inassouvie parmi eux, et le vent souffla les cheveux clairs de la femme devant sa bouche, son corps fut secoué d'un frisson. Même à cet âge mûr, elle était aussi mince qu'une jeune fille.

L'homme jeta un coup d'œil vers Millimaki.

— Monsieur l'adjoint, vous devez avoir quelqu'un qui vous attend à la maison. Vous avez sûrement envie de déguerpir et de rentrer chez vous.

Hypnotisé par les charbons ardents et engourdi de fatigue, il enregistra lentement ces paroles. Ils l'observaient tous les deux. Le vent soufflait. Leurs ombres grandissaient, rapetissaient et grandissaient à nouveau sur le sol devant eux.

— Ma femme, dit-il bêtement. Elle…

— Très bien, dit l'homme. Allez-y. C'est pas la peine de rester pour veiller sur nous. Allez-y, allez la retrouver.

Sur ces mots, il posa prudemment la bouteille à côté de son pied et se leva. Millimaki le regarda. Il disparut dans l'obscurité et réapparut derrière sa femme, son visage rouge et démoniaque dans l'éclat des flammes, ses mains rudes illuminées, et il passa les bras autour des épaules de son épouse aussi tendrement que s'il essayait d'enlacer un nuage. Elle leva ses petites mains sur ses avant-bras et se mit à pleurer doucement.

— Oh, c'était ça, Lawrence. C'était ça qu'il faisait.

Le vent souffla encore et la fille du vieil homme sanglota. Comme pour réaffirmer la simplicité de la vie son père, elle répétait :

— Oh, c'était ça qu'il faisait, c'était ça, c'était ça.

12

— Je crois qu'il faut que je vous parle d'un autre truc, bien que ça n'ait rien d'un mystère ou je sais pas quoi. Quand j'étais un jeune étalon à la prison de Deer Lodge, il a fallu que je règle le compte d'un type qui était après moi. Ils ont jamais prouvé qui l'avait fait, mais j'ai quand même passé deux semaines à Siberia East parce qu'ils étaient au courant de ce qui se passait et qu'ils pensaient que c'était moi le coupable. Y a un angle près du bloc des cellules individuelles, le seul endroit invisible depuis les tours, alors j'ai entraîné un gars là-bas. Y avait une sorte d'urinoir en plein air que vous avez peut-être vu, si vous êtes déjà allé là-bas. Une rigole pour pisser. Y avait tout un tas de saloperies qui s'y passaient, des gars dealaient, ils se montaient dessus, ce genre de conneries, et je me disais qu'il viendrait quand je pisserais juste pour regarder, et évidemment, c'est ce qu'il a fait, il sifflait des trucs horribles à entendre pour un gosse. Ouais, c'était comme ça. On pouvait en apprendre un sacré paquet, si on était curieux. Je me souviens pas de son nom, c'était une grosse tantouze de Butte, dans le Montana, et il méritait son sort. C'est surtout que j'avais pas le choix, moi, c'est pour ça que j'en parle pas souvent. Il s'est approché de moi et je lui ai collé un coup de couteau dans son gros bide, j'ai tiré vers le haut de toutes mes forces, je l'ai senti tomber avec ses entrailles bleues répandues sur le pavé comme un gibier qu'on vide. Et puis je me suis pissé sur les mains pour nettoyer le sang, je me suis éloigné, fin de l'histoire. Je suis fatigué, maintenant, Val. Y a rien d'autre à ajouter à cette histoire. Bonne nuit.

13

Il tenait la carte rudimentaire dans ses mains et examinait le paysage en contrebas. Il regarda la page, la tourna d'un quart de tour, observa encore les alentours. Elle était pareille à un dessin d'enfant. Le vieux criminel avait dessiné des fers à cheval pour indiquer l'emplacement approximatif des barrages au nord et au sud, des U inversés accompagnés d'étranges marques diacritiques pour signaler les collines et leur végétation endémique rare. Il avait gravé d'épaisses lignes droites, il avait dû dessiner avec le papier posé sur ses genoux car, par endroits, la feuille était transpercée, et ces lignes représentaient les ravines qui convergeaient comme des veines en une rivière ponctuée de minuscules vagues et de mouettes. Pour Wexler, cela ressemblait davantage à la carte d'un royaume fictif dessinée par un demeuré. Le vieil homme avait tracé des arbres et une série de V inversés qui représentaient peut-être de lointaines montagnes afin de faciliter l'orientation. Pour finir, il avait inscrit en divers endroits de larges X. Wexler détaillait le paysage autour de lui. Il tourna la feuille une fois encore.

Quand il fut de retour à sa voiture, le soleil s'était presque couché. Il s'assit sur le pare-chocs avec un bâton pour dégager la boue de ses semelles. Une fois qu'il eut terminé, il prit la carte du vieil homme et l'orienta, observa les ravines qu'il avait parcourues et qui, en cette heure tardive, étaient plongées dans une ombre fraîche et bleue. Derrière les promontoires, il apercevait les pics des Highwoods, violets et aériens dans le lointain comme le sommet d'un nuage d'orage estival.

Avec ses outils pliables, il avait creusé trois trous ce jour-là qui n'avaient rien dévoilé, à part des cailloux et des racines d'armoise dures comme le métal, et un os sans âge qui aurait pu être un os iliaque de vache ou de bison. Wexler l'avait examiné un moment, l'avait posé contre sa propre cuisse et l'avait finalement jeté avec dégoût. À présent, assis près de sa voiture, il étudiait à nouveau la carte dans la lumière faiblissante, et il leva les yeux vers le nord, puis chiffonna le papier qu'il lança dans l'herbe haute d'un fossé.

— Va te faire foutre, vieillard.

Il semblait s'adresser au papier qui voletait là comme un oiseau blessé dans un buisson de molène et de ciguë.

— Si tu déconnes avec moi, je jure devant Dieu que je vais faire regretter à ton petit copain de plouc d'avoir quitté sa ferme.

Avançant dans un brouillard, Millimaki suivait le vieil homme qui marchait lentement dans le hall, son ombre sur le béton poli tantôt géante et tantôt naine à son passage sous les néons bourdonnants. Depuis leurs cellules, des hommes l'appelaient. Gload continuait comme s'il déambulait seul dans son verger, et les voix des prisonniers n'avaient pas plus d'importance que les trilles des oiseaux dans les pommiers. Ils revenaient de l'infirmerie après que Gload se fut plaint de douleurs à la poitrine et de vertiges, et les hommes en cage derrière la sécurité de leurs barreaux le traitaient de rat, d'escroc et de lâche. Millimaki se tourna vers un homme dont le crâne étroit passait presque entre les barreaux, d'où il crachait une litanie incohérente d'obscénités.

— Encore un mot et c'est extinction des feux, tout de suite. Retournez à votre couchette ou j'appelle Dobek.

L'homme siffla un long "fils de pute". Millimaki brandit sa matraque d'un air méchant et cogna les barreaux juste au-dessus de la tête du prisonnier.

— Retournez à votre foutue couchette, Murphy, ou je jure devant Dieu que je rentre dans la cellule pour vous éclater la tête.

Il avait relevé la matraque, la main en feu, et il eut la certitude en cet instant brûlant que si le visage apparaissait à nouveau aux barreaux, il le réduirait en bouillie. Mais l'homme gémit, se retira en silence dans l'obscurité, et pendant de nombreuses minutes, on l'entendit converser avec lui-même.

Gload se posta devant la porte de sa cellule et attendit que Val tourne la clé dans la serrure. Il entra en silence, non sans regarder le jeune homme à la dérobée avec une expression médusée qui fit plisser son immense front. Millimaki l'entendit s'asseoir sur sa chaise, il vit la flamme d'une allumette jaillir de l'obscurité.

— Vous avez envie d'en parler, Val ?

Clés à la main, Millimaki demeurait immobile devant la porte. Les hommes s'étaient calmés dans leurs cellules, à l'exception de Murphy qui continuait à s'adresser aux tréfonds obscurs avec deux voix différentes, deux personnalités différentes. Ses horribles lèvres humides faisaient un bruit d'eau qui coule.

— Vous avez dit quelque chose, John ?

— Je vous ai dit que vous feriez mieux de vider ce que vous avez sur le cœur, ce qui vous bouffe.

— Il est tard, John. Si vous dormiez un peu ? C'est sûrement le seul truc qui cloche chez vous.

— Ça risque pas d'arriver. Je le sens. Pas cette nuit, non.

Il alluma une autre cigarette et son masque apparut brièvement, semblant flotter dans le noir.

— Allez faire votre ronde, Valentine. Je suis là, si jamais vous avez besoin de parler.

Millimaki effectua ses rondes. Le geôlier qui, au fil des longues semaines, ressemblait de plus en plus à la statue d'une divinité de l'Ancien Testament, baissait les yeux vides depuis sa chaire, le visage sculpté dans une pierre jaune par des mains indifférentes, les ombres fortement marquées par l'ampoule cireuse et nue au-dessus de lui. Ne sachant pas exactement quand il était éveillé ou endormi, Millimaki n'essayait plus de lui parler et il restait assis en silence à remplir la paperasse requise ou à manger la pomme de son déjeuner frugal. Une pluie fine tombait et étouffait le tintement des cloches qui annonçaient 3 heures, et la rue laquée devant la porte de la prison reflétait le cône violacé du lampadaire et les phares des voitures qui passaient de temps à autre. Le téléphone sonna, et il se tourna pour observer le geôlier, souhaitant de toutes ses forces qu'il acquiesce et lui tende le combiné. La pluie importait peu, l'heure tardive aussi. Il irait la retrouver tout de suite, n'importe quand, il rangerait ses affaires dans le coffre et ramènerait sa femme à la maison. Depuis son siège surélevé et impérieux, le geôlier lui dirait "C'est votre épouse, Millimaki", et il sortirait sous les corniches larmoyantes, il passerait sous le lampadaire. Il s'imaginait le faire, se lever de son bureau, ouvrir la porte dans le lent ding, dong, dong, et sentir le baiser froid de la bruine sur son visage.

Mais le geôlier se contenta de lever un regard méchant et de se détourner à moitié de Millimaki pour un peu d'intimité, aussi l'adjoint passa-t-il le portail de sécurité et longea-t-il le couloir des cellules.

Parce qu'il était condamné à l'insomnie, John Gload était devenu un expert en nuances de sommeil. De façon sporadique, au fil des mois, parfois même des années, il avait eu le temps de déchiffrer l'infime tic-tac nocturne, ses sommets et ses crevasses lorsque les hommes dormaient dans leurs cages près de lui, tournant ou s'agitant dans cet état inconscient tandis que leur souffle s'échappait ou s'insinuait dans leur gorge serrée ou leurs narines déformées par les bagarres, et de repérer ceux qui étaient encore capables d'expier leurs péchés dans les confessionnaux du rêve. Pour certains, les limites étroites de la cellule devenaient dans leurs cauchemars les configurations confinées de leur propre cercueil, et ils livraient bataille contre leurs couvertures rugueuses comme s'il s'agissait des vêtements entravants portés dans leurs tombes, d'autres encore revivaient avec une langueur lubrique les rendez-vous galants avec des femmes bâillonnées par leurs propres collants, des enfants muets ou des hommes plus faibles détournés dans les douches de leurs nombreuses incarcérations, et dans ces gémissements et ces soupirs, dans les sons humides et étranglés qui s'échappaient de leur bouche, John Gload lisait les péchés de la chair reproduits pendant leur sommeil. Des morts paradaient dans les rêves de Gload, aussi, mais ils ne le troublaient pas, et bien que ce soient ses victimes, qu'ils portent des cicatrices écarlates, ils ne lui paraissaient pas plus étranges que les êtres improbables peuplant les rêves de n'importe quel homme.

— Ils sont tous endormis, Val, dit le vieil homme.

Millimaki fit une pause, son ombre étirée se mêlant à l'obscurité de la cellule de Gload.

— Pourquoi vous apportez pas votre chaise ici, m'sieur l'adjoint ?

Gload s'était levé et approché des barreaux, ses mains pendant au-dessus de la croix horizontale de la porte, la cigarette se consumant au niveau de son articulation tachée. Son long front équin était appuyé aux barreaux. Au cours de leurs discussions, il était rarement sorti de l'ombre, et Millimaki s'était depuis longtemps accoutumé à parler à une voix dans le noir, à entendre une voix émergeant du noir, et pour cette raison, leur relation avait pris l'allure de celle d'un prêtre et de son ouaille en confession, les rôles indéfinis et changeants d'une minute à l'autre. L'homme restait là, le regard rivé sur l'extrémité incandescente de sa cigarette, dans l'expectative.

— Pourquoi ne pas vous asseoir un moment ?

Millimaki attendait. Il écouta. Des lumières apparurent brièvement à la fenêtre au niveau de la rue, des pneus sur l'asphalte mouillé émirent un léger sifflement de vipère. Il pivota et trouva sa chaise contre le mur du couloir où, pour la première fois, il remarqua la peinture qui s'écaillait en longues bandes jaunes, pareilles à des mues, et tombait sur le sol, et les murs qui pleuraient une tapisserie de taches grisâtres sous chaque fenêtre à l'endroit où l'eau s'était insinuée par les chambranles pourrissants. Il approcha sa chaise et s'assit lourdement.

— Le nouveau, Murphy, on dirait qu'il vous a poussé à bout, commenta Gload.

Millimaki se passa les doigts dans les cheveux et massa un point à la base de son crâne.

— Il était à portée de main, c'est tout. J'ai perdu mon sang-froid.

— Moi, j'y aurais pas réfléchi à deux fois, Val. C'est un sale type.

— Peu de gens atterrissent ici pour leurs bonnes actions.

Le vieil homme sourit.

— Vous avez raison, Valentine. Mais il y a les mauvais gars et puis il y a les fous. Avec des fous comme Murphy, on perd l'avantage d'anticiper leur comportement. Toute ma vie, j'ai pris soin de faire un large cercle pour les éviter, ce genre de gars-là.

— Et ça vous aura rendu un fier service.

Gload s'immobilisa, la cigarette à mi-chemin de ses lèvres.

— Vous cherchez à me dire que je suis ici, qu'il est ici, alors qu'est-ce que j'y ai gagné ?

Du bout de ses paumes, Millimaki se frotta les yeux avec force et soupira.

— Je suis désolé, John. Je ne suis pas de très bonne compagnie cette nuit.

— J'ai entendu dire que vous aviez fait une balade avec votre chien dans la cambrousse. C'est ça, le problème ?

— Comme vous le dites, c'est un petit monde, ici.

— Personne n'a rien d'autre à faire que de causer, Val. Moi, j'écoute surtout.

— Il y a peu de choses qui ont l'air intéressantes dans tout ce que racontent ces types.

— Donc, vous avez découvert un autre macchabée. Vous êtes dans une mauvaise passe, Valentine. Mais ça va changer.

— J'arrête pas d'entendre ça.

Gload se tenait là, les bras entre les barreaux. Quand il recula la tête pour porter la cigarette allumée à ses lèvres, les barres métalliques lui laissèrent deux légères indentations dans le front.

— Vous n'avez pas grand-chose à raconter, ces derniers jours, m'sieur l'adjoint. Qu'est-ce qui vous occupe l'esprit ?

— Très peu de choses, John. Le sommeil. Le sommeil m'occupe l'esprit.

— Vous devriez essayer ma petite astuce.

— Il est 3 heures du matin et vous êtes debout à me parler. Vous ne lui faites pas une très bonne pub, à votre astuce.

— Parfois, dit Gload. Parfois.

La Camel entre les doigts, il agitait son poignet de haut en bas, observant la lueur du petit météore à son extrémité.

— Cette nuit, je me suis dit que vous auriez envie de parler.

— Alors vous êtes resté éveillé pour discuter avec moi.

— Je suis désolé que ça puisse vous surprendre, après tout ce qu'on a traversé. (Il souffla la fumée vers les néons et la regarda se dissiper.) Oui, m'sieur l'adjoint, je suis resté éveillé pour discuter avec vous.

Avant même qu'il ait eu le temps d'y réfléchir, les paroles s'échappèrent de sa bouche, et dans le court instant de silence qui s'ensuivit, il se sentit ridicule.

— C'est ma femme.

Gload reçut la nouvelle avec gravité. Il écrasa sa cigarette dans la boîte de conserve, les pieds de la chaise crissèrent lorsqu'il s'approcha des barreaux, et il croisa les mains sur ses cuisses comme un homme en prière.

— Vous aviez un peu cet air, oui, dit-il.

— Elle est partie habiter chez une amie en ville. Je la voyais déjà rarement avant. Maintenant, je ne la vois plus du tout.

— C'est pas des façons de mener une relation, ça. Si je devais additionner les jours où j'étais absent, à l'époque où j'étais avec Francie, je dirais que ça doit faire deux foutues années sur cinq. Je le recommande vraiment pas.

— Francie. C'est votre femme ?

— Pas ma femme, à proprement parler.

— Quoi, alors ?

Une longue pause s'installa pendant laquelle les bruits du vieux bâtiment semblèrent s'insinuer, aussi puissants que les criquets par une soirée d'août. Des ventilateurs bourdonnaient au loin dans le cœur mécanique de la prison dont le souffle leur parvenait depuis les conduites d'aération, sec et suranné. Quand Gload parla enfin, sa voix était à peine plus forte que les murmures de la chaudière.

— Vous m'avez déjà demandé une fois s'il s'agissait de ma femme et je vous ai jamais répondu, je m'en excuse. Mais je n'ai jamais eu besoin de la décrire à personne, ce que vous trouverez sûrement étrange, mais j'imagine que ça vous donne un aperçu de notre vie de couple. On était pas trop du genre à s'étaler devant tout le monde, disons.

— Alors, vous diriez que c'était votre copine ? Votre nana ?

— Ma nana, renâcla-t-il. Beurk. Je déteste ce mot. On dirait le genre de truc que dirait un vieux motard. (Il fit une pause pour tirer sur sa clope et il exhala dans la lumière.) Non, je suis bien trop foutûment vieux pour avoir une copine. Alors j'imagine que "ma femme", c'est le mieux. C'est ainsi que je la considérais, du moins.

— Et elle vous a quitté.

— C'est ce que j'ai dit, oui.

Ce qu'il avait dit, c'était qu'elle était partie, et c'était totalement différent. Mais depuis l'obscurité anonyme, il lisait dans les yeux du jeune homme – ce regard insomniaque et familier, identique à celui qui le contemplait en retour dans le métal éraflé et dépoli du miroir de sa cellule – un besoin de réconfort que procure une angoisse partagée.

— Oui, c'est le cas, dit Gload en pensant "Ma petite Francie". Elle m'a quitté pour un endroit meilleur.

Millimaki acquiesça. Comme deux hommes autour d'un feu de camp, ils écoutèrent les bruits de la nuit dans l'obscurité au-delà de leur étrange cercle de lumière violette. Millimaki avait fermé les yeux et, bientôt, il se mit à dodeliner de la tête comme si les os de sa nuque s'étaient transformés en gelée. Il se redressa brutalement, les yeux affolés. Le vieil homme le regardait d'un air solennel.

— Merde, dit Millimaki. Il faut que je bouge avant de m'endormir ici.

Se relevant à la hâte, Millimaki posa la main sur la barre horizontale de la cellule de John Gload et le vieil homme tendit le bras, plaçant son énorme patte sur la sienne. Val scruta l'immense créature poilue, blanche, épaisse et lourde, et il ne fit aucun mouvement pour se dégager. Le vieil homme resta ainsi un moment, puis disparut dans l'ombre. C'était le premier contact humain que Millimaki échangeait depuis des semaines. La dernière personne qu'il avait touchée – le vieux concierge qui s'était égaré dans les terres arides en quête de sa jeune épouse – avait été dure comme le chêne.

Gload s'adossa à sa chaise.

— Je crois que j'ai envie de vous dire rien qu'une seule chose, Valentine. Asseyez-vous. Asseyez-vous juste une minute.

Millimaki hésita un instant. Il posa son regard vers la droite, où les barreaux rouillés et éraflés des cellules semblaient diminuer à l'infini comme des encoches décomptant les morts. Derrière, les hommes en cage dormaient.

Quand l'adjoint se fut assis, Gload dit :

— Un truc que j'ai toujours fait, Val, c'était de vivre ma vie. C'était pas une vie particulièrement intéressante, mais je la menais selon mes propres termes. À présent, je me contente de la subir.

— Je ne suis pas sûr de comprendre.

— Maintenant, ce n'est plus qu'une attente. C'est une vie seulement sur le plan technique, parce qu'on inspire, on expire. On fait passer le temps avant de clamser.

Il avança sa chaise avec un grincement et fit glisser sa boîte de conserve à côté de son pied.

— J'étais dans une petite ville, il y a quelques années, sur la rive est, et chaque jour je passais devant un truc pour vieux. Un hôpital pour vieux. Un, comment qu'on appelle ça, déjà – une maison pour les vieux ?

— Une maison de retraite ?

— Je sais pas. Je sais pas comment ils appellent ça, de nos jours. Mais y avait une rangée entière de gens assis dans leur chaise ou leur fauteuil, et ils regardaient dehors. Et moi qui passais devant eux, c'était le meilleur moment de leur journée. Je suis passé là pendant une semaine, chaque matin, pour aller acheter le journal au bout de la rue, aller et retour, et je les voyais, leurs têtes qui bougeaient comme une seule pour suivre ma progression, comme du bétail. Ils subissaient leur vie, vous voyez ce que je veux dire, Val ? Ils attendaient d'en finir. Et un jour, j'ai tourné et je suis entré. Ils étaient assis là, ils me regardaient plus du tout, parce que le monde se déroulait dehors, de l'autre côté de la fenêtre. Ils étaient rien d'autre que des squelettes habillés. Des couvertures sur leurs genoux, leurs cheveux en bataille. Je suis resté là. Rapidement, j'ai plié mon journal et je l'ai fourré dans ma poche arrière. Je me disais qu'en trente secondes, je pouvais leur casser la nuque, un, deux, trois, le long de la rangée, mais un type en veste blanche sale entre en bouffant une cuisse de poulet, et il me demande : “Je peux vous aider ?” et fin de l'histoire.

Millimaki regarda le vieil homme, ou plutôt il étudia l'endroit qu'il occupait dans l'obscurité, et de cet endroit s'envola la fumée dans la lumière artificielle.

— Vous êtes sérieux ?

— Aussi sérieux qu'un pape.

À travers les barreaux, une main apparut, d'un blanc cadavérique terrible sous les néons, brutale, deux doigts écartés de quelques millimètres. Ce n'était pas la même main chaude qui s'était posée sur la sienne, quelques minutes plus tôt.

— J'étais à ça de le faire, putain. Je m'apprêtais à le faire et j'aurais pu. Allez pas croire que j'en étais pas capable.

— Un acte de bonté, alors ? demanda Millimaki.

— Cette fois, je crois que c'était avant tout un mouvement d'impatience de ma part.

— Mais ces gens avaient des souvenirs au moins. Des choses vers lesquelles se tourner.

— Ils avaient que dalle, Valentine. (Gload se tapota l'index deux fois au-dessus de son oreille pendante.) Y avait rien là-dedans que de la purée.

Il recula dans l'ombre et resta longuement muet. Les néons vibraient et sifflaient. Millimaki attendit.

— Mais ça aurait été un acte de bonté, Val, oui. Ou une bénédiction, certains diraient, ceux qui croient en ce genre de trucs. Comme vous. Vous m'avez pas dit une fois que vous étiez un petit papiste ?

— J'ai été élevé dans cette religion. Mais je suis presque certain de ne jamais vous l'avoir dit.

Gload chassa la remarque d'un revers de la main, qui sembla clignoter dans la lumière pour disparaître aussitôt.

— Bref, vous devez bien voir où je veux en venir.

— Je suis fatigué, John. Peut-être que vous pourriez m'aider à comprendre votre message.

— Comme les gens au bout de la rangée. Comme ces gens que vous trouvez, Valentine. Ils seraient mieux s'ils étaient morts, voilà mon message.

Le fin matelas où était étendu Gload était une cartographie d'un millier de taches, et sur le plafond au-dessus de lui, dans l'obscurité confuse, il y avait encore plus de taches et de petites lézardes pareilles à des nervures de feuilles. Dans son paradis contrefait, des visions de Francie allaient et venaient au rythme des faisceaux erratiques des phares dans les fenêtres hautes du couloir. Comme s'il l'observait à nouveau entre les vieilles planches inégales de leur maison, ou à travers un rideau de pluie brouillant son visage, mais son chant résonnait encore à ses oreilles, sa voix prononçant son nom comme un mantra pour éloigner le mal, et enfin, sur cette couchette immonde, il la sentait presque, sa jambe le cherchant depuis son propre lit d'outre-monde.

Ma femme, pensa-t-il. Puis, pour en tester la sonorité, il le dit à voix haute, mais parce qu'il n'avait pas envie de le partager avec les animaux dans les box voisins, il le murmura :

— Ma femme, Francie.

Il pivota les jambes et s'assit au bord de sa couchette, sourire aux lèvres, et il s'adressa doucement à elle.

— Je t'épouse. Devant n'importe quel dieu de ton choix, peu importe. Tu es ma femme et je suis ton mari.

Et dès lors quand ils parlaient d'elle, il l'appelait sa femme, détail qui n'échappa pas à Millimaki, et quand il lui demanda où elle se trouvait, où il pensait qu'elle se trouvait, Gload souriait avec mélancolie, et Millimaki éprouvait une peur terrible pour elle car il avait déjà vu ce sourire et il savait ce que cela signifiait lorsque John Gload parlait ainsi de vous. Il lui avait souri ainsi en lui évoquant le Chinois ou la vieille femme au chien, morte depuis soixante ans.

DES heures plus tard, assis à l'ombre d'un haut peuplier au feuillage fourni qui s'étirait jusque sur la bretelle de la voie rapide, non loin de l'endroit où sa femme avait émergé de la rivière, étincelante et nue des années plus tôt, Valentine Millimaki se dit qu'il comprenait peut-être le message de John Gload. La maison était encore à quelques kilomètres au sud. Si désertée par Glenda qu'il l'évitait. La prison, où son éloignement du monde lui avait jadis apporté du réconfort, lui semblait à présent pareille à une pierre suspendue à son cou. Il regardait sans voir par le pare-brise strié. Des sauterelles grésillaient dans les herbes sèches, un chœur de sturnelles et de carouges à épaulettes emplissait l'habitacle. L'endroit était confortable. S'il n'y avait pas eu Tom, il aurait vécu dans le pick-up le long de la route, il y aurait pris ses repas – des boîtes de soupe froide, du fromage coupé à l'aide de son canif et mangé sur des biscuits salés, il s'y serait rasé sous le plafonnier dans les rayons du soleil faiblissant avant d'aller au travail, il y aurait dormi sur la banquette dans les journées éclatantes qui se réchauffaient déjà, enroulé dans sa veste comme un clochard, il s'y serait réveillé au son de la circulation. Il traversait les jours, les yeux rouges, dans le purgatoire de la prison et de sa maison, ne trouvant le repos nulle part. Un oiseau peinant dans une tornade, sans aucune direction particulière mais incapable de se poser. Était-il si différent des squelettes animés dans la maison de retraite de John Gload ?

Parmi les papiers sur le tableau de bord, qui se soulevaient et retombaient dans la brise soufflant depuis la fenêtre passager, se trouvait la lettre de sa sœur. Il la saisit et la tira de son enveloppe pour la relire, puis il la referma avec soin en suivant les plis des pages et la rangea. Sur le tableau de bord, elle vibra et voleta contre la vitre. Comme si les mots à l'intérieur cherchaient à s'échapper, à voler en cercle autour de sa tête, pareils à des oiseaux charognards.

Il avait douze ans. Aurait-il dû savoir que sa mère subissait sa vie ? Pour ses péchés dérisoires, il avait le gentil prêtre alcoolique dans le confessionnal sur qui se décharger, mais les transgressions contre sa mère semblaient trop importantes pour entrer dans cette boîte obscure. Il en faisait une liste dans un carnet, il les écrivait à l'aide d'un crayon de papier mâchonné en imitant son écriture élégante et ronde : "Irrespect." "Morosité" (comme elle l'avait appelé). "Fait claquer la porte de derrière." "Lit pas fait." Une fois, il avait été surpris à voler une tarte aux fruits au petit magasin près de l'école, le propriétaire avait téléphoné à la maison. Sa mère avait relaté la conversation à la table du dîner d'un ton si plat et honteux que sa peau lui avait brûlé plus fort que les zébrures infligées par la ceinture de son père plus tard. Il l'avait traîné par le bras sans un mot jusqu'au poulailler afin que sa sœur n'entende pas les claquements du cuir sur son dos, ni ses cris. Les entrées dans son carnet de péchés se firent moins fréquentes. "J'ai fait semblant de dormir pour qu'elle ne m'embrasse pas." Au bout de six mois, plus qu'une ou deux entrées. Il se souvenait de la dernière : "Ces foutus souliers qu'elle ne portera jamais, je le savais." Deux jours plus tard, il avait repris le crayon pour rayer "foutus". C'était la dernière fois qu'il avait ouvert son carnet.

Au cours des derniers mois passés au ranch, avant son départ à l'université, il passait systématiquement d'une fenêtre à l'autre afin d'embrasser l'existence de sa mère, réduite à quatre rectangles encadrés avec pour unique vue, quelle que soit la direction, du chiendent intransigeant, des champs assoiffés et fouettés par le vent. Une courbure quasi imperceptible de terre sous un ciel qui n'avait produit presque rien d'autre que du chagrin. De maigres épis d'orge, de maigres épis de blé. Des prés où leurs angus broutaient parmi les centaurées et les chardons. Elles étaient aussi maigres que des chiens galeux, on pouvait compter leurs côtes sous leur robe dégarnie. Cette vue – l'existence de sa mère – ne changeait pas et, elle le savait, ne changerait jamais. Même le plus vert des printemps n'était rien d'autre à ses yeux qu'une promesse mensongère, les brèves pluies d'avril allouées par un Dieu farceur en quête d'un sourire. Millimaki se rendit compte que son mari et ses enfants n'étaient pas étrangers à l'énormité de son désespoir. Ils y avaient même vraisemblablement contribué – trois pierres supplémentaires cimentées au mur de sa prison intime et insondable.

Sans l'analgésique qu'auraient pu lui apporter les mains impitoyables de John Gload, elle s'en était fabriqué un elle-même à l'aide d'une corde de lasso et d'une échelle de deux mètres.

Pour Glenda, le même univers maléfique de la nature, dehors, avait soulevé le verrou et avait poussé la porte pour s'engouffrer et tourbillonner autour d'elle. Chouettes, serpents, coyotes. Des insectes s'insinuaient comme du sable entre les interstices de la porte et infestaient ses cheveux. Le vent soufflait depuis les arbres et la possédait. Voulait-il la trouver un jour, elle aussi, pendue à une cravate ou flottant dans un bain tiède, ses fins poignets fleurissant de pétales rouges ? Il se dit qu'il était devenu, sans savoir comment, une nouvelle pierre dans un autre mur.

La sueur collait sa chemise au dossier du siège. Il regarda sa montre, consulta le soleil presque au zénith pour s'assurer qu'il n'avait pas tourné follement en une cruelle rupture du temps. Le chien l'attendait dans son chenil. Il resta assis encore un moment. L'herbe du fossé était aplatie par le vent, se relevait et retombait, et le peuplier colossal s'agita, gronda et fit tomber sur le capot du pick-up une poignée de petites branches qui claquèrent et ripèrent sur le métal semblables à des osselets d'amulette.

LORSQU'IL s'était enfin levé ce matin pour quitter Gload, qu'il avait soulevé sa chaise près des barreaux et l'avait replacée dans le couloir, le vieil homme lui avait dit :

— Vous êtes à présent le meilleur moment de ma journée, Valentine. Je suis comme ces pauvres fils de pute à la fenêtre, qui regardaient un homme aller acheter son journal. C'était horrible à voir, et maintenant, c'est mon tour.

ASSIS, Gload l'observait. Wexler était appuyé contre les barreaux. La lumière au-dessus faisait briller son ceinturon ciré, ses bottes parfaitement étincelantes. Quand Gload se leva de sa couchette, Wexler recula en repoussant les barreaux.

— Bon sang, je mords pas, Wexler.

— J'ai jamais dit le contraire.

— Val, il reste toujours assis près de moi.

— C'est contre le règlement. Je pourrais le faire mettre à l'amende pour ça.

— Je préférerais que vous le fassiez pas. Je vous le demande comme un service. J'ai un peu pitié de ce pauvre gamin.

— Tous ses problèmes, c'est lui qui se les inflige. Mais je peux fermer les yeux, oui.

— Quel genre de problèmes ?

— Peut-être que "problèmes", c'est pas le bon mot. Apathique, voilà ce qu'il est. Il part marcher dans la forêt avec son chien, ça ou autre chose. Des bottes sales de fermier, le futal froissé. Il croit que le chef l'a à la bonne, mais il se trompe.

— Je vois ce que vous voulez dire.

— Les ongles sales.

— Il s'est laissé aller, c'est certain.

— Bref, c'est de ça que je voulais te parler, John. Je sais que t'apprécies Millimaki, mais perds pas ton temps avec lui.

C'est du temps que tu n'as pas. Il a aucune autorité ici. Je dirais que si tu veux parler à quelqu'un – pour ton propre bien – ça devrait être avec moi ou un autre agent plus gradé.

— Comme Dobek, peut-être ? Il est venu ici et il m'a dit des choses plutôt dérangeantes, Weldon. Des trucs plutôt sanglants.

— C'est un foutu animal, John.

— Il m'a flanqué une sacrée trouille, je peux vous le dire.

— Un foutu homme des cavernes. Bon, oublie Dobek. (Il fit un pas en avant pour illustrer le sérieux de ses propos.) Je suis ton homme, John. Si tu peux me donner n'importe quelle information, ça fera bonne impression dans ton dossier, de montrer que tu as coopéré.

— Il me semble que j'ai déjà coopéré, Weldon. Et mes cartes, alors ?

Wexler poussa un soupir théâtral.

— Les cartes, c'était de la merde, John. Je crois que tu le sais aussi bien que moi.

— C'étaient des bonnes cartes. J'ai passé pas mal de temps dessus.

— Ça n'a mené à rien. Zéro résultat, même moins.

— Je suis un vieil homme, Weldon. Ma mémoire est plus ce qu'elle était.

— Tu t'es foutu de ma gueule.

— Non, m'sieur.

Gload se leva et protesta, s'approchant des barreaux les mains tendues en supplique, un air de fierté blessée sur le visage.

— Je ferais jamais une chose pareille.

Wexler fit un pas en arrière.

— Mais je crois que j'ai besoin de retourner là-bas, Weldon. Arpenter le terrain moi-même. Ça date pas franchement d'hier. (Il s'agrippa aux barreaux et prit une pose pensive, ses yeux ourlés de rouge levés au plafond.) Ce qui serait vraiment idéal, c'est que vous me donniez un relevé topographique de l'endroit.

Wexler afficha son air si souvent répété devant le miroir. Les mains serrées sur la crosse de son pistolet et sur sa matraque étaient blanches. Gload le dévisagea.

— Tu pourrais y arriver, avec un relevé topographique ?

— J'en suis sûr.

— Un relevé topo. Laisse-moi y réfléchir.

— Après, on pourrait aller sur les lieux et je pourrais vous montrer les endroits exacts que vous cherchez.

— Te faire sortir ? Je crois pas pouvoir faire ça, dit Wexler.

— D'accord, d'accord. Le Grand Chef préférerait sûrement que ce soit Val qui s'en charge, si on devait me laisser sortir.

— Je suis le supérieur de Millimaki, son aîné en grade et en ancienneté.

— Je fais que répéter les bruits de couloir que j'entends ici.

— Comme quoi ?

— Qu'il allait autoriser Val à me faire sortir d'ici avec des fers aux pieds, c'est tout. (Gload ricana, leva les mains en un geste d'impuissance.) Comme si un vieux fils de pute de ma trempe pouvait s'enfuir en courant, franchement…

14

Il était assis sur sa chaise dans le petit jardin, seul, et lisait le *Great Falls Tribune*. Ce matin, Francie était partie en ville comme elle le faisait presque tous les jours depuis quelque temps, et quand il eut parcouru la colonne sur Sidney White, il reposa le journal et resta immobile à observer les crocus qu'elle avait plantés, exposant leurs couleurs autour du tronc d'un lilas. Elle avait planté des tulipes et des jonquilles aussi, et les pétales des crocus jaillissaient entre les langues de serpent vert foncé de leurs tiges émergentes, pareils à des gouttes de peinture. White avait été arrêté pour viol et une autre affaire d'agression et voies de fait à Miles City où, à peine une semaine plus tôt, Gload l'avait déposé avec son argent et s'était éloigné avec à l'estomac un abcès purulent d'appréhension. La fille avait quinze ans et White l'avait saoulée, l'avait ramenée à sa chambre, et quand le père de la fille était venu le lendemain, White l'avait tabassé à coups de clubs de golf tirés d'un sac qu'il avait apparemment volé dans une voiture ouverte sur le parking de l'hôtel. L'article expliquait qu'il avait également utilisé l'objet pour agresser la fille, sans donner davantage de détails. Il attendait son procès à la prison du comté de Custer.

Gload reprit le journal et relut l'article lentement, soigneusement, puis il s'adossa à nouveau à sa chaise en hochant la tête avec lassitude.

— Des clubs de golf.

Le paysage était aussi immobile qu'un tableau, le vent étrangement calme, et même dans le ciel au sud, les nuages étaient immobiles. Sur l'arrière-plan azuré, aucun étourneau, aucune mouette. Gload, impassible devant l'immobilité de cette vue adorée, prit sa décision en peu de temps et, à partir de cet instant, comme de coutume, il ne la reconsidéra pas ni ne se détourna du chemin qu'il s'était fixé. Il se leva et posa le journal plié sur la petite table à côté de sa tasse, puis il traversa l'herbe humide de cette étrange démarche de marin jusqu'à la cabane à outils derrière la maison. Quand il revint avec les outils adéquats sur son épaule, il fit une brève halte près du lilas et observa les fleurs de Francie, avant de reprendre sa progression devant la chaise et sur le sentier entre les arbres.

Le soir précédent, il était assis sur la même chaise, à la même table. Le dîner qu'il avait préparé pour eux était au chaud dans le four. Un tourbillon de poussière rouge dans le coucher de soleil annonça l'arrivée de Francie, et bientôt, la voiture s'engagea dans l'allée puis s'arrêta près de la maison. Légèrement ivre, elle remonta le chemin avec précaution, comme si elle avançait sur une plaque de verglas. Elle lui adressa un sourire incertain. Quand elle s'assit, il sentit sur elle la fumée de cigarette du bar, et elle paraissait plus maquillée qu'à son départ le matin même, son parfum plus musqué.

— De retour chez lui, le chasseur, de retour des collines, récita-t-elle. De retour chez lui, le chasseur, bourré comme une cantine.

— Si c'est de moi que tu parles, je ne suis pas celui qui est bourré comme une cantine. Pas à 5 heures de l'après-midi, à peine.

— Oh, Johnny. Sois gentil. J'ai passé un bon après-midi.

— À faire quoi ?

— À rendre des visites. Un bon après-midi à rendre des visites.

— Des visites au bar, j'imagine.

— Oui. Tu imagines bien.

— C'est pas très digne, une femme de ton âge dans un bar.

— Oh, bon Dieu. La dignité.

Elle s'assit lourdement, les jambes allongées. Ses talons s'enfoncèrent dans la terre et, sous ses collants froissés, la chair de ses mollets semblait pendre de ses os.

— Pourquoi tu restes pas ici ? T'as tout ce qu'il te faut.

De sa chaise, elle posa ses yeux vagues sur le paysage, tendit le bras sans regarder Gload et tapota l'énorme main sur la table en face d'elle.

— J'ai de l'affection pour toi, Johnny. Vraiment. Mais je n'ai pas tout ce qu'il me faut. Loin de là.

— Qu'est-ce qu'il te faut, que j'ai pas apporté ici ? Dis-le-moi, et j'essaierai de me le procurer.

— Ce ne sont pas des choses. Je n'ai pas besoin de choses matérielles. Tu sais bien que ça n'a jamais eu d'importance à mes yeux.

— Alors quoi ?

— Des gens, Johnny. La compagnie des gens. Je ne suis pas comme toi. Tu pourrais rester assis seul sur cette chaise pendant une semaine.

— Moi, je suis quelqu'un, je me trompe ?

— Mais toi, tu es ton propre univers à toi seul, je l'ai toujours su. Tu n'as pas franchement besoin de moi, et ce n'est pas grave. Je le comprends et ça me convient, ça me convient vraiment. Je sais que je compte à tes yeux, mais j'ai juste besoin de me voir à travers les autres.

— J'ai besoin de toi. J'aimerais bien que tu arrêtes de raconter ce genre de conneries.

— D'accord, tu as besoin de moi.

— Tu veux te voir à travers les autres. Bon Dieu, Francie. Laisse-moi te dire une chose. Les gens sont pas des miroirs. S'ils l'étaient, ce que tu verrais dans le reflet te ferait dresser les cheveux sur la tête. C'est pas un truc qui fait plaisir à voir.

Une mèche lui était tombée devant les yeux et elle la ramena en arrière. Le rouge à lèvres qu'elle avait appliqué plus tôt d'une main tremblante était barbouillé à la commissure de ses lèvres.

— Juste des vraies gens, répéta-t-elle.

— Des clients de bar. Bon sang. C'est pas des vraies gens.

— Ils sont bien assez vrais, John. Et c'est pas tous des ivrognes. Certains vont juste là-bas pour sociabiliser. Ils s'asseyent et ils bavardent.

— Et ils boivent.

— Un peu de vin. Ce n'est pas parce que tu ne le fais pas, ce n'est pas parce que ce n'est pas un des vices de Johnny, que c'est forcément mal. Ça me fait du bien. Comment peux-tu me refuser ça ?

— Et c'est qui, ces gens ? Un tas de ploucs et d'abrutis d'ouvriers agricoles. Des fermiers débiles qui posent leurs grosses paluches sur toi.

— T'en étais un, toi aussi. Tu me l'as dit. Tu étais un fermier, toi aussi.

— J'étais qu'un foutu gamin.

— Et je n'ai pas besoin qu'on me touche, Johnny. Ce n'est pas ce que tu crois.

Elle le contempla alors et tendit la main pour caresser sa joue rêche. John Gload garda les yeux rivés au sol.

— Ouais, eh ben je vais te dire ce qu'ils voient, moi. Ils voient une paire de seins et un vagin.

Elle éclata de rire.

— Oh, mon Dieu, tu me tues, John. Un vagin. Tu es tellement prude, à ta manière.

Le regard plongé au-delà des arbres et des plateaux d'armoise ambrée comme un champ de blé au mois d'août, elle se mit à fredonner, un son presque imperceptible et pareil au vent ou à un bébé miaulant dans une pièce lointaine. Gload tendit l'oreille vers elle au-dessus de la table usée afin de déchiffrer la mélodie qui l'avait si rapidement possédée et qui, pour la première fois, avait ébranlé sa tête des oscillations infimes d'un début de paralysie. Il se rappela soudain une nonne qui s'était montrée bonne envers lui à l'orphelinat, et le nom qu'ils avaient employé pour qualifier son mal, “la danse de Saint-Guy”, et qui, malgré la notion de gaîté tourbillonnante qu'il inspirait, évoquait à Gload l'image d'une vieillesse pitoyable.

Elle portait un prénom d'homme, Bernard lui semblait-il, et elle était morte un jour à son bureau, dodelinant de la tête devant toute la classe horrifiée, à l'exception d'un élève.

Elle fredonnait. Ses yeux se fermèrent lentement, comme si elle glissait dans le sommeil, bercée par son propre chant.

— Et si j'étais pas là ? demanda-t-il.

— Oh, ne parlons pas de ça, dit-elle d'un ton rêveur. Tu seras toujours là, pour être mon ancre.

— Celui qui t'entraîne vers le fond, tu veux dire.

— Non, John. Pour me fixer à un endroit précis.

Elle pivota sur sa chaise et prit sa main dans les siennes sur la table.

— Tout va bien maintenant, parce que je suis rentrée auprès de toi, on va manger un bon dîner, et puis on pourra regarder le coucher du soleil assis ensemble, si tu veux, comme deux magnifiques personnages d'un film. On peut faire ça, Johnny ? Je n'ai pas envie de me disputer avec toi.

— Ouais. On peut faire ça.

— Ne sois pas en colère contre moi. Je ne peux pas le supporter.

— D'accord. Je suis pas en colère après toi.

— Tu as préparé quelque chose ? Ça sent rudement bon.

— Juste un rôti. Rien de spécial.

— Non, ça a l'air merveilleux.

— Des carottes et des petites patates en robe des champs.

Ce soir-là devant sa coiffeuse, la personne que John Gload appellerait plus tard sa femme se frottait les paumes pour y faire pénétrer sa crème, puis avec le dos des mains, elle tapotait les petits plis lâches sous son menton. Elle ne quittait pas son reflet des yeux. Depuis le lit, Gload l'observait en feignant de dormir. Elle tira en arrière ses cheveux grisonnant aux tempes afin d'éliminer un instant les rides qui se dessinaient autour de ses yeux. Sa chevelure était encore aussi épaisse qu'une crinière de cheval, Gload adorait enrouler les boucles autour de ses doigts épais. Elle toucha la commissure de ses lèvres, la fossette sous son nez et, comme si ses bras ne pouvaient subitement plus soutenir leur propre poids, ses mains se posèrent lourdement parmi les pots et les tubes de crème et de baume, et le tremblement qui s'était récemment emparé d'elle fit tinter les minuscules flacons de parfum avec leurs bouchons en verre pareils à des bijoux. Dans les trois miroirs de la coiffeuse, trois images fixaient le visage, chacune avec des yeux rouges où se lisait l'évidence d'un lent déclin irréversible.

Au bout d'un moment, Gload risqua un coup d'œil et il la trouva encore assise, il observa de son œil brûlant les trois images en face de lui, jusqu'à ce qu'elle se lève du tabouret, digne et un peu chancelante, et vienne partager une dernière fois leur lit.

QUAND il eut terminé, il se redressa en une pose incongrue de cultivateur, s'épongea le visage et la nuque à l'aide d'un foulard, appuyé à la barre à mine, et derrière lui, les minces troncs noirs des pommiers se découpaient sur le ciel d'une couleur incroyable. Il avait déjà creusé de telles fosses, mais jamais aucune n'avait été aussi parfaite, ni aussi profonde. La terre et la fine couche supérieure arable avaient été entassées sur le côté, les pierres et les roches contre lesquelles il avait lutté formaient un autre tas, et avec une pelle carrée, il avait sculpté les bordures du trou, si droites et d'aplomb qu'elles auraient pu recevoir une récompense lors d'une foire du comté. Cela lui avait pris presque toute la journée, à midi il était rentré à la maison pour manger une poire et boire deux verres d'eau avant de retourner au travail, descendant dans le trou à l'aide de la barre à mine inclinée. Il trouva des pierres aussi grosses que des crânes humains tandis qu'il creusait plus profond, des racines de pommier semblables à des câbles à mesure que la fosse prenait forme, et il fut contraint de les couper avec la hache à manche court qu'il avait apportée. Il craignait pour la vie des arbres, mais il n'avait pas le choix et il espérait que les racines reprendraient des forces une fois le trou comblé.

Il s'arrêtait fréquemment pendant son ouvrage, s'appuyant au manche poli de la pelle ou sur la longue barre métallique à l'extrémité plane, ou bien il secouait la tête avec une sorte de résignation amusée en constatant les ravages de son âge avancé. Il souleva pourtant des pierres obstinément accrochées au trou qui auraient donné du fil à retordre à des hommes bien plus jeunes que lui, et il en tira une certaine satisfaction.

Le soleil qui lui réchauffait le visage et qu'il avait accueilli plus tôt avec bonheur, puis qui lui avait brûlé la nuque, projetait à présent son ombre allongée en travers de la fosse. Il aperçut une large pierre rouge dans un angle de la fosse qui risquait de causer un inconfort à la personne qui reposerait là, aussi redescendit-il et avec la longue barre, il délogea la pierre intransigeante du trou où elle se trouvait depuis dix mille ans, et il la jeta sur le côté. À nouveau au bord de la fosse, il observa son travail, mesura la profondeur du trou par rapport à la longueur de la barre à mine et se déclara satisfait.

Si elle avait regardé attentivement, elle aurait aperçu les tas de terre fraîche entre les arbres du verger, mais elle n'y avait pas prêté attention. Elle avait baissé le rétroviseur intérieur de la voiture lorsqu'elle était arrivée dans l'allée et semblait s'y dévisager. John Gload avait repris place sur sa chaise. Il s'était douché, il avait changé sa salopette et sa chemise trempées et crasseuses, et ses cheveux mouillés lui collaient au crâne. Elle ouvrit la portière et se tint devant lui, chancelante.

— Non, mais qu'est-ce que tu as fait ? demanda-t-il.

— J'ai pensé que ça pouvait rajeunir un peu ta vieille bonne femme.

— T'es rousse.

— Auburn, Johnny. (Elle tira une mèche de cheveux devant ses yeux et l'observa.) Ça te plaît pas.

— Si, ça me plaît. Ça me plaît pas mal.

La chaise grinça quand il se leva, et il prit Francie par la main. Comme une enfant, elle se laissa emmener à l'intérieur sans cesser d'examiner sa mèche de cheveux, la démarche raide.

— T'as l'air d'une vraie star, dit-il.

Il y avait une petite lampe sur la table de la salle à manger modeste, et ils dînèrent sans un mot dans son faible halo de lumière. Son verre à jus contenait son vin doux préféré, d'une couleur d'essence. Elle regarda John Gload manger, la fourchette dans son poing pas plus grosse que la fourchette d'une dînette d'enfant. Mais il était propre et ses manières étaient étrangement courtoises, et elle lui adressa un sourire derrière son verre. Ils s'assirent ensuite sur des chaises à la petite table devant la porte où Gload aimait tant lire son journal. La rivière coulait dans son lit intemporel, invisible, mais des nuages flottaient au-dessus en une parodie pâle et sinueuse, cinétique, bondée de mouettes. Ils parlèrent peu, et Francie semblait heureuse d'écouter le concert des petits oiseaux sur la tonnelle, et depuis leurs trous frais, les appels aigus des spermophiles. Le sommet des collines derrière la maison était légèrement enflammé dans le coucher de soleil écarlate, et ils regardèrent un cerf hémione marcher sans inquiétude à travers l'incendie, semblable aux compagnons de Daniel.

Elle avait à nouveau rempli son verre après le dîner et l'avait apporté, le tenant à deux mains dans son état instable, comme un ciboire. Quand elle but la dernière gorgée et qu'elle le déposa sur la table, sa main tremblait.

— Oh, dis donc…

Gload l'avait observée et il posa sa main sur les siennes, comme pour réchauffer un oisillon tombé du nid.

— Pourquoi t'irais pas t'allonger un moment ? dit-il. Je vais m'occuper du peu de vaisselle.

— Ça ne te gêne pas ?

— Vas-y. Tu as l'air épuisée.

— Tu n'es pas censé dire ça à une femme.

Il la regarda droit dans les yeux, qui étaient injectés de sang, son visage au maquillage fané était blafard, et les rides sous ses yeux et à la commissure de ses lèvres paraissaient dessinées à l'encre.

— Tu as l'air fatiguée, c'est tout. C'est mieux, comme ça ?

— Oh, peu importe.

Il resta devant l'évier quand il eut fini, regardant un orage de printemps se former à l'est, des oiseaux nouvellement arrivés s'agiter devant les nuages vert-de-gris, pareils à des feuilles d'automne. L'eau coulait du robinet, et, au bout d'un long moment, il la remarqua, tourna les poignées et porta une fois encore son regard dehors.

Il la sortit de la penderie en la tenant à bout de bras et en murmurant :

— J'ai toujours aimé quand tu la portais.

Les fins rideaux beige se soulevaient et s'agitaient dans la brise, et le ciel encadré par les montants de la fenêtre était strié de pluies lointaines. La chambre était teintée d'une étrange lueur verte. Il resta longuement assis sur la chaise à côté du lit, la regardant dormir, puis il tendit les bras comme pour lui offrir la robe verte qu'il lui avait achetée lors d'un voyage à Billings. Des nuages orageux étiraient leurs tentacules au-dessus des prairies d'armoise à une quinzaine de kilomètres à l'est, mais il sentait déjà l'odeur de pluie dans l'air. Comme si elle poussait dans une jardinière à proximité, il sentait aussi le parfum de l'armoise. Puis il se leva sans la quitter des yeux, le deuxième oreiller à la main.

Ses mouvements sous lui n'étaient pas très différents de ceux de leurs ébats amoureux, pensa-t-il, la façon dont elle se tordait et ruait, et même quand elle eut cessé et qu'il eut retiré l'oreiller, son visage était rêveur, les yeux mi-clos du sommeil satisfait ou de l'extase.

Gload la déshabilla et posa ses vêtements de côté – ils dégageaient une odeur de bar, d'autres hommes peut-être – et il boutonna la robe verte qui avait été sa préférée, ses énormes mains impitoyables peinant sur les boutons et les agrafes impossibles, et sur une barrette ancienne qu'elle avait adorée.

— Ça rend tes yeux encore plus verts, dit-il.

Mais il n'évoquait qu'une image de ses souvenirs car les yeux ne dégageaient plus aucune lumière et ce qu'il entrapercevait derrière les fines paupières mi-closes semblait déjà décoloré.

Sur la coiffeuse, il choisit un de ses mouchoirs aux bordures dentelées. Il le porta à son nez, le plia soigneusement et le glissa dans sa poche arrière. Il glissa les mains sous elle, sous sa nuque et ses genoux, et il la souleva. Elle ne pesait rien. À la fosse, il se pencha et l'allongea doucement sur l'herbe, comme pour éviter qu'elle ne se réveille, et il contourna le trou avant de descendre dans la fraîcheur de la terre. Il la souleva à nouveau par la nuque et les genoux, l'étendit, arrangea les plis de la robe autour de ses jambes avec pudeur, lui croisa les bras sur la poitrine, changea d'avis et les plaça à ses flancs. Des gouttes de pluie, à présent, pareilles à des pièces de monnaie, crépitaient dans l'armoise au sud du verger. Il lui toucha la joue, les cheveux récemment teintés en roux, il posa le mouchoir sur son visage et ressortit pour la troisième fois du trou, non sans difficulté. Avec la pelle qu'il avait laissée contre un arbre à cet effet, il la recouvrit sans baisser les yeux vers elle, s'attaquant aux deux tas avec un rythme tranquille, écoutant sa propre respiration, le chant des oiseaux dans les ramures, la pluie tombant et chuintant entre les branches.

Cette nuit-là, il s'étendit sur ce même lit et fit appel à ses rêves de labours, creusant des sillons dans la terre encore et encore tandis que le paysage se déroulait autour de lui, les renardeaux humaient son odeur, les mouettes arrivaient. Le sommeil ne vint pourtant pas, aussi resta-t-il allongé à fumer dans le noir. Il tendit l'oreille pour entendre par-dessus le vent le cliquetis des dents de herse suspendue. La pluie fouettait les carreaux de la fenêtre et réduisait en gadoue la parcelle désherbée sous les pommiers, et John Gload imagina qu'un réseau vorace de racines se réveillait dans le sol du verger, s'agitait soudain comme un nid de serpents, et pour finir dans l'obscurité humide, reprenait ses droits dans la terre, parmi les os.

Le lendemain fut chaud et venteux, et il passa la journée à remettre de l'ordre dans la maison. Il passa ses outils sous le jet d'eau et les suspendit dans la remise. Il aligna les chaussures de Francie en bas de la penderie, il lava et accrocha ses vêtements aux cintres. Plusieurs fois, il descendit l'allée et, à divers endroits, il observa le verger où verdissaient les arbres fruitiers, l'enchevêtrement de leurs branches folles et abandonnées agitées d'oiseaux. Il attendit chaque fois d'entendre le tintement du carillon rustique, puis il remonta la route d'un pas traînant.

Il se tenait ainsi dans l'allée deux jours plus tard, les mains dans les poches arrière, quand il vit approcher la poussière des voitures de patrouille, et il se rendit sans se presser à sa chaise de jardin pour attendre. Depuis les brèves pluies, le bosquet torturé était teinté d'un vert indéfini, les crocus et les tulipes perçaient à ses pieds, les trompettes oscillantes des jonquilles étaient jaunes dans le soleil jaune.

15

Au cours des années suivantes, et à des moments inattendus, il en viendrait à penser que l'endroit où sa vie s'était détruite était absurde, et un motif sur le lino devant ses pieds ou le tintement de couverts tombant au sol suffirait à lui donner des vertiges et à lui dessécher la bouche.

Il s'était rendu à l'hôpital un peu avant midi. Dans la salle d'attente des soins intensifs, il s'était assis en face d'une femme âgée qui tenait dans sa main sclérosée un chapelet de perles rouge sang et cachait ses yeux de l'autre, comme si elle ne pouvait plus supporter la vue du monde au-delà de ses propres souvenirs. Il s'était endormi sur la chaise en plastique, dodelinant de la tête, la bouche entrouverte, et il avait failli la manquer tandis qu'elle sortait, un bras dans la manche d'un manteau, l'air de s'apprêter à partir. Il ne l'avait pas croisée depuis deux semaines, et son cœur battit la chamade rien qu'à sa vue. Elle avait une silhouette plus mince et une nouvelle coupe de cheveux. Il l'invita à déjeuner et elle se figea, le dévisagea, son bras toujours dans la manche de son manteau, puis elle regarda longuement derrière lui, semblant prendre une décision. Elle l'avertit qu'elle n'avait pas beaucoup de temps, mais qu'ils pouvaient manger à la cafétéria. Ils descendirent en silence dans l'ascenseur, Val observant bêtement les chaussures immaculées de sa femme, ses mollets parfaits dans leurs collants d'infirmière, blancs comme des bandages.

Il avait pris un plateau et lui montra d'un geste machinal une pile de sandwiches au fromage grillé. Elle ne voulait rien manger et elle choisit une table au milieu de la cafétéria bondée.

Il posa le plateau et, quand ils prirent place, il lui demanda :

— Comment ça va ?

— Ça va bien.

Il pointa le doigt vers le manteau posé sur un coin de la table.

— Tu allais déjeuner quelque part ?

— Pas vraiment.

— Pas vraiment ? Soit tu y allais, soit tu n'y allais pas.

— Ce n'est pas la peine de me parler sur ce ton, Val. Je ne suis pas un de tes prévenus.

— C'est pas un mot qu'on utilise. C'est un truc de la télé, ça.

— Bon, Val, ce que je cherche à te dire, c'est que je ne suis pas au centre d'une de tes enquêtes.

— Non, mais c'est juste que tu allais quelque part, puisque tu avais ton manteau, tu t'apprêtais à sortir. Pas besoin d'être flic pour le comprendre.

Elle avait posé les mains sur ses cuisses, hors de sa vue, et elle les regardait fixement.

— Je suis tellement fatiguée de tout ça, Val.

Il la dévisagea.

— Si tu pouvais m'expliquer ce que c'est, “tout ça”, ça m'arrangerait.

— Tout ça, dit-elle.

Au self-service, quelqu'un fit tomber un plateau métallique qui claqua sur le carrelage, les couverts glissèrent au sol.

— De lutter. Fatiguée de lutter. C'est comme si on luttait pour tout. L'argent, d'abord. Pour trouver l'énergie de discuter. Trouver le temps d'être ce qu'on est vraiment.

— Des charades, dit-il. Toujours des charades. (Il releva brièvement les yeux sur elle.) Je parle, putain. Et je sais. Je sais qui je suis. Mais à te voir comme ça, je me dis que peut-être tu viens de te rendre compte que tu es quelqu'un d'autre. Tu te changes en quelqu'un d'autre.

— C'est justement ça, Val. Toi, tu as toujours su qui tu étais. Mais moi, je n'étais qu'une part de toi. Tu m'amènes là-bas, dans ce coin de terre qui est aussi une part de toi. Mais j'ai compris qu'être une part de toi, ce n'est pas suffisant. C'est injuste pour moi.

Il était sur le point de pleurer de frustration. Il s'efforça de ne pas hausser la voix. Ses paroles se coincèrent comme une boule de mucus dans sa gorge.

— Mais je n'ai jamais rien dit. Pas vrai ? C'est pas comme si je t'avais dit de ne rien changer. Ça ne m'aurait pas gêné, ta coupe de cheveux.

— Bon sang, Val, ce n'est pas une question de coupe de cheveux.

Il l'observa de l'autre côté de la table. Ses cheveux étaient coupés à la garçonne, teintés de quelques mèches blondes. Dans le creux de son adorable cou fin reposait un minuscule dauphin en argent au bout d'une chaîne, un pendentif qu'il ne lui avait pas offert et qu'il n'avait encore jamais vu. Il sentit son estomac se nouer et les paroles de sa femme semblèrent soudain tomber sur son crâne comme des coups sourds, l'obligeant à baisser les yeux au sol où il regarda le lino tanguer et se brouiller.

Il avait croisé les mains sur ses genoux et, tête baissée, il ressemblait à un homme en prière. Des veines saillaient sur ses avant-bras lorsqu'il serra les mains tandis qu'en un instant le monde ne fut plus qu'une sphère les englobant tous les deux, le plateau en métal et la table – tout le reste n'était plus qu'un univers indéfinissable et absurde.

— Non, on ne parle pas de tes cheveux, non, mais d'un autre fils de pute… (Il s'interrompit et prit une profonde inspiration.) C'est un docteur, c'est ça ? Peut-être que c'est le bwana avec toutes les têtes mortes accrochées au mur de sa grande baraque sur la colline, et avec ses putains de mocassins à bouclettes ? Il est ici, en ce moment ?

Il regarda autour de lui de façon théâtrale, bien qu'il fût incapable de voir au-delà de son propre bras, en cet instant.

— C'est comme dans un mauvais film. Un film que t'as vu une centaine de fois.

— Je n'ai jamais dit qu'il y avait quelqu'un.

Sa voix atteignit les oreilles de Val, froide et plate.

— Mais il y a quelqu'un, dit-il.

Elle ne semblait pas éprouver la moindre honte. Elle gardait les yeux rivés dans le vague. Elle prit une inspiration.

— Je vois quelqu'un.

Il s'obligea à relever la tête et afficha un air incrédule.

— Tu es mariée avec moi ! Tu ne peux pas voir quelqu'un.

— Quoi qu'il en soit…

Le gardien se leva avec effort de la table où il lisait un journal. Sa chemise pendait devant sa panse distendue et, tandis qu'il avançait vers eux, il rentra les pans dans son pantalon. Il se posta près de leur table, mains croisées sur le sommet de son ventre. Des tatouages indistincts à l'arrière de son poignet et au-dessus de chaque articulation. Il resta là un moment à écouter, son regard passant de Millimaki à sa femme. Millimaki finit par lever les yeux. L'homme avait une soixantaine d'années et portait un ceinturon d'où pendaient des clés, une lampe torche et une bombe lacrymogène.

— C'est une conversation privée.

— Pas si privée que ça, monsieur l'adjoint, apparemment, parce que je l'entendais depuis là-bas.

— C'est privé, si.

— Peut-être bien que c'est pas le bon endroit pour ce genre d'affaires.

Millimaki l'ignora. Glenda annonça :

— On allait partir.

— Non, on n'allait pas partir.

— Monsieur l'adjoint, dit l'homme. La conductation de cette affaire devra se faire ailleurs.

À travers le rétrécissement soudain du monde autour de lui, le gardien s'était mué en une forme vague et aqueuse qui parlait indistinctement dans le lointain. Millimaki jeta un bref regard à sa gauche.

— Allez vous faire foutre. Ce mot n'existe même pas.

— Val, arrête.

— Je l'emmerde, votre conductation.

Il posa les mains sur la table, poings serrés. Ses oreilles sifflaient étrangement, comme s'il venait de recevoir un coup de matraque à la tête.

— Et c'est un docteur, continua-t-il. T'aurais pas pu le faire avec un foutu concierge, au moins ?

— Peu importe qui c'est.

— Et c'est lui qui t'a offert cette chaîne, pas vrai ? Ce poisson, là.

Il avait simplement voulu montrer le pendentif du doigt, mais comme si elles ne lui appartenaient plus, ses mains se levèrent vers le cou pâle de Glenda en un geste d'étranglement.

Elle porta d'instinct la main à sa gorge.

— S'il te plaît, arrête. S'il te plaît.

— Un foutu docteur, répéta-t-il. C'est tout ce mystère autour des docteurs, toute cette… je sais pas, cette glorification.

Sa voix était montée d'un cran, et les gens autour se mirent à les dévisager.

— Tout ce foutu mystère. Ils coupent, ils scient, ils trifouillent. Bon sang, c'est rien que des charpentiers surpayés. Ils sont que dalle.

Le gardien dit :

— Monsieur l'adjoint, je vous le demande poliment.

Glenda se cacha le visage entre les mains, aucun pleur, aucun regret, remarqua Val, mais surtout de la gêne.

Entre ses doigts, elle dit avec fatigue :

— Oh, Val.

— Je les découperais tous de l'entrejambe jusqu'aux yeux, je le jure devant Dieu.

Elle baissa les mains. Son visage parfait était dur et lisse comme une pierre de topaze. Dans un chuchotement sec, elle dit :

— Mon Dieu. Val. Tu fais peur aux gens. Tu portes une arme. Ça fait peur aux gens.

Il se pencha vers elle, le pendentif en argent à quelques centimètres de son visage.

— D'accord, murmura-t-il. Exactement. Et si je dégainais et que je collais mon arme dans le cul de ton docteur ? Je pourrais le faire. Je pourrais le faire juste pour m'amuser.

— Ça suffit, Val. On est dans un lieu public.

Le gardien contemplait la gorge de Glenda, ou peut-être essayait-il de voir sous sa tenue de travail. Sa main gauche planait au-dessus de la bombe lacrymogène à son ceinturon.

— Comme la petite dame vous l'a dit, collègue. C'est ni l'endroit, ni le moment.

— Oui, répondit Millimaki. Un lieu public. Et je réalise tout à coup pourquoi tu as décidé de m'annoncer tout ça ici. Parce que tu pensais à tort que j'allais rien faire qui te mettrait mal à l'aise, et c'est là que, oh oui, c'est là que tu t'es largement gourée.

Il s'essuya les yeux d'un revers de manche et se leva. À la périphérie de son champ de vision, il remarqua la silhouette du gardien qui avançait vers lui.

— Mesdames et messieurs, je suis adjoint au shérif du comté de Copper, puis-je avoir votre attention ? Je suis agent des forces de l'ordre et mon épouse vient de m'informer qu'elle voyait quelqu'un, alors je vous prie de garder votre calme. Je vous promets à tous que s'il est actuellement dans cette salle, je ne déchargerai pas mon arme à feu dans la région anale du professionnel de la santé qui baise ma femme.

Deux jours plus tard, à la fin de son service, il laçait ses bottes assis sur un long banc verni du vestiaire ; les carreaux en losange des hautes fenêtres laissaient passer la lumière éclatante du printemps, couleur de blé. Il ne leva pas la tête au claquement de bottes qui longeait la rangée de casiers.

— Je t'ai vu dans le parc, en train de causer avec Gload.

Val regarda la silhouette de Voyle Dobek dans l'ombre.

Ce soir-là, Gload s'était montré plus réticent qu'à la normale et il avait fumé en silence dans l'obscurité de sa cellule. La nuit s'était écoulée lentement. Même les prisonniers les plus fous étaient soumis dans leur cage, comme si le vieil homme leur avait jeté un sort afin d'avoir la paix pour son labour nocturne et son sommeil éventuel. Millimaki avait à peine dormi depuis sa crise de chagrin et de rage à l'hôpital, et son service sous les néons lui avait paru interminable.

À présent, Dobek le surplombait, son souffle un mélange écœurant de café et de tabac à chiquer Skoal. L'estomac de Millimaki se noua. Le simple laçage de ses bottes dans son état d'épuisement paraissait insurmontable. Il regarda bêtement ses mains soudain aussi malhabiles que celles d'un bambin. À côté du bout de ses bottes élimées, celles de Dobek étincelaient, parfaitement cirées.

— Comment tu peux rester assis à discuter avec un sac à merde ? demanda Dobek.

— Et de quel sac à merde tu parles exactement, Voyle ? Je croyais que c'étaient tous des sacs à merde à tes yeux.

— Ton vieux taré. (Il lâcha un son nasal de dégoût.) La façon que t'as de rester assis à côté de lui.

— T'as compris le truc, Voyle. Deux mecs, un banc, un échange de paroles. C'est comme ça qu'on fait.

— Non, c'est pas comme ça qu'on fait, connard. Pas là-bas, non.

— Là-bas, où ?

— Là-bas, en public. Là où les citoyens peuvent vous voir.

— J'ai vu personne nous regarder.

— Tu serais surpris. Ces enculés, ils voient tout.

— Je comprends pas ce qu'il y a à voir, Voyle. Deux gars assis sur un banc.

— Y a une bonne façon de faire, et y a une mauvaise façon de faire, putain, voilà ce que je cherche à te dire, et tu t'assieds pas avec un foutu taré devant tous les habitants de la ville. Si toi, t'en as rien à foutre, dit-il avec un geste vague de la main pour désigner la pièce vide, ça donne une mauvaise impression de nous tous.

— Je suis vraiment désolé, agent Dobek. Donner une mauvaise impression de vous, voilà qui me gâcherait franchement la journée.

— À l'instant même où t'as débarqué ici, j'ai tout de suite compris que t'étais le malin de service. J'étais prêt à t'accorder le bénéfice du doute. Mais je ne sais plus trop. (Il se redressa, regarda la pièce autour de lui, comme en quête d'un public.) J'ai entendu parler de ton petit numéro à l'hôpital. J'imagine que si ma femme baisait avec un docteur, j'aurais pu aussi jouer aux crétins.

Étant donné qu'il était assis et qu'il dut se lever du banc pour lancer son poing, l'uppercut atteignit Dobek à l'entrejambe, et Millimaki sentit la chair molle de ses testicules. Son poing sembla disparaître et il eut juste le temps de reculer le bras avant que l'homme ne s'effondre, s'écrasant au sol à grand bruit comme une bourse de monnaie tandis que sa matraque, ses clés, ses menottes et son arme heurtaient le carrelage. Quand les hommes arrivèrent au pas de course depuis l'autre bout du vestiaire, Val était à califourchon sur le dos de Dobek, sa matraque sous son menton, sur le point de l'étouffer, mais il n'en avait aucun souvenir. Il avait entendu le mot "femme" sortir de la bouche de Dobek, c'était la seule chose dont il se souviendrait plus tard, comme s'il avait flotté dans l'air à l'image d'une bulle de dialogue dans une bande dessinée ou d'une volute de souffle en plein hiver, puis plus rien – un néant noyé de rouge.

Comme ivre, il rentra chez lui sans aucun souvenir de la route, et il s'assit dans le fauteuil inclinable, scrutant le paysage presque immobile du jour éclatant – les nuages, les branches qui oscillaient, lourdes de feuilles, un moineau nerveux sur le rebord de fenêtre. Il remarqua soudain une odeur terrible, il se leva et arpenta la pièce, renifla le chien qui dormait sur sa couche.

— T'as pas gerbé, Tom, hein mon vieux ?

Il entra dans la chambre vide et y sentit l'odeur, là aussi. Il se rendit compte que c'était lui, que la puanteur était sur lui. Il retira son pantalon et y vit une tache sur les genoux, du vomi dans lequel il avait dû s'agenouiller alors qu'il était à califourchon sur Voyle Dobek, pareil à une tortue géante dans une mer écarlate d'inconscience.

Alors que Millimaki fermait la porte du bureau, le shérif lui dit :

— Je ne sais pas de quoi il s'agit, mais il faut qu'on prenne ce problème à bras-le-corps et qu'on le résolve tout de suite, bon Dieu.

— Oui, chef.

— Oui, chef, mon cul. Crachez le morceau, Val. Je ne peux pas me permettre d'avoir deux agents qui s'entre-tuent dans le vestiaire.

— C'était une différence d'opinion.

— Ouais, sans blague. Raylene ! s'écria-t-il.

Bientôt, la tête de la secrétaire apparut dans l'entrebâillement de la porte.

— Raylene, vous pourriez me rendre un service et descendre me chercher un peu d'aspirine à l'infirmerie ?

— Il y en a dans votre tiroir.

— Ça fait un quart d'heure que j'en cherche.

— Oh, très bien. Mais bon sang, si votre tête n'était pas accrochée sur vos épaules…

Il écouta le claquement de ses talons dans le couloir en marbre.

— C'est une femme merveilleuse, mais elle souffre d'une curiosité maladive et d'un manque certain de discrétion quand il s'agit de conflits internes. Si vous voyez ce que je veux dire. Je n'ai pas de migraine, à l'exception de celle que vous me donnez, vous et Dobek, de façon métaphorique.

— Je vois ce que vous voulez dire.

— Avez-vous vraiment frappé l'agent Dobek par surprise dans le vestiaire alors qu'il tournait à l'angle d'un casier ?

Millimaki le dévisagea.

— C'est bien ce qui me semblait. Et j'ajouterai que c'est un point en votre faveur que personne n'ait souhaité corroborer son lamentable exposé des faits.

— Il n'y avait personne d'autre au moment des faits.

— Parfois, ça n'a pas franchement d'importance.

— Il n'y avait que lui et moi.

— J'imagine que d'ici la fin de la journée, Raylene sera en mesure de me raconter exactement comment se sont déroulés les événements, mais si vous pouviez accélérer le processus…

— C'était qu'une différence d…

— De foutue opinion. Oui, c'est bon, j'ai compris.

— Il a dit quelque chose au sujet de ma femme.

Le shérif se leva, passa la main dans ses cheveux tout juste coupés et s'écria :

— Raylene !

Pas de réponse.

— Je sais quel genre de flic est Dobek, vous le savez, Val, pas vrai ? Quel genre d'homme il est ?

— Comment je pourrais le savoir ?

— Mais bon sang, bien sûr que vous le savez. Vous voyez ces deux trucs ronds devant mon visage ?

— Oui, chef.

— Voyle est juste un type qui a passé trop de temps dans le secteur, et qui, au cours du chemin, a pris un mauvais tournant. (Il examina ses ongles.) C'est un homme pénible.

— Ce n'est pas ce qui a déclenché la rixe, mais il avait l'air de ne pas apprécier que je parle avec Gload.

— Lui avez-vous précisé que je vous avais demandé de le faire ?

— Non, chef. Je me suis dit que c'était entre vous et moi.

— Je vais en parler à Voyle. Pendant ce temps, prenez donc deux jours de congé. Mon conseil, d'après ce que je vois, ce serait que vous en profitiez pour dormir pendant tout ce temps.

Il se leva en posant les mains sur son bureau, ses yeux pâles regardant vers la porte derrière Val, et il appela une fois encore sa secrétaire. Quand il n'obtint aucune réponse, il dit :

— Votre comportement est inacceptable, agent Millimaki, et ne sera pas toléré. Cela dit, j'aurais fait la même chose avec ce gland, et si le moindre mot de ma dernière phrase quitte cette pièce, à l'exception d'un souvenir dans votre tête de pioche, vous partirez d'ici à jamais, et je ne vous recommanderai même pas pour un poste d'agent de la circulation.

Dans le silence qui s'ensuivit, le claquement saccadé des talons de Raylene se fit entendre dans le couloir et le shérif déclara :

— À présent, je vais devoir prendre deux aspirines inutiles à cause de vous, parce que vous pouvez être certain qu'elle va rester et me regarder faire. Alors je vous tiens responsable de ma prochaine brûlure d'estomac. (Il s'assit brusquement dans son fauteuil.) Je ne veux plus vous voir ici avant votre service de jeudi soir.

Pour agrémenter son numéro alors que Raylene entrait dans la pièce, il ajouta d'un ton bourru :

— Premier et dernier avertissement, agent Millimaki. Allez, dégagez d'ici.

Ce soir-là, il s'assit une fois encore à sa table, et le feu de vieux pin qu'il avait allumé dans le foyer se mit à danser et à tourner dans le vent s'insinuant par la vieille cheminée en schiste. Les flammes s'élevaient soudain, jaillissaient entre les pierres comme un lutin ou une comète qui chercherait à s'échapper dans la nuit, laissaient derrière elles un amas froid de bûches noircies dans l'âtre. Le chien leva la tête de ses pattes tendues et observa le feu. Il regarda Millimaki et, avec un soupir, il reposa son museau carré sur ses pattes avant, et le feu gémit dans le conduit. Dans les brefs silences que le vent lui accordait, il entendait les coyotes hurler dans les collines obscures.

Il dormit sur le canapé près du feu, emmitouflé dans une couette que sa sœur lui avait offerte en cadeau de mariage, et dans son sommeil, des silhouettes trapues rôdaient dont il ne distinguait que les bouches baveuses, phosphorescentes comme une écume de mer, flairant les portes de placards, passant leurs langues rêches sur le plan de travail où il avait coupé un morceau de viande plus tôt, et il entendait dans son rêve les prédateurs informes griffer les murs et les planchers, à l'affût de quelque chose. Il les voyait, bredouilles, tourner leurs museaux brillants vers lui.

À son réveil, la porte d'entrée était ouverte et grinçait sur ses gonds antiques, laissant entrer un trapèze de lumière laiteuse qui tombait sur le sol de la cuisine et illuminait un tapis ondulant de feuilles d'érable mortes. Le cœur battant à tout rompre contre sa cage thoracique, il referma la porte et poussa le verrou à l'ancienne, puis il arpenta la maison pieds nus en brandissant un tisonnier comme une batte de base-ball, appuyant sur les interrupteurs et inspectant les trois petites pièces annexes, derrière les portes et dans les placards. Il se sentit soudain idiot, debout dans sa chambre, ses mains pleines de suie agrippant le tisonnier. Son pistolet pendait à son ceinturon sur le dossier d'une chaise de la cuisine.

— Un tisonnier, dit-il à voix haute. T'es un homme dangereux.

Dans le salon, il ajouta une bûche de pin dans les braises, les remuant pour les réveiller à l'aide du tisonnier, puis il se recroquevilla une fois encore sous la couette en duvet d'oie tandis que le souffle des braises semblait enflammer les yeux du chien dans l'obscurité.

Des heures plus tard, il ouvrit les yeux dans la lumière de la fenêtre, dorée comme une poussière de grains, et Tom était assis tout près de son visage, souhaitant de toutes ses forces qu'il se réveille et lui donne son petit déjeuner.

16

Le feuillage mature des ormes bruissait au-dessus de lui, et à travers la végétation, il devinait une étoile solitaire, un éclat de lune. Depuis des lézardes secrètes dans le dôme du tribunal, des chauves-souris piquaient entre les arbres pour gober les légions de papillons de nuit énormes et si nombreux cette nuit-là qu'ils frôlaient le visage de Millimaki, pareils à un battement de cils.

Pour son déjeuner, il avait apporté une pomme et un petit pain qu'il avait trouvé dans la huche chez lui, sans la moindre idée de sa date de péremption, mis à part qu'il n'était pas encore tout à fait assez vieux pour être moisi. Il avait une tranche de salami rance large de dix centimètres, et sous les ormes, il alternait les bouchées de saucisson et de pain, puis il mangea la pomme au dessert, dure et froide, étendu sur le banc comme un vagabond, une main derrière la nuque, les yeux levés vers les étoiles qui semblaient l'appeler derrière la coupole verte.

Lorsqu'il alla aux toilettes à son retour à la prison, le visage hagard dans le miroir au-dessus du lavabo portait sur le front une traînée de suie laissée par un papillon de nuit, comme les cendres déposées par le pouce d'un prêtre des années auparavant.

Quand Millimaki reprit son service d'escorte après son congé involontaire, le vieux tueur se montra plus proche et familier, prenant la main de l'adjoint dans les siennes entre les barreaux et la serrant longuement. Il semblait troublé par les silences de Millimaki et le scrutait de ses yeux de basset jaune-rouge. En l'absence de Millimaki, Wexler avait servi d'escorte et de compagnon à Gload, mais ce dernier parlait peu de lui. "Mon pote Weldon", disait-il. "Mon vieux copain Weldon." Malgré ses questions insistantes, Millimaki lui divulgua peu de choses, mis à part que son épouse logeait chez une copine en ville après son travail. C'était peut-être la vérité, pensait le vieil homme. C'était peut-être la vérité.

Gload, lecteur invétéré des journaux, avait remarqué que les articles de vulgarisation agricole prévoyaient des récoltes records dans tout l'État et des prix incroyables au boisseau. Millimaki était assis et tenait une lettre de sa sœur sur ses cuisses, et dans les rais obliques des lumières chirurgicales des néons, Gload parlait de machines, du prix du carburant, calculait et recalculait sur son bloc-notes jaune l'argent que son père et lui auraient pu gagner en moissonnant le champ de son rêve, imaginant cette parcelle rocailleuse et desséchée en une tapisserie animée et dorée de blé mûr. L'idée semblait le captiver.

— Est-ce que c'est possible, dit-il avec incrédulité, cinq dollars le boisseau ?

Millimaki leva brièvement les yeux.

— J'imagine que oui, si le journal l'affirme.

— Vous avez choisi la mauvaise profession, Valentine. Vous auriez dû rester à la ferme. Vous auriez des chaînes en or autour du cou et une Cadillac DeVille sous votre cul.

— Je crois pas que ça m'irait bien, dit Millimaki avec distance.

Gload reprit ses calculs, ses énormes mains désincarnées pareilles à de pataudes marionnettes à fils évoluant sur la page jaune. Il était presque 3 heures du matin et Millimaki avait croisé les jambes pour lire la lettre en mangeant un sandwich au fromage qu'il posait parfois en équilibre sur son genou. Des nouvelles de sa nièce, du mari, des nouvelles d'un monde qui ressemblait à un autre univers. Le monde de ces hommes se bornait au sol, au plafond, aux murs et aux barreaux, et le sien n'était pas bien différent – un box mobile de solitude qui, comme une carapace, le suivait partout et restait insensible aux paroles du soleil, du vent dans les arbres ou même à l'affection inconditionnelle d'une sœur qui semblait ne pas se formaliser de ne jamais recevoir de réponse, ni de témoignage d'un amour tant mérité.

Il mangea. Le pain sec et le fromage douteux se muèrent en une pâte argileuse dans sa bouche. Il lut la lettre jusqu'au bout et se concentra sur ce P.S. qui manifestait encore son désir de résoudre le mystère de leur mère. De son abandon. "P.S., écrivait-elle, Tu crois que Papa avait quelqu'un d'autre ?" Leur père avait à peine assez d'affection pour eux trois, aussi Millimaki avait-il du mal à imaginer le vieil homme consacrer suffisamment d'énergie à d'extravagantes étreintes et à de torrides baisers interdits avec une autre femme ; la flamme qu'il portait dans son ventre tendu suffisait tout juste à le propulser à travers les journées, les saisons, les années de labeur étourdissant. Au crépuscule, il ne restait en lui que de la pierre. L'étendue de sa tendresse au fil de ces ans se résumait à une petite étreinte de l'épaule ou à un ébouriffage occasionnel des cheveux. Il n'avait vu ses parents s'embrasser qu'une seule fois.

Depuis les confins obscurs de la cellule de John Gload, la voix du vieil homme s'éleva doucement :

— De toute ma vie, j'ai reçu qu'une seule lettre.

Un murmure presque, comme si la présence d'un homme lisant une lettre avait fait ressurgir un souvenir qu'il n'aurait pu partager qu'avec l'obscurité, qu'il n'aurait pas pu prononcer à haute voix.

— Elle venait de la femme de ménage de la maison où j'avais vécu un temps, étant môme. Je m'en souviens, mais surtout parce qu'elle était courte. La négresse s'appelait Vera Blue, une gamine. Elle disait : "Cher John-Gé, Mamzelle Goldie est morte d'une maladie du ventre ici à Thermopolis. Elle a parlé de vous à la fin. J'ai pensé que vous voudriez savoir qu'elle est morte. D'un cancer de l'estomac. Votre amie, Vera

Blue." C'est tout, mot pour mot. (Gload émit un ricanement.) C'est pas délirant, ça ? Si je pouvais me débarrasser de ce genre de conneries inutiles dans ma tête, j'aurais de la place pour les choses plus importantes.

— Pardon. Quoi ?

Il contemplait les lettres sur la page d'un air absent, et la voix du vieil homme, si douce et lointaine, l'avait à peine atteint. Il n'avait qu'à moitié entendu.

— Quel genre de choses ?

— Bon sang, fiston, j'en sais rien. L'algèbre, peut-être, ou ce machin avec les triangles, les formes et tout. Ça m'a toujours intéressé. Comment ça s'appelle… la géométrie ?

— Je crois bien, oui.

— Les Grecs anciens ou je sais pas qui, qui faisaient de la géométrie. Ou les Romains. Et puis tiens, pourquoi pas aussi. J'ai ce truc dans la tête depuis, nom de Dieu, depuis cinquante ans. Je l'ai lu sur un joli petit coussin : *Ex nihilo nihil fit*. Je le prononce sûrement pas comme il faut, mais, bon sang, je me souviens parfaitement de l'orthographe.

Et il le prouva, lettre par lettre, à l'attention de Millimaki, frottant ensuite le dôme lisse de son crâne avec les articulations de ses doigts.

— Alors, comment ça a pu rester là-dedans ? Je sais même pas ce que c'est, comme baragouin.

— C'est du latin, dit Millimaki. Mais je sais pas ce que ça signifie exactement.

— Bon Dieu, vous êtes vraiment un petit universitaire.

— Non, c'est plutôt parce que j'étais enfant de chœur.

— Doux Jésus, un enfant de chœur. (Gload émit ce bruit nasal qui lui tenait lieu de rire.) Je suis proche d'un foutu enfant de chœur.

Val s'adossa à sa chaise, plia soigneusement la lettre et la rangea dans l'enveloppe. Il la tapota sur le talon de sa botte. Il récupéra son sandwich, regarda ce qu'il en restait et finit par le remettre dans le sachet en papier. Depuis les cages ténébreuses s'envolaient les ronflements et le bruissement des prisonniers qui, au cours des derniers longs mois, lui étaient devenus aussi familiers que le vent dans les érables autour de sa maison. Au bout de plusieurs minutes, depuis l'obscurité voisine, il entendit John Gload parler.

— Je peux le supporter, Valentine. Personne n'a besoin de défendre mon honneur, là-bas dehors.

Millimaki fouilla des yeux le noir d'encre de la cellule. Il ne voyait que les mains de Gload, comme avant, qu'il avait à présent croisées sur son bureau comme un écolier.

— Je ne vous suis pas.

— J'ai eu affaire à des flics qui le feraient passer pour une foutue princesse de conte de fées. Lui, c'est que dalle.

Millimaki crut que son vieux prisonnier avait peut-être glissé dans le secret de son univers personnel, comme il l'avait fait quand Sid White avait été amené, aussi resta-t-il assis en silence.

— Vous m'entendez, Val ? Dobek est que dalle, rien qu'un étron en uniforme. Allez pas vous mettre dans le pétrin à cause de moi.

— Mais de quoi vous parlez, nom de Dieu ?

— J'ai eu vent de votre petit accrochage. Et j'apprécie le geste, allez pas croire le contraire.

— Quelqu'un devrait se faire clouer le bec, dans le coin. Et quoi que vous pensiez, vous vous trompez. Ça n'avait rien à voir avec vous, bon sang.

— Très bien, m'sieur l'adjoint.

— Rien à voir avec vous et surtout, c'est pas vos affaires.

Dans sa cage, Gload souriait, ses mains brutales croisées pieusement dans la lumière.

— D'accord, monsieur.

L'INSOMNIE de Millimaki empira. Ni l'élixir de bière du shérif ni les comprimés naturels de Moon ne lui apportèrent de soulagement. Il remuait dans le fauteuil ou sur le canapé entre les draps qui le garrottaient. Il essaya de dormir sur un matelas gonflable devant la cheminée, il essaya la même chose sur le porche mais fut assailli par les moustiques. Il n'y avait qu'un seul endroit où il refusait de dormir, ou de chercher le sommeil – le lit qu'il avait partagé avec Glenda, où les pires fantômes peuplaient ses heures d'éveil et d'inconscience.

Au cours d'un bref épisode de sommeil sur une chaise du porche, il rêva de sa femme qui approchait vêtue d'une étrange tenue de mariage en bandages souillés, une corde de cathéters autour du cou. Elle remontait l'allée dans sa robe en guenilles mais ne semblait pas se rapprocher, comme si ses petits pieds ne trouvaient aucun appui, mais son sourire était aussi lumineux que le soleil. Quand il se fut relevé de sa chaise pour atteindre le téléphone qui sonnait, son cœur battait sourdement dans sa poitrine. Ce n'était pas fichu. Un tel présage dans un rêve ne se bornait pas à reproduire un simple souhait : en effet, qui peut donner ainsi forme à ses rêves ? Il arriverait à raisonner sa femme. Il pouvait même la supplier. La main de Millimaki au-dessus du téléphone tremblait.

Mais ce n'était pas sa femme, et ce n'était peut-être pas elle dans son rêve, mais une autre créature lumineuse venue le tourmenter avec son sourire factice. Il était rentré depuis trois heures à peine et avait peu dormi, aussi quand il se mit en route pour chercher la fille perdue sur le plateau aride couvert de champs de céréales du comté de Pondera, il était dans un état pitoyable – les yeux brûlants, un goût de cendre dans la bouche. Son cœur tambourinait dans sa poitrine, sourd et lointain, et ses veines semblaient injecter du plomb dans ses membres ramollis. Mais éveillé, au moins, il n'était pas à la merci de ses rêves, une étendue sauvage trompeuse où il errait, perdu et impuissant.

— Vous n'êtes pas obligé d'y aller, dit le shérif. Je peux appeler à Silver Bow pour qu'ils envoient quelqu'un.

Val regarda ses pieds dans les mocassins au cuir usé. Il leva les yeux par la fenêtre vers les peupliers au loin en bordure de rivière, l'eau qui étincelait entre les troncs et les feuilles frissonnantes coulait aussi lisse que de l'aluminium, pareille au dos des truites tapies dans leurs trous secrets. À une époque qui semblait bien lointaine, lui et sa femme seraient allés s'y promener.

— C'est bon, shérif. Ça fera pas de mal à Tom de s'activer un peu.

— Vous êtes certain ? Je sais que vous n'avez pas eu beaucoup de temps pour dormir.

L'apparition fantomatique de Glenda flottait encore dans sa tête.

— Dormir... dit-il avec nostalgie. Non, chef. Je me suis rendu compte récemment que c'était vraiment surfait. Laissez-moi juste le temps de m'habiller et de rassembler mon équipement.

WEXLER franchit le portail de sécurité et longea le couloir d'un air martial, ne regardant ni à gauche, ni à droite, ignorant les bruits qui le suivaient derrière les barreaux des cellules. Son nom chanté d'une voix fluette. Des bruits de baisers. Des gémissements d'extase moqueuse. Ils ne perdaient rien pour attendre, pensait-il. Et Dobek, depuis son humiliation dans le vestiaire, n'aurait pas besoin d'être longuement poussé pour déverser sa rage sur ces animaux, aux heures sombres de la nuit. Entrer et sortir, une petite visite aussi silencieuse que celle d'un prêtre. À ces heures-là, les ecchymoses et les dents cassées n'étaient que le fruit de l'imagination ou d'un délire d'hommes en cage. Ils pouvaient simplement glisser et tomber. Et qui sait, peut-être s'infligeaient-ils eux-mêmes ces blessures ?

Ainsi rassuré, il se tint devant la porte de la cellule de John Gload. Le vieil homme leva les yeux. Son crayon de papier mesurait à peine plus de sept centimètres, usé par tous ses gribouillages fébriles et ses calculs géoponiques, et il le tenait au-dessus de sa feuille.

— J'aurais bien besoin d'un nouveau crayon, Weldon.

— Je vais voir ce que je peux faire.

— Et où est notre ami, l'adjoint Millimaki ?

Wexler renâcla.

— Il est sorti avec Rintintin pour courir après la lune.

— J'ai l'impression qu'il venait à peine de terminer son service ici. Ça lui a pas laissé beaucoup de temps chez lui.

— Il a personne d'autre que ce chien de berger, de toute façon.

— Et sa dame ?

— Partie.

— Mince, mince, dit Gload en hochant sa tête immense avec tristesse. Ça doit être dur pour un jeune gars comme lui.

— Je perdrai pas mon temps à pleurer sur son sort. Les femmes, elles restent pas si on remplit pas son devoir.

— Alors, elle voit quelqu'un d'autre ?

— Il paraît, oui. C'est une jolie petite nana. Elle a besoin d'être montée quelque part. (Wexler examina le dos de ses mains.) Je vais peut-être tenter de lui passer dessus moi-même.

Il adressa au vieil homme une grimace de renard. Gload se força à sourire. Il se rendit compte qu'il enfonçait la pointe du crayon et creusait un profond trou noir dans son bloc-notes.

Wexler prit la chaise de Millimaki et la fit pivoter comme pour s'asseoir dessus, puis il se ravisa. Il prit un ton d'homme d'affaires.

— John, je vais te faire sortir cet après-midi. J'ai reçu tes cartes topographiques du nord de la rivière et je veux voir du résultat. Finie la déconnade.

— Vous me faites sortir ?

— C'est ça. Et sur mon temps libre.

— Vous avez les cartes ?

— J'ai les cartes et je veux te voir dessiner des putains de X et de O sur ces saloperies.

— Et Millimaki ? Je lui avais plus ou moins promis de sortir là-bas avec lui.

— Premièrement, il est pas là. Deuxièmement, comme je l'ai déjà dit, John, je suis son supérieur hiérarchique. L'adjoint Met-la-merde t'a fait des promesses qu'il peut pas tenir.

— Alors vous me faites sortir.

— À 1 heure. Après ton déjeuner, on fera une jolie promenade dans la campagne, on trouvera certaines de tes victimes et on accordera le repos à ces pauvres personnes, une bonne fois pour toutes.

— Avec ou sans Val, ça me dit bien de me dégourdir un peu les jambes. (Il montra les fenêtres sales au niveau de la rue, dorées dans la clarté d'août.) Sortir dans le soleil et la lumière naturelle.

— On part pas en pique-nique, John. Et au fait, si tu me fais encore courir pour rien, la situation risque d'être moins marrante pour toi, par ici. L'adjoint Dobek t'a pas à la bonne. J'ai pris un putain de jour de congé. J'espère pas revenir les mains vides.

— Je vous en suis sacrément reconnaissant, Weldon. Je sais qu'une fois dehors, tout me reviendra en mémoire.

Après le départ de Wexler, John Gload resta assis un moment, le bras pendu mollement au-dessus du dossier de sa chaise. Il se leva, fit le tour de sa cellule qui ne put qu'être court, ramassant ses richesses accumulées : un peigne, un pain de savon, des chaussettes roulées en boule sur une étagère. Un taille-crayon en forme de crapaud bleu. Il glissa sa brosse à dents dans la poche de sa chemise, réfléchit un instant, la reposa sur l'étagère. Des boîtes de médicaments vides. Des magazines. Parmi eux, un catalogue John Deere que lui avait donné Valentine Millimaki et qu'il déposa sur le haut de la pile. Il lissa la couverture sur son lit. Pour finir, il se rassit. Il déchira plusieurs pages de son bloc-notes, couvertes d'une écriture enfantine, d'additions et de soustractions, les champs théoriques divisés en ares théoriques et dans les marges figuraient les gribouillis de ses créatures fabuleuses, ses runes ésotériques qui l'occupaient tandis qu'il envisageait une autre vie opulente de gentleman-farmer, en partenariat avec son père depuis longtemps gelé sous les pins du comté de Fergus. Il les plia soigneusement, les plaça dans la poche de sa chemise qu'il boutonna, puis il s'installa pour attendre son déjeuner.

17

À L'ouest, au-delà de Teton Peaks, les montagnes du Front Range semblaient dessiner les limites du monde. Fin du mois d'août et les cirques d'altitude arboraient encore des croissants et des bandes de neige, et dans le brouillard de chaleur estivale, ils semblaient avoir été peints au couteau sur la toile de fond bleu-violet. Millimaki était arrivé dans le champ et se tenait à côté de son pick-up Blazer du Bureau de police, scrutant l'immensité incalculable des champs de céréales déjà moissonnés pour la plupart, les étendues d'épis coupés s'étalant dans toutes les directions. Ils se découpaient sur fond de montagne comme un océan blond. Les terres rocailleuses de son père n'avaient jamais ressemblé à cela. John Gload en serait resté bouche bée.

Une nuée de petits oiseaux volait sans bruit dans le lointain. Le chien était assis sur la banquette arrière du pick-up, le dos droit. Millimaki pensa à la fille. Et il se souvint que dix ans plus tôt, avant qu'il ne s'engage dans les forces de l'ordre, une institutrice avait été enlevée et violée, puis empalée sur une herse de labour à vingt kilomètres de l'endroit où il se trouvait. Il se demanda ce qui pouvait susciter une telle cruauté dans un si beau paysage. Comme si le vent qui balayait les flancs depuis les escarpements gelés et mornes apportait avec lui l'appétit des loups et des ours, pareil à un microbe contaminant le sang.

Un nuage de poussière apparut sur la route de campagne, le chien et lui le regardèrent approcher. Une voiture de shérif s'arrêta près du pick-up de Millimaki et un jeune adjoint baissa sa vitre pour lui annoncer :

— Suivez-moi. C'est par là, un peu plus bas.

Il fit marche arrière et, ensemble, ils parcoururent un kilomètre vers l'est, puis à nouveau vers le nord, franchirent une clôture métallique et se rangèrent à côté d'une petite voiture bleue.

Le jeune homme s'approcha de Millimaki, la main tendue. Il était plus grand que Val, mais ils devaient avoir le même âge. Sous sa casquette d'adjoint au shérif du comté de Pondera, ses cheveux étaient d'un roux flamboyant, proche de l'orange, et chaque centimètre de sa peau était constellé de taches de rousseur.

— Malmberg, dit-il. On m'appelle le Rouquin.

— C'est fou ça, répondit Millimaki. Où est-ce qu'ils sont allés trouver un surnom pareil ?

— Ouais, va savoir.

— C'est quoi, tout ce ruban ? Il doit y en avoir un bon kilomètre.

Le champ était entouré d'un ruban jaune délimitant la scène de crime, fixé entre des chevilles en bois plantées au hasard dans la terre comme une barrière érigée par des clowns de cirque, et il claquait et sifflait, menaçait de s'envoler dans le vent.

— Ouais, sans déconner. C'est moi qui l'ai accroché.

Malmberg fit un geste vers les moissonneuses. C'étaient des machines neuves et coûteuses aux habitacles fermés, leurs dents alignées en bordure du champ. Elles paraissaient vivantes, voraces, et le soleil transformait leur pare-brise en diamant.

— Le vieux fermier Brown voulait rouler là-dedans et commencer à couper. C'est la seule façon que j'ai trouvée de l'en empêcher. Il dit qu'il a des millions de dollars dans ce champ, un truc ridicule, et que quelqu'un l'aura dans le cul s'il ne coupe pas tout plus ou moins maintenant. J'ai l'impression qu'il parlait du mien, de cul. Bref, c'est pas ça qui m'inquiète. (D'un geste papal du bras, il balaya le champ d'orge d'est en ouest.) Il risque de pas être content.

Les épis avaient été piétinés de long en large, couchés en marques parallèles de pneus là où les policiers et les volontaires s'étaient garés, le sol était couleur d'ambre comme s'il venait à peine d'être ensemencé.

— On a arpenté cette saloperie en long, en large et en travers. Rien. Y a des traces qui y entrent mais qui ressortent pas. Quelqu'un pense qu'elle a été embarquée sur cette minuscule route au bout du champ, mais y a aucune trace. Pas une seule. C'est comme si elle s'était évaporée.

— Et par là-bas ?

— C'est un fossé. Il faut être juste au bord pour le remarquer. Y a pas plus de quinze centimètres d'eau au fond, en ce moment.

— Vous l'avez exploré ?

— Eh bien, je l'ai pas fait personnellement, mais quelqu'un y est allé. Encore une fois, c'est à peine quelques gouttes au fond. C'est pas comme si elle aurait pu s'y noyer.

— C'est sa voiture ?

— On a déjà tout fouillé.

Ils restèrent immobiles à inspecter les alentours. Une rafale de vent descendit du Front Range et le champ se réveilla, frissonna et ondula comme l'échine d'un chat, et il émit un long soupir triste.

— Qu'est-ce que vous en pensez ? demanda Millimaki.

— Je crois que si elle avait eu envie de disparaître, elle aurait pris un bus, et quelqu'un l'aurait aperçue.

— C'est pas faux.

— Si elle voulait disparaître pour de bon, elle aurait tout aussi bien pu rouler dans son tas de boue jusque là-bas. (Malmberg pivota et, d'une main laiteuse et tachetée, il désigna les sommets dentelés.) Elle se serait trouvé un tas de buissons, et elle aurait disparu. Tout là-haut.

— C'est ce qu'on pourrait croire, oui.

— Pas vrai ?

— Si on a le moindre sens logique, j'imagine que oui.

L'adjoint regarda longuement le paysage à l'ouest. Du bout de sa botte, il creusa un trou dans le sol, se pencha et y cracha.

— Vous êtes au courant, à son sujet, hein ? Ils vous ont raconté ?

— Ouais, ils m'ont raconté, dit Val. Je me souviens aussi d'avoir lu un truc sur cette affaire. Mais je ne connaissais pas tous les détails.

— Elle faisait pas partie de ces sales gosses. C'était juste une fille normale. Sacrée putain d'histoire. Elle a grandi avec eux, elle connaissait chacun d'eux.

— Elle peut encore refaire surface, fraîche comme un gardon.

— Sacrée putain d'histoire, continua l'adjoint comme s'il n'avait pas entendu. J'ai un gamin de douze ans. À peine plus jeune que les garçons qui lui ont infligé ça. Pendant environ une semaine après cette affaire, je l'ai regardé comme si c'était une créature totalement différente. C'était plus fort que moi. On l'a pas élevé comme ça, mais bon. Il savait qu'un truc clochait. Il a fini par monter sur mes genoux et il s'est mis à pleurer. Les gamins, ils en savent bien plus que ce qu'on pense, pas vrai ?

— J'en sais rien.

— Vous avez pas de gosses ?

— Non.

— Vous verrez. Attendez, et vous verrez.

La radio de Malmberg se réveilla et il alla à sa voiture. Millimaki ouvrit la portière arrière du pick-up, Tom sauta à terre et posa la truffe au sol. Il flaira les genoux de Malmberg et l'adjoint lui ébouriffa les oreilles en parlant dans son micro. Val retira la laisse et la tint dans sa main tandis qu'il examinait le champ d'orge. Le vent soufflait depuis les sommets et, comme un numéro de ventriloque, le champ se mit à soupirer et à siffler de toutes parts. Malmberg se posta à côté de lui.

— Désolé, il faut que je retourne en ville. Violences conjugales. (Il retira sa casquette et passa la main dans sa chevelure mandarine.) Ce fils de pute s'en prend à sa femme presque une fois par semaine. C'est un connard de première classe, alors je me demande toujours pourquoi elle reste avec lui. Il lui arrache des poignées entières de cheveux et, la même semaine, je les vois assis au café main dans la main comme deux ados. Si vous y comprenez quelque chose un jour, venez me l'expliquer.

Il n'attendit pas la réponse de Millimaki. Il claqua sa main tachetée sur l'épaule de Val, sauta sur le siège conducteur de son véhicule et fit marche arrière sur la route de campagne avant de disparaître. Val observa le nuage de poussière diminuer sur la voie rectiligne jusqu'à ce qu'il soit hors de vue derrière une côte. Autour de lui, l'orge murmurait et crissait dans le vent.

Parce que c'est difficile d'être seul, pensa Millimaki. C'est ce que j'ai fini par comprendre, le Rouquin. Dans cette région, c'est difficile d'être seul.

Il se rendit à la voiture de la fille et regarda par la vitre. Il leva la tête et observa le vaste paysage ondoyant. Pas la moindre maison, ni la moindre cabane. Pas le moindre poteau téléphonique. Il ouvrit enfin la portière et s'assit sur le siège conducteur. Il passa doucement les mains sur le volant. Un minuscule attrape-rêve et un chapelet en plastique étaient suspendus au rétroviseur intérieur. Il inspira un effluve presque imperceptible de son parfum.

— Penelope Ann Carnahan, dit-il. Ton nom est un poème.

Il se pencha et ouvrit la portière passager en grand. Elle grinça sur un gond à ressort. Il appela le chien qui vint et fourra la tête dans l'habitacle où il flaira le plancher, les sièges. Il enfouit la truffe dans un sweat posé sur la banquette arrière. Millimaki le prit. Sur la poitrine, on pouvait lire les lettres ROCKSTAR en paillettes sporadiques. Il l'étala sur l'assise devant le chien.

— C'est elle, Tom, mon gars. C'est notre fille.

Au-delà de la zone de recherche, le terrain avait été survolé par un hélicoptère de la base militaire de Great Falls, un réservoir d'eau stagnante avait été dragué, n'exhumant de la boue qu'un sinistre veau angus en état de décomposition avancée que l'on avait cru volé un mois plus tôt. Comme l'avait dit Malmberg, la fille semblait s'être volatilisée. Ce n'était pas la première fois qu'il entendait de tels propos, ou approchants, quand il arrivait avec son chien, lui, la solution de dernier recours : comme si les personnes chargées des recherches, dans leur désespoir et leur impuissance, voulaient attribuer aux victimes la possibilité de se sauver par elles-mêmes. Des êtres protéiformes qui se voyaient soudain pousser des ailes d'hirondelle ou d'aigle. Des anges. Une transmutation par le pouvoir de l'espoir. Il repensa à l'image sacrée que sa grand-mère slovène lui avait donnée dans son enfance – l'assomption de la Vierge Marie au paradis. Il l'avait conservée dans son portefeuille des années durant, jusqu'à ce que les bordures dorées se déchirent et que le papier soit aussi friable qu'un tissu ; des anges aux immenses ailes immaculées escortaient la Vierge vers l'Élysée sur un escalier de nuages. Son visage était baigné de rayons divins. Mais Valentine Millimaki ne ramenait jamais d'anges. Non, jamais, pensa-t-il. Les âmes n'aspiraient pas à la sécurité ni au paradis, pendant ses recherches, elles ressortaient brutalement des forêts sombres, prises au piège dans l'albâtre statuaire de la chair rigide.

À LEUR entrée dans le champ d'orge, les empreintes de la fille étaient parfaitement visibles bien que certaines personnes à sa recherche les aient déjà piétinées. Tom se précipita sur sa piste le long du champ puis s'immobilisa, perplexe, à son extrémité nord délimitée par le petit sentier qu'avait évoqué Malmberg. Ce n'étaient que deux ornières parallèles qu'aucun véhicule n'avait parcourues depuis des mois. Millimaki chercha une issue dans la bordure de chiendent. Des empreintes runiques d'oiseaux, de renard. Le chien suivit la piste, impatient de rebrousser chemin, et Val le laissa faire. De retour à la voiture, le chien bifurqua vers une bande de végétation folle le long du fossé.

— Attends une minute, bon sang. Laisse-moi reprendre mon souffle.

Il attacha la laisse à la poignée de portière de la voiture de la fille, le chien gémit et creusa la terre. Millimaki se pencha contre la carrosserie et inspira l'odeur poussiéreuse du grain mûr, un parfum de son enfance. L'image de son père jaillit malgré lui dans son esprit – une image rare et heureuse d'un homme malheureux, passant les mains sur les épis mûrs tandis qu'il marchait vers la moissonneuse.

Millimaki retourna aux premières traces à l'entrée du champ, s'agenouilla et les étudia: de petits pieds, la spirale usée de ses semelles. Il observa longuement les empreintes. Puis il avança à quatre pattes et en détailla une autre. Puis une autre. Pour finir, il s'agenouilla dans la terre, les mains sur les cuisses. Des épis d'orge se courbaient dans le vent et frôlaient la peau de ses bras.

— Très intelligente, dit-il. Une fille très intelligente.

Mais il ne souriait pas.

Tom avait gratté la terre à la limite du cercle que lui accordait sa laisse et il poussa un aboiement affolé en l'apercevant sortir de l'orge. Millimaki décrocha la laisse en cuir et le chien lui arracha presque le bras.

— D'accord, si t'es si sûr de toi, bon sang.

Il détacha la laisse et le chien disparut dans les hautes herbes.

À cent mètres près du fossé, il retrouva le chien assis, les oreilles pivotantes tandis qu'il enregistrait d'infimes bruits alentour – le gargouillis de l'eau, le chant des oiseaux, des sons minuscules dans les graminées. Millimaki s'apprêtait à parler quand il aperçut la paille en plastique. Plus tard, il serait sensible à la minutie dont la jeune fille avait fait preuve. La paille avait presque la couleur de l'orge et des tiges d'herbe qui poussaient le long du fossé en ce mois d'août – chardons et ciguë, blé spontané. Il tira sur la paille mais elle paraissait enracinée. Il creusa à la base jusqu'à ce que les lèvres de la fille émergent de la terre, et il comprit avec un sursaut qu'il était agenouillé sur sa poitrine. Il se leva d'un bond et recula, manqua trébucher sur le chien.

— Oh, bon Dieu, dit-il. Oh, nom de Dieu.

Il resta longuement les yeux rivés sur elle. Il se rendit compte que le chien l'attendait, il s'approcha de lui et lui ébouriffa les poils de la tête. Il peinait à parler. Il parvint à articuler :

— Bravo, Tom.

Le chien descendit la pente légère jusqu'au fond du fossé et y lapa le filet d'eau. Millimaki s'assit dans l'herbe sèche et resta ainsi un long moment. Le chien vint s'étendre à ses pieds. Avec effort, Millimaki se releva enfin et entama sa routine. Il effectua tout machinalement. Il inspecta le sol, se baissa et prit des photos sous divers angles. Il se tint près de la tombe, se tournant en direction des quatre points cardinaux et faisant marcher l'obturateur – des champs de céréales qui s'étendaient à perte de vue jusqu'à l'horizon. Enfin, il sortit une paire de gants en latex de son sac ventral et déterra la fille. Le chien était allongé, la tête sur les pattes avant tendues, et il suivait des yeux chacun de ses mouvements.

La fille avait découpé dans l'herbe une surface à peu près à sa taille, elle avait dégagé les mottes de terre en cubes et en rectangles grossiers, puis elle avait creusé la fosse dans laquelle elle s'étendrait. Tout en respirant grâce à la paille, elle avait dû se recouvrir le visage de terre avant de pouvoir – sans qu'il sache comment – s'enterrer les bras, inspirant ses dernières bouffées d'air tandis que les médicaments se répandaient lentement dans les longs couloirs de ses veines. Il était abasourdi par sa force et sa détermination à ne laisser aucune trace sur cette planète. Le travail avait dû lui prendre des heures. À côté d'elle dans la fosse se trouvaient le couteau de cuisine et le flacon de comprimés, et elle était étendue rigide et symétrique, comme arrangée là par des prêtres déférents. Il souleva ses mains l'une après l'autre, examina les ongles cassés et déchirés, les tourna avec difficulté pour regarder les paumes où des ampoules s'étaient formées et avaient éclaté, stigmates ensanglantés. Millimaki écarta autant de terre que possible de son visage et, à l'aide de son couteau, il scia la paille coincée entre ses dents serrées. Pour finir, il se pencha comme pour embrasser la bouche froide et souffla les grains de sable sur ses paupières, à la commissure de ses lèvres.

En attendant que le médecin légiste parcoure les trente kilomètres depuis la ville, il coupa une partie du bandeau jaune que Malmberg avait eu tant de peine à installer, il planta des chevilles en bois dans le sol et y fixa le bandeau, entourant la parcelle que la fille avait choisie pour elle, dans l'immensité terrible d'un monde devenu insupportable. Elle voulait juste disparaître, mais Millimaki et son chien lui avaient arraché cela. Bientôt, elle serait désinfectée et examinée sur la table du médecin légiste, alors qu'elle n'avait eu qu'un seul souhait, celui de ne plus jamais être touchée. Il refusa de la prendre en photo. Quand il avait soulevé la terre et qu'il l'avait regardée, si petite et si pâle dans sa tombe, il avait compris ce qu'il lui avait volé, ce qu'il ne pouvait plus lui rendre. Si le médecin légiste voulait des foutues photos, il n'aurait qu'à les prendre lui-même.

Il s'assit au bord du fossé à côté d'elle, il observa le soleil rouge descendre derrière la crête orientale. Une sturnelle chanta. Des faisans et des perdrix grises se posèrent dans le champ et se gavèrent des grains tombés à terre. Il les voyait arriver par deux ou trois, étendre leurs ailes dans le ciel pâlissant. Il scruta la silhouette menue à ses pieds. Il n'y avait eu aucun ange pour l'emmener vers les cieux. Rien qu'une nuit chimique et engourdissante qui tombait sur ses paupières pour atténuer la vision des garçons sur le plateau du pick-up, avec leurs bouteilles et leurs manches de pelle – dans le pillage de sa virginité, pas même la chaleur d'un contact humain.

Les oiseaux picoraient entre les sillons comme des volatiles de basse-cour, l'orge sifflant au-dessus d'eux, le vent pareil à un souffle. C'était une soirée magnifique. Il baissa les yeux vers Penelope Carnahan. Il envisagea un instant de lui prendre la main.

Ensemble, ils remontaient la sente de gibier, et John Gload s'arrêtait périodiquement pour se retourner et embrasser le paysage, comme pour admirer leur solitude dans l'immensité plutôt que pour s'en assurer. À ses côtés, Wexler regardait d'un œil maussade les égratignures récentes sur ses bottes. Il passa le doigt le long des courbes de la carte topographique, la langue pointant entre ses lèvres. La carte gonflait et frémissait dans le vent, et ils continuèrent leur marche. Ils traversèrent une petite ravine, descendirent dans une gorge, et la rivière disparut de leur champ de vision, ainsi que la voiture de Wexler garée non loin, plus le moindre signe de présence humaine; sur le sentier poussiéreux, des empreintes fraîches de cerf hémione et d'autres traces plus anciennes avaient cuit dans le sol argileux comme celle fossilisée en forme de trèfle d'un animal préhistorique. Dans ce gouffre aride, le vent qui avait fait écumer la rivière n'était plus qu'un murmure et, au-dessus d'eux, un faucon planait parmi les nuages fins tel un messager, son cri funèbre aigu et perçant.

Gload se redressa et fit grand cas de se repérer dans l'espace, il tendit le cou pour examiner la carte entre les mains de Wexler. Il était bon acteur et demanda s'ils n'étaient pas à deux kilomètres de la rivière, et si le second barrage n'était pas environ trois kilomètres plus bas en aval. Wexler se tourna dans la direction que le vieil homme lui indiquait de ses mains menottées, et la chaîne se retrouva aussitôt autour de son cou. La carte pliée tomba dans le chiendent, le vieil homme enfonça son genou dans les reins de l'adjoint pour prendre appui, Wexler griffa les mains, affolé, des bruits moites s'échappant de son nez et de la grimace blanchâtre qu'était devenue sa bouche. Rapidement, sa vue diminua et, dans cette étreinte, torse contre dos comme deux amants de prison, John Gload sentit les muscles de ce corps mince se relâcher peu à peu jusqu'à atteindre la tranquillité. Il fit deux pas en arrière et étendit le corps de Wexler au sol, le tourna sur le flanc pour ne pas relâcher son emprise et il le maintint là jusqu'à son dernier souffle, jusqu'à ce qu'il entende le faible chant lointain du faucon, puis il se dégagea. Il regarda Wexler et sourit devant le masque d'incrédulité idiote qui contemplait le ciel vide, et la tache sombre à l'entrejambe.

— Vous réserviez aucune surprise, monsieur l'adjoint, lui dit-il. J'avais estimé qu'y avait rien à tirer de vous, et j'avais raison.

Lorsqu'il eut récupéré les clés des menottes dans la poche de Wexler et le couteau pliant à son ceinturon, il referma soigneusement la carte topographique et la rangea pour qu'elle ne soit pas déchirée ni tachée de sang, puis il mit ses mains habiles au travail. La tâche était difficile et, même dans l'air frais, il transpira bientôt à grosses gouttes et remarqua à quel point il s'était ramolli depuis ses mois d'incarcération. Il apprécia les longues enjambées sur le sentier, puis le retour depuis la voiture où il avait trouvé un outil pour creuser. Il se sentait vivant. Des chaînes de pneus étaient rangées au fond d'un sac de jute dans le coffre, il les avait retirées et avait emporté le sac avec lui. Il était facile de creuser, il fit plusieurs trous – certains dans le sol aride du flanc de colline voisin, d'autres au plus profond des ravins étroits sculptés par les pluies battantes du printemps. D'autres encore dans la gorge au-dessus, d'autres plus bas. Il prit possession d'un terrier de blaireau, le trou sombre et déserté s'ouvrant sous un rocher aussi grand et imposant qu'un monolithe de Stonehenge.

Il prit son temps, tassant les petits trous du plat de la pelle, et avec ses pieds et une branche d'armoise, il lissa ses empreintes de pas. Puis il recula, évalua chaque site sous divers angles et diverses altitudes. En redescendant, il balaya méticuleusement le sentier avec la branche, penché et traînant les pieds comme un vieux paysan. Lorsqu'il revint à la voiture, le crépuscule était déjà tombé. Sur la berge, il jeta plusieurs choses dans la rivière et, presque aussitôt, une nuée de mouettes bruyantes surgit. Il se baissa et glissa un caillou rond dans le sac qu'il jeta dans l'eau aussi loin que possible, puis il se lava les mains, les bras et les chaussures du mieux qu'il put dans l'eau vaseuse. Les mouettes plongeaient et s'éclaboussaient, et, les mains sur les oreilles, John Gload resta plusieurs minutes à les observer depuis la berge rocailleuse. Bien qu'il les trouvât détestables et nuisibles, elles n'en étaient pas moins une facette de son rêve, elles évoquaient dans son esprit les champs labourés de son enfance. Il se sentit soudain très fatigué. Oh, comme je pourrais dormir maintenant, pensa-t-il. Oh, comme je pourrais dormir.

Les mouettes s'éloignèrent de la rivière et, à l'image des oiseaux de ses souvenirs d'enfant, se mirent à fouiller la terre qu'il venait de retourner dans les collines plus haut. Ses pensées de sommeil devenaient obsédantes, il dirigea ses yeux brûlants vers le soleil à l'ouest, bas sur l'horizon, en fusion. Oh, oui, il pourrait dormir. Encore une tâche à accomplir et il pourrait dormir.

QUAND le médecin légiste fut enfin arrivé et reparti, Millimaki était trop fatigué pour parcourir le chemin du retour qui menait à la maison déserte avec son âtre de cendres froides et un frigo vide à l'exception de quelques bières. Il prit une chambre en ville, dîna dans un relais routier où la compagnie se composait de chauffeurs longues distances catatoniques, assis seuls dans leur box en plastique, leurs petits yeux ronds rivés sur les vitres noires observant les comètes brûlantes foncer dans la nuit sur l'autoroute en direction du Canada. Où qu'il dirige son regard, Millimaki voyait le visage sale de la fille, l'image comme un négatif de photo imprimé à l'arrière de ses paupières. Il retourna s'allonger sur le lit stérile d'une chambre qui sentait la cigarette froide. À son entrée, le chien leva le museau pour lui toucher la main et reprit place dans le panier qu'il s'était fait dans le vieux couvre-lit marron à poil long.

Millimaki resta étendu une demi-heure, les yeux fermés de toutes ses forces pour ignorer la lueur écarlate du néon s'insinuant par les lacérations des rideaux poussiéreux qui semblaient avoir été faites au couteau. Il se leva, se rhabilla et sortit dans la nuit chaude, descendit la rue vide et illuminée de la ville déserte. C'était l'été, mais bientôt le vent qui soufflait sur l'asphalte négligé et faisait frémir les feuilles des rares érables sembla lui porter un message d'un lointain champ de neige d'altitude. Il remonta le col de son manteau. Les lampadaires tremblants formaient une étrange parade de flaques lumineuses agitées dans lesquelles Millimaki marchait, ne croisant aucune créature vivante.

Il longea d'un pas engourdi de toutes petites maisonnettes quasi identiques, les briques de ciment et les caravanes installées sur des parpaings mal alignés et dissimulées entre des enchevêtrements de ciguë et de lilas envahissants, et rapidement, le bitume sous ses pieds laissa la place aux cailloux. Des coyotes hurlaient depuis les promontoires sombres à l'ouest de la ville, le cours d'eau qui serpentait en contrebas à cette période de l'année n'était guère plus qu'une série de mares tièdes et de trous saumâtres gargouillant entre les branches emmêlées des saules dans un bruit de voix étouffées. Il n'y avait pas de lune, et il laissa derrière lui les dernières lumières en bordure de la ville comme s'il venait de franchir un portail, passant d'un monde civilisé à un autre où régnait l'obscurité. Il s'arrêta sur la route et leva les mains au ciel, l'air de vouloir mélanger les milliards d'étoiles entre ses doigts et trouver un sens au noir équivoque comme un pyromancien de l'Antiquité. Il marcha longtemps. Des déchets s'agitaient sur les clôtures métalliques. Près d'une conduite qu'empruntait la rivière pour passer sous la route, il s'assit dans les herbes folles du fossé. De petites créatures s'enfuirent, puis il n'entendit plus rien d'autre que le murmure électrique étouffé du vent dans les barbelés.

Le visage de la fille apparut à nouveau devant lui, ainsi que d'autres, volant librement sous un immense dôme noir – les masques de porcelaine des victimes de l'hiver, ceux des noyés, gonflés et cireux, qui regardaient d'un air imperturbable au-delà de l'étreinte puissante des arbres submergés. Des visages démantelés à la Picasso affichaient des sourires tordus depuis un lit de pierre. Parmi eux se trouvait le masque bleu-noir de sa mère. Le visage peint de poupée dans son rêve récurrent était un autre mensonge, une nouvelle supercherie. Car il n'avait été ni blanc, ni lisse, mais enflé et difforme au-dessus de la corde, ses deux centimètres de langue noire pendante que les mouches avaient déjà trouvée. Il se prit la tête entre les mains. Quelques minutes plus tard, il prononça le nom de la fille à voix haute – Penelope Ann Carnahan – comme une prière ou une incantation, la beauté exquise de sa détermination devenue une dénonciation brûlante de l'autoapitoiement de Millimaki, de sa solitude minable et merdique. À la maison dans un placard, les chemisiers et les robes de Glenda étaient accrochés comme des fantômes de dessins animés, et à peine un jour plus tôt, il y avait enfoui son visage, inspirant le faible parfum et mouillant le tissu comme un enfant. Il avait honte.

Ils étaient un jour monté à pied jusqu'au sommet des Big Snowies par la face est, et ils avaient pu voir cinq chaînes de montagnes, bleues et isolées au milieu de mers d'herbe printanière couleur émeraude. Au sud-est, vers Musselshell, des antilopes se poursuivaient parmi les buissons d'armoise, pour le simple plaisir de la course, et au nord, un immense nuage planait, aussi blanc et solide qu'un massif montagneux tout juste jailli de la prairie en contrebas. Elle avait passé plusieurs minutes, les mains en visière, à regarder autour d'elle, puis elle avait passé le bras autour de lui et l'avait remercié pour tout. Comme s'il s'agissait d'un cadeau qu'il lui avait fait.

Ils avaient déjeuné sur un promontoire colossal et couvert de lichens qui s'étendaient au-dessus de l'herbe tel le dos d'une baleine constellé de coquillages, et il lui avait parlé de son oncle, qui avait ramené une Hollandaise après la guerre et dont le mariage avait duré moins d'un an. Enfant, il en avait parlé à son oncle qui s'était contenté de lui répondre : "Ça n'a pas pris, tout simplement."

— Quoi, comme s'il s'agissait d'une vigne vierge ? avait dit Glenda.

— C'est exactement les mots qu'il a employés. J'en sais rien. J'avais dix ans, à peine.

— Eh bien, si on reste dans ce registre, Valentine, c'est peut-être lui qui n'a pas su la prendre, ni lui offrir une terre fertile.

Et voilà qu'il pensait à présent : quel genre de terreau avait-il donné à Glenda ? Une maison de trois pièces au bout d'une mauvaise route. Mille deux cents dollars par mois, une Datsun vieille de onze ans et des bûches de pin pour chauffer la maison. Voilà ce qu'il lui avait apporté. Une cuisinière brûlante, des mouches sur le rebord des fenêtres, une porte d'entrée qui ne fermait qu'à moitié et qui se trouvait bloquée par la neige une bonne partie des matins d'hiver, des bottes maculées d'une mélasse improbable à force d'avoir crapahuté sur une route impraticable. Lui, avec son compagnon meurtrier, ses foutus mille deux cents dollars par mois et son service de nuit. Et son cortège de cadavres – pareils à sa famille, avait-elle dit. Ou à des amants.

Avec sa crédulité de gamin de la campagne, il avait pensé qu'il pourrait l'arracher aux treilles de lierre et aux pelouses vertes de Dublin, dans l'Ohio, et la rendre heureuse ici rien qu'en lui promettant sa fidélité. Et elle s'était lentement affamée, comme un chien dans un chenil à qui l'on ne donne qu'un os pour toute subsistance. Le peu qui restait disponible de lui-même, il l'avait consacré aux morts. Elle avait raison – les morts étaient plus faciles. Comme Penelope Carnahan, silencieuse et belle dans cet éternel sommeil séducteur.

LORSQU'il se fut relevé et qu'il eut pris le chemin du retour, le vent s'était levé. De la poussière soufflée depuis les promontoires lui piquait le visage, pareille aux embruns, et des herbes roulaient en boule devant lui, émettant des claquements squelettiques dans l'obscurité. Il descendit dans les rafales le long du chemin noir, les bras tendus en avant. Son cœur pesait dans sa poitrine aussi lourd qu'un ballast, et sans lui, il était persuadé qu'il se serait envolé, aussi léger et inconsistant que les sacs de semences et les ficelles emmêlées des bottes de foin mis au pilori des clôtures en barbelés.

ELLE gravit les marches en métal dans ses chaussures de travail qui, à la fin de son service, semblaient taillées dans la pierre. Le vent s'engouffrait étrangement dans la cage d'escalier, des déchets voletaient alentour comme d'ignobles oiseaux, frémissaient et se logeaient contre les balustrades métalliques. Elle s'arrêta un instant sur le palier pour reprendre son souffle, et quand le vieil homme apparut, il afficha un air de légère surprise. Le vent soufflait ses fins cheveux vers l'avant, et il les replaça en arrière de son énorme main. Elle ne se souvenait pas de l'avoir jamais vu dans les parages et se demanda s'il s'agissait du père ou du grand-père d'un voisin. Le vent ressouffla une fine mèche de cheveux sur son visage et il la maintint fermement, la main sur son front formant un curieux salut militaire. Il se tint un instant à deux marches au-dessus d'elle, elle lui sourit, mais il se contenta de la dévisager d'un air pensif, tête penchée, puis il passa devant elle et elle entendit le lourd claquement de ses pas sur les marches métalliques, marquant sa descente du pang pang pang de ses semelles. Le son s'interrompit un peu avant le rez-de-chaussée, elle resta à écouter, comme lui, puis elle entendit à nouveau ses pas. Elle se hâta jusqu'à sa porte dans le couloir faiblement éclairé par les ampoules halogènes rondes du parking voisin. Elle fut horrifiée lorsqu'elle se rendit compte qu'elle avait oublié de verrouiller l'appartement, et, quand elle y entra, elle tourna le loquet sur la poignée ronde, poussa le verrou, inséra la chaîne de sécurité dans la glissière et, pour une raison qui lui échappait, elle colla l'oreille à la porte pendant une minute, le souffle court.

Entre les lames du store, elle observa le parking étrangement blanchi à cette heure tardive sous les lampadaires bourdonnants. Au-delà des rangées de voitures, elle crut apercevoir le vieil homme marcher d'un pas lent sur le boulevard vert, ou bien s'agissait-il d'un autre, ou n'était-ce que ses yeux fatigués à cette heure qui inventaient dans les ombres ventées des tonnelles un ogre de conte de fées traînant les pieds dans ses brodequins sales en direction d'un repaire lointain paré d'ossements.

De retour dans la chambre, il s'allongea, les doigts croisés derrière la tête. Des rais de lumière rubis passaient par les trous des rideaux et s'étiraient sur ses jambes comme de vilaines sutures. Il était éveillé depuis presque vingt-quatre heures et avait parcouru quinze kilomètres à pied sur une route en terre dans la pénombre, pourtant il ne trouvait pas le sommeil. Il s'assit au bord du lit. La télé clignotait. Des femmes dévêtues s'agitaient langoureusement sur un rythme latino endiablé et on parlait avec grande excitation d'abdos et de fessiers. Il l'éteignit.

Il resta quelques minutes assis, immobile comme une pierre, les couleurs primaires de la télévision jaillissant encore dans ses yeux. Quand il était parti ce jour-là après sa discussion avec le shérif, il était passé récupérer à la boîte aux lettres son courrier qu'il avait posé sur le tableau de bord du pick-up. Il y avait des catalogues et des factures, des magazines de Glenda dégageant un parfum féminin. Et il y avait une lettre de sa sœur qui se trouvait à présent au pied de la lampe de chevet. Il la prit et la fit tourner plusieurs fois dans ses mains avant de la reposer. Il n'était pas capable de supporter son P.S., ce soir. Ce ne serait peut-être pas dans cette lettre ni dans la suivante, mais il avait le sentiment que sa question finirait par surgir : “PS : Pourquoi as-tu traîné sur le chemin du retour ?” ou “Pourquoi es-tu resté dans la cuisine à manger une pomme ?” ou enfin “Pourquoi ne l'as-tu pas sauvée ?”

La chambre était déjà chaude, le radiateur inhabituellement allumé, et l'air renfermé stagnait dans la pièce, s'échappant du couvre-lit ignoble, avec son odeur de cigarette et de parfums entêtants, une histoire désolante d'accouplements rapides et interdits. Tom leva la tête de sa couche, regarda le radiateur, regarda l'homme, puis se recoucha. Près de Millimaki, le .357 était rangé dans l'étui sur le dossier de la chaise, son métal bleuâtre attirant et sensuel. Il se rappela brusquement ce qu'il savait au sujet d'Ed Teagarden – trente-deux ans de bons et loyaux services dans le département, une relation de couple heureuse, et il avait emporté un jour son fusil dans le garage, avait inhalé un gaz mortel et mis dans sa bouche son six coups qu'il réservait à la chasse du gibier d'eau, l'inutilité soudaine de sa retraite forcée grandissant peu à peu dans le jardin de sa désillusion secrète. Elle avait fleuri en couleurs criardes et avait maculé le mur au-dessus de son établi.

Millimaki fouilla dans son portefeuille jusqu'à trouver un numéro griffonné à l'arrière d'un ticket de caisse. Une voix de femme se fit entendre sur le répondeur. Il raccrocha et composa le numéro une fois encore. Et encore.

Une voix finit par lâcher :

— Tu piges pas le message, connard ? Il est 3 h 15 du matin. Je vais te coller les flics au cul, moi.

— Jean. Excuse-moi. C'est Val.

— Oh, Val.

Il l'entendit soupirer à l'autre bout du fil, et quand elle reprit la parole, le timbre de sa voix était plus doux et compatissant.

— Elle n'est pas là. Je crois qu'elle est partie en mission. Il y a eu un accident dans les Highwoods. Oui, dans les Highwoods, je crois. Quelque part dans ce coin-là. Mais il me semble qu'elle aurait déjà dû rentrer.

— C'était quoi, ton histoire de flics ? Tout va bien ?

— Tout va bien. Je n'arrive pas à dormir. Je crois que quelqu'un est entré dans l'appartement.

— Verrouille la porte.

— Il y avait un homme. Ce n'est rien. Le vent qui souffle, mon imagination qui s'emballe pour rien.

— Je ne suis pas dans le coin. Je peux demander à quelqu'un de passer.

— Non, ça va.

— Je peux leur demander d'envoyer une voiture de patrouille.

— Comment tu vas, Val ?

— J'arrive pas à dormir, moi non plus. J'ai l'impression de pas avoir dormi depuis un an.

— Tu peux te faire prescrire des trucs contre ça.

— Je sais. Je déteste prendre des médocs.

— Val. Elle n'est pas vraiment partie là-bas.

— En mission de secours, tu veux dire ?

— Tu aurais sans doute pu le vérifier par toi-même. Vérifier s'il y avait eu un accident là-bas.

— Je suis vraiment fatigué, Jean.

— Enfin, oui, tu aurais pu faire une vérif. Dans ton service.

— Bien sûr. Je pourrais. Pourquoi je le ferais ?

— Val, elle n'est pas vraiment partie là-bas.

— Elle n'est pas partie en mission de secours.

— C'est ça. C'est mal. Mais je ne peux rien dire de plus.

Elle poussa un profond soupir dans le combiné – un souffle humide empli de lassitude, de tout ce chagrin déchirant et prosaïque que suscitait sa profession.

— Ça n'arrangerait rien, de toute façon.

— Jean, dit-il. Jean ?

18

Il n'avait pas cherché à cacher la voiture quand il l'avait fait sortir de la route, mais les herbes folles du fossé montaient jusqu'au pare-chocs, et on n'apercevait guère plus que le toit et les vitres. Il y avait fort à faire, aussi le vieil homme prit-il un crayon et du papier et se mit-il aussitôt à la tâche, faisant les cent pas avec détermination sur l'allée étroite du verger qui menait à sa maison. Il marchait, s'arrêtait pour griffonner sur un petit carnet à larges lignes, puis reprenait sa marche. À sa droite, le verger dépenaillé où les oiseaux voletaient et chantaient doucement. À sa gauche, la vieille clôture métallique dont les fils barbelés rouillés pendaient en boucles basses ou s'emmêlaient désespérément parmi les hautes herbes au sol. Plus loin, la sauge desséchée s'étalait sur plusieurs hectares jusqu'à la berge de la rivière et sur les basses collines où elle se mêlait dans ces lieux arides à des genévriers torturés et des pins jaunes. Marcher, s'arrêter, écrire. Demi-tour, marcher. Il scruta le soleil, l'ombre des arbres sur le sol. Il nota la direction du vent et, tête levée, yeux fermés, il semblait flairer une odeur particulière. Il s'arrêta enfin et décrivit un cercle, rédigea un dernier commentaire du bout de son crayon et, comme un enfant lassé d'un jeu, il traversa l'enchevêtrement des arbres et le fossé envahi d'herbes jusqu'à la maison.

À table, il reporta ses notes sur une plus grande feuille volante, la mine de son crayon crissant lentement et péniblement sur la page. Il s'adossa à la chaise et inspecta longuement son travail, chiffonna la feuille et recommença sur une autre. À la cinquième tentative, il fut satisfait. Il la tint à bout de bras. Il la reposa, se leva et l'observa à distance. Il contourna la table, la regarda sous différents angles, un œil plissé.

Sous l'évier, il trouva la boîte à café que Francie utilisait pour le compost. Il l'emporta sur le palier de la porte arrière, y glissa le carnet et les dessins ratés, et même le crayon, et il brûla tout, les flammes d'un orange plaisant s'élevèrent dans la lumière bleue veloutée du crépuscule. Des oiseaux de nuit planaient au-dessus des pommiers sur fond de ciel rose, tandis qu'il surplombait la boîte en fer. La brise au parfum de sauge humide annonçait une averse lointaine. Quand la boîte se fut refroidie, il la souleva et la porta comme un ostensoir devant lui sur l'allée où il répandit les cendres sur la terre. Il écrasa la boîte sous ses lourdes chaussures et la lança loin dans les broussailles. Les derniers rayons du jour brillaient dans le rétroviseur de la voiture de Wexler, dangereusement inclinée dans le fossé en bordure de la route de campagne. Tandis que les oiseaux de nuit piquaient et filaient au-dessus de lui, il tendit l'oreille. Si c'était la fin – ce dont il était presque convaincu –, il avait tout préparé. Il éprouvait une sorte de paix intérieure qu'il n'avait pas ressentie depuis des années, depuis son enfance. Le jour était fini, le champ était labouré.

Il se tourna alors, traversa encore le fossé, serpenta entre les arbres sans plus compter ses pas car il les avait déjà comptés, notés et archivés, et dans l'air doux du soir, il s'assit, adossé à un arbre sous les dents de herse suspendue jusqu'à ce que l'obscurité soit presque complète.

— Un gamin sorti pour essayer son .06 a trouvé Wexler. Ou plutôt, son chien l'a trouvé. Enfin, un morceau de lui. Le chien a trouvé un morceau de Wexler. C'était rien qu'un putain d'accident.

— Oh, mon Dieu.

— Dieu seul sait où est le reste. Enterré quelque part avec le reste de son squelette. Ou dans la rivière. J'en sais rien. On a fait sortir les chiens, on a des bateaux sur la rivière. (Le shérif marqua une pause et fit pivoter son fauteuil vers la fenêtre.) Il lui a joué son meilleur numéro.

Val chercha une chaise et s'y assit spontanément. Le shérif pivota à nouveau pour lui faire face, le dévisagea d'un regard fatigué par-dessus les montures de ses lunettes.

— Vous savez, quand ils sont allés le chercher, il était simplement assis sur une chaise devant sa maison, comme s'il attendait un taxi.

— Je sais.

— Exactement comme la première fois. Il n'a pas fait de vagues. Il a tendu les bras pour qu'on lui mette les menottes, il a dit "Comment ça va, les gars ?"

Val regarda la paume de ses mains. Il sentait le regard du shérif posé sur lui.

— Et il a demandé où était l'adjoint Millimaki.

Val resta muet.

— Il a dit qu'il attendait Millimaki. Il a dit qu'il aimerait parler avec l'adjoint.

— Je ne saurais pas l'expliquer.

— Je ne vous demande pas de le faire.

— Il refuse de me dire où se trouve Wexler, si c'est ça que vous cherchez.

— Je suis sûr qu'il ne vous le dira pas. Encore un secret que John Gload emportera dans sa tombe. Et bon Dieu, j'espère qu'il l'emportera bientôt.

— Oui, chef. J'espère aussi.

Le shérif retira ses lunettes demi-lunes et les posa d'un geste déterminé sur le bureau au-dessus d'un chaos de papiers. Il se passa la main sur le visage, comme pour le laver. Quand il releva les yeux, ils étaient tendres et infiniment tristes.

— C'est vrai ça, Val ? Vous l'espérez vraiment ?

Millimaki ressassa cette question alors qu'il rentrait chez lui, cet après-midi-là, et elle occupa son esprit toute la soirée tandis qu'il était assis sur le porche à regarder le ciel s'assombrir et les étoiles émerger du néant, avec leurs troupes de chauves-souris, et il eut même l'occasion de discuter de cette épineuse question avec Weldon Wexler quand il lui apparut en rêve. Mais Wexler, les bras chargés de membres humains sectionnés et exsangues pareils à des bûches, arborant une saisissante blessure écarlate au cou, se montra réticent à la conversation.

En octobre, John Gload fut condamné pour meurtre au premier degré à passer le restant de ses jours au pénitencier d'État du Montana à Deer Lodge. Victime des épuisantes poursuites judiciaires, son avocat avait fini par céder aux ravages de son propre vice et avait été envoyé dans un centre de désintoxication de Billings. Il s'était présenté au tribunal, vêtu du costume dans lequel il avait dormi, le dôme chauve de son crâne luisant sous les lumières, et ses tremblements l'avaient empêché d'ouvrir son attaché-case ou de porter un verre d'eau à ses lèvres gercées et balbutiantes. John Gload s'y était résolu et n'avait presque pas semblé s'en formaliser.

D'horribles clichés et des maquettes du jeune homme déterré de sa tombe de fortune dans les Breaks avaient été disposés sur des chevalets à l'avant de la salle, et le chirurgien cardiologue les avait expliqués deux longues heures durant, dans son costume à mille dollars, paradant comme un grand ponte d'université, pointant et frappant les images sanglantes de sa baguette en bois. Il avait décrit les dommages au cœur, la façon dont la poitrine doit être mesurée avant l'opération et enfin, posant la pointe de sa baguette et agitant ses doigts gracieux dans l'air comme un tailleur ou un cordonnier, il avait mimé la méthode pour recoudre le sternum à l'endroit de l'incision. Une technique inimitable, avait-il affirmé. Unique. Personnelle. Les procureurs avaient discrètement échangé des coups d'œil atterrés et le jeune défenseur de Gload avait bégayé ses objections d'un ton incertain. Gload avait fait preuve d'un immense intérêt. Il avait soixante-dix-sept ans. Sidney White, ayant coopéré, s'était vu condamné à trente ans, avec dix ans de sursis. L'endroit de son incarcération n'avait pas encore été déterminé. Il ne devait pas être placé dans la même institution que Gload, pensait-on. Le procès de White pour le viol et l'agression à Miles City était imminent. Quoi qu'il en soit, il aurait l'âge de son mentor quand il reprendrait sa brève carrière minable dans le monde extérieur des hommes libres.

19

Il parcourut d'un pas lent le long couloir gris, la redoutable maçonnerie de pierres humides empilées et scellées au mortier afin que l'espoir n'y pénètre jamais. L'odeur familière de désinfectant et de cire lui envahissait les narines, des bancs en bois éraflé à haut dossier étaient alignés le long des murs, peut-être sauvés d'une église profanée. En passant, il lut les noms gravés sur les assises, ornés de cœur ou liés par des chaînes, ainsi qu'en calligraphies grossières les injonctions à aller se faire foutre et à bouffer de la merde. Sur l'un des hauts dossiers, un vandale optimiste promettait avec certitude la renaissance à celui qui le lirait. Les œuvres d'enfants sauvages, d'épouses ou d'amantes animées d'une fureur muette face à leur célibat, leurs infidélités. Des mères avaient enfoncé leurs ongles dans le bois malléable en attendant dans le couloir humide de voir le fruit de leurs entrailles sortir si brièvement de leurs cages.

Les néons familiers projetaient leur lumière aseptisée. Un autre portail de sécurité s'ouvrit dans un glissement de métal grinçant et bientôt, à sa droite, à travers le plexiglas embrumé et rayé, il aperçut le visage de John Gload, encore plus équin, le long os de sa mâchoire proéminente, ses yeux bien plus grands. Tout son corps paraissait avoir diminué, à l'exception de ses mains, qu'il avait posées à plat sur la table, tel un sphinx, le regard plongé dans le vague vers la vitre devant lui, ignorant la clameur des voix et le crissement des chaises autour de lui. La lumière impitoyable lui marbrait la peau. Plusieurs petits sparadraps ronds ornaient son front et son cou, leur couleur chair approximative comme des rapiéçages dépareillés sur une chemise froissée et délavée.

— Eh bien, eh bien, dit-il. M'sieur l'adjoint. (Son sourire révélait à présent une dent abîmée d'une couleur de chêne.) Vous avez bonne mine.

— Bonjour, John. Comment vous traitent-ils ?

— Y me traitent comme un foutu prisonnier, voilà ce qu'ils font.

— C'est pourtant ce que vous êtes.

Gload dévisagea le jeune homme d'un air franc pendant un long moment gênant, puis il sourit à nouveau, son horrible canine pareille à une larve accrochée à ses lèvres.

— Je vous ai déjà raconté que dans les temps anciens, ils mettaient des chaussures en ciment aux connards qui essayaient de s'évader ? Elles pesaient dix kilos chacune. Ils étaient obligés de les porter chaque heure de la journée, ils marchaient en faisant clonk clonk clonk. Comme ça.

— Non, je ne crois pas avoir entendu ça.

— Eh bien, c'est la vérité.

Il sortit son paquet de cigarettes de sa poche de chemise et le posa devant lui, l'alignant fastidieusement avec le rebord de la table. Il toussa. Sa voix était plus rocailleuse.

— Alors, vous êtes chez les fédéraux, maintenant ?

Millimaki hocha la tête avec surprise :

— Vous êtes toujours abonné à votre téléphone arabe. Vous êtes un sacré numéro.

Le vieil homme fit semblant d'attraper des plumes tournoyant autour de sa tête.

— Les rumeurs flottent partout, Val, il suffit de les attraper au vol.

— Impressionnant. Des infos sur la couleur de mon caleçon ?

Gload afficha un sourire empreint de tristesse qui tendit la peau parcheminée de sa mâchoire équine. Sa langue s'affaira sur la dent abîmée.

— Dites-moi au moins que vous êtes pas au FBI, par pitié.

— Je suis à l'ATF, pour le contrôle de l'alcool et des armes à feu. Ça va faire deux ans.

— L'Armée des Tarés Fachos. Pardonnez-moi. C'est juste une blague, Val.

— Je ne l'avais jamais entendue, celle-là, mentit Millimaki. Elle est pas mal.

Gload tira une cigarette du paquet et en tapota l'extrémité sur l'ongle de son pouce.

— J'ai apprécié la photo que vous m'avez envoyée, dit-il.

— Je l'ai prise pendant ma dernière mission de recherche. Je triais mes affaires et j'ai pensé qu'elle vous plairait.

— Jolie photo. Mais j'ai jamais trouvé la lettre censée l'accompagner.

— Je ne suis pas trop du genre à écrire des lettres.

Le vieil homme contempla ses mains et la cigarette allumée entre ses doigts.

— Je croyais un peu que vous passeriez me dire au revoir, avant qu'ils me transfèrent.

— Ils m'ont collé deux semaines de congés, après l'affaire. Vous étiez déjà parti à mon retour. Et puis après, j'ai eu ce boulot et, euh, d'autres trucs.

— Bon, bref. (Gload leva les yeux. Un sourire fatigué étirait ses fines lèvres gercées.) Ils doivent être corrects avec vous. Vous avez bien meilleure mine que la dernière fois que je vous ai vu. Vous mangez bien, vous dormez mieux, pas vrai ? Vous gagnez bien votre vie ?

— Ça va plutôt bien, John. Et vous, alors ? Comment vous vous en sortez ?

Le vieil homme était terriblement mince et voûté. Les signes de son insomnie chronique étaient manifestes – malgré la cloison plastifiée et floue, Millimaki remarqua les yeux de l'homme injectés de sang, la peau juste en dessous aussi noire qu'une peinture de guerre. Ses mains, quand il attrapa son paquet de cigarettes, tremblaient légèrement.

— Oh, on peut pas dire que je m'épanouis franchement. Je dors pas des masses. Vous savez ce que c'est. J'attends la fin, comme je vous l'ai déjà raconté. J'attends la fin. (Il plaça son briquet au bout de sa Camel sans filtre et souffla la fumée vers le plafond.) On est comme deux trains qui partent dans une direction différente, Val.

— Et votre rêve de labour ?

Il renâcla.

— C'est de plus en plus difficile. Comme un vieux tatouage – la couleur commence à ternir et, parfois, j'ai presque du mal à le voir. (Il fit une pause et lui adressa un sourire triste.) Sauf les mouettes. Ces saloperies sont plus intelligentes que jamais.

Il continua à fumer. Dans le box voisin, un homme se mit à crier en espagnol, à frapper du plat de la main la table et la vitre devant lui. Il bondit sur ses pieds et la chaise tomba à la renverse. Deux gardiens s'avancèrent. On l'emmena en pleurs, menotté. À côté de Millimaki, au-delà de la maigre cloison de séparation, une jeune femme était assise sur la chaise, aussi raide qu'un obélisque, le visage caché dans ses mains. John Gload ne semblait rien remarquer. Il avait soulevé son cendrier de la table et la cigarette qui s'y trouvait, et il les reposa quand l'homme fut emmené.

— Vous parlez leur charabia ? demanda-t-il.

— Pas vraiment.

— Il lui a demandé de le sauver. La bonne blague. Oh, sauve-moi.

Il ne regarda pas le jeune homme qu'on traînait au loin, ni la fille de l'autre côté de la vitre, mais il observa sa cigarette, ou peut-être examinait-il le phénomène troublant de ses tremblements car il affichait un air pensif. Le vieil homme finit par demander :

— Alors, vous étiez de passage dans le coin ?

— Si on veut, dit Millimaki. J'ai reçu votre lettre. Vous comprenez que je ne pouvais pas venir tout de suite.

— Je comptais aller nulle part, de toute façon.

Pour illustrer ses propos, John Gload tourna légèrement sa chaise et fit un geste du menton en direction d'un gardien en uniforme à moitié endormi devant une porte dont la vitre était protégée par une grille métallique. Il pivota à nouveau et hocha la tête.

— Je me suis toujours demandé, John, pourquoi vous n'avez pas pris le large après Wexler. Pourquoi vous avez attendu là-bas ?

— C'est vraiment une foutue question que vous me posez là, Valentine. (Le vieil homme esquissa un fin sourire.) Je vais y venir bientôt.

— Alors, qu'est-ce qui vous préoccupe, John ?

Gload rapprocha le cendrier de deux centimètres, le fit tourner sur la table qui, à travers ses entailles, racontait cent ans d'histoire de poignets enchaînés.

— Je vous ai raconté beaucoup de choses, Val, au cours des mois qu'on a passés ensemble, et je sais que vous en avez rapporté quelques-unes au chef, et je vous en veux pas du tout, parce que je sais que c'est votre boulot. Que c'était votre boulot, du moins. Mais je vais vous parler d'une dernière chose et j'ai besoin avant tout que vous me fassiez une promesse. Je veux votre parole que ça reste entre nous.

— Mais bon sang, comment pouvez-vous me demander de promettre une chose pareille après tout ce que vous avez fait ?

— Parce qu'on est amis, Val, pas vrai ? Vous pouvez vraiment me regarder dans les yeux et me dire qu'on n'est pas amis ?

— Je ne sais pas ce qu'on est.

— Des amis, bon Dieu. On est des amis, voilà ce qu'on est.

— John, je ne sais pas si on peut être ami avec un type qui vous trancherait la gorge à la moindre occasion.

— Valentine, dit Gload.

Il prononça le nom du jeune homme dans une longue expiration, pareille à un soupir. Il se passa la main sur le front, frotta ses yeux brûlants. Pendant une minute entière, tandis que Millimaki remuait sur sa chaise, le vieil homme resta planté les mains sur les oreilles, comme s'il refusait d'entendre d'autres mensonges, d'autres méchancetés.

Puis il se leva et reprit la parole.

— Repensez-y, m'sieur l'adjoint. Je veux que vous repensiez à tous les moments qu'on a passés seuls tous les deux, les mêmes moments qu'avec ce connard de Wexler. C'était pareil. Ça a été un jeu d'enfant de me le faire. Repensez à toutes ces fois où on était assis dans le parc, sous les arbres, dans le noir, sans personne autour, ces moments où vous m'avez tourné le dos. Exactement comme l'a fait Wexler. Tellement, tellement de fois. Vingt fois, ou trente. Une centaine de fois. Chaque fois, j'aurais pu vous avoir. Alors oui, des amis, je pense qu'on est des amis.

— C'est ce qui s'est passé ? Avec Wexler ?

— J'ai pas envie d'en parler, parce que je veux pas que vous y pensiez jusqu'à la fin de vos jours. Je vous ferai jamais un truc pareil. Val, j'ai beaucoup d'affection pour vous.

— De l'amitié, alors, parce que vous ne m'avez pas tué.

Il riva ses yeux fatigués dans ceux de Millimaki.

— On peut pas dire mieux, m'sieur l'adjoint.

— C'est quoi la promesse, alors, John ? Je ne peux pas vous promettre n'importe quoi sans savoir.

— Vous aurez rien de particulier à faire pour l'instant. Je sais pas pendant combien de temps, mais pas avant un moment.

— De quoi s'agit-il ?

— Je veux que vous réclamiez mon corps quand je clamserai, et que vous enterriez mes cendres.

— Mais nom de Dieu, je ne peux pas faire ça ! C'est un truc réservé à la famille.

— Vous savez bien que j'ai personne. Je vous ai déjà tout raconté à ce sujet.

— Il y a forcément quelqu'un. Bon sang, il y a Francie. Votre femme. Francie.

— Elle est partie.

— Elle reviendra pour un truc pareil.

— Elle reviendra pas, Val, c'est ça le problème. Ou alors, je devrais plutôt dire qu'elle est jamais vraiment partie. C'est pour ça que j'ai jamais mis les voiles, moi non plus.

— Je comprends rien à ce que vous dites. Quoi qu'il en soit, quand ce jour-là arrive, c'est l'État qui prend tout en charge. Dans le cimetière de la prison, je crois. Je peux me renseigner.

— Non.

— C'est impossible.

— Dans mon verger, sans stèle ni rien. Tout ce qu'il vous faudra faire, c'est creuser un trou.

— C'est impossible.

— Si, c'est possible. Un simple trou dans la terre. Et voilà ce que je vous propose. Je peux vous payer pour l'effort.

— Vous ne me payerez rien du tout, parce que je ne peux pas le faire.

— Val, j'ai tout vérifié. Après toutes ces années passées d'une taule à l'autre, je suis moi-même à moitié avocat.

— Il faut que ce soit un proche parent, ou c'est impossible.

— Eh bien, oui. J'ai pris mes dispositions.

— Comment ça ?

— Vous êtes mon proche parent, Val.

— Non, c'est faux.

— Eh bien, vous avez quelques années de retard sur votre époque, Val. C'est plus comme ça que ça s'appelle, d'ailleurs. Ils disent "désigner un représentant personnel", maintenant. Mais c'est la même chose. Je préfère l'expression "proche parent", parce que ça fait plus famille, vous voyez ? Mais c'est une terminologie, comment on dit, obsolète. Alors j'ai fait tout ça, j'ai rédigé un testament olographe et j'ai désigné un légataire. C'est vous, Valentine.

Bouche bée, Millimaki dévisagea le vieux tueur qui l'observait de l'autre côté du plexiglas avec un sourire si tranquille qu'il avait l'air d'être un Gload tout à fait différent.

— C'est de la folie.

— Un légataire, c'est un peu comme un héritier.

— Ça risque de prendre des années.

— Tout est arrangé, y a pas plus légal.

— Je refuse de faire ça.

Gload tourna son attention vers la Camel dans le cendrier, sculpta son extrémité avec grand soin et hocha la tête comme pour affirmer quelque chose. À la gauche de Millimaki, la jeune Mexicaine était toujours assise, aussi blanche et immobile qu'une caryatide, ses yeux reflétant le vide au-delà de la chaise où s'était assis son mari si peu de temps auparavant, deux portails noirs d'un néant glacial et insondable, un espace lointain où les larmes ne pouvaient ni se former, ni couler. Elle était minuscule et parut plus mince encore lorsqu'elle se leva, passant devant Millimaki, hypnotisé, d'une démarche si déterminée que ses os semblaient d'un verre fragile, puis elle disparut en laissant dans son sillage un parfum de fleurs printanières.

John Gload regarda sa montre. Il attendit que Millimaki se tourne à nouveau vers la vitre.

— Voici le topo, Val. J'espérais un peu ne pas avoir à jouer cartes sur table. Que vous le feriez au nom de notre simple amitié.

Il se pencha vers le plexiglas, entrouvrit le col de sa chemise et dévoila parmi ses poils gris épars une petite chaîne en argent qui enserrait comme un ras-du-cou la caroncule de sa peau parcheminée. Le dauphin en argent reposait dans le creux de sa gorge.

Millimaki le scruta, incrédule.

— Voici un autre cadeau pour vous, adjoint Millimaki. Je vous ai accordé la vie, peut-on dire, et c'est un sacré truc. Et je vous ai donné la sienne, aussi. J'aurais pu la prendre, mais j'ai préféré vous la donner. Souvent, j'ai regretté de pas l'avoir prise parce qu'elle vous a causé beaucoup de chagrin et ça me faisait de la peine de vous voir dans cet état, vraiment. J'ai longuement réfléchi, Val. Je m'en souviens très bien. Je suis resté un bon moment assis dans la voiture, à me demander ce qui serait le mieux à faire pour Valentine Millimaki, mon ami. Et j'y pense encore. Et puis voilà que je vous demande un tout petit service et vous me dites que vous pouvez pas me le rendre. Que vous voulez pas me le rendre. (Ses yeux terribles perçaient un trou dans le plexiglas flou.) Dites-moi en quoi c'est correct, Valentine. Dites-moi en quoi c'est juste.

Millimaki ne put que bégayer :

— Comment ?

— Comment quoi ?

— Comment vous avez retrouvé ma femme ? Comment l'avez-vous approchée d'aussi près ?

— Quelques coups de fil, quelques petits mensonges innocents. Un jeu d'enfant, Val. J'ai du talent. Vous ne l'avez jamais admis.

Millimaki peinait à retrouver sa voix.

— Vous êtes allé chez elle ? À son appartement ?

Le vieil homme baissa la tête d'un air las, les années de tourments et le souvenir des décisions difficiles à prendre pesant soudain sur lui comme une immense pierre sur ses cervicales. Il écrasa sa cigarette, leva ses yeux ravagés sur Millimaki.

— Je sais pas si j'ai ce qu'on peut appeler une âme, Val, mais je sais la reconnaître chez les autres. Vous en avez une. Je l'ai vue barbouillée sur votre visage dès que je vous ai croisé la première fois. Alors je sais que vous ferez ça pour moi. Mettez-moi là-bas, à côté de Francie.

— Bon Dieu, c'était Jean. C'était la copine de Glenda que vous avez croisée, ce soir-là.

Gload le dévisagea platement de l'autre côté de la cloison.

— Peu importe.

— Je l'ai appelée, ce soir-là. Bon Dieu, Jean vous a vu. C'était pas Glenda.

— Ça a aucune importance, tout ça, Val. J'aurais pu la choper, d'une manière ou d'une autre.

— Mais vous avez sa chaîne.

— Jouez pas les putains de flics quand j'ai besoin de vous, Val. Je vous demande qu'une chose, de m'installer là-bas, à côté de Francie.

— Où ça ? Où ça, là-bas ?

— Dans le verger. C'est là qu'elle est. Et c'est là que je serai, moi aussi.

— Votre femme est dans le verger ? Sur votre propriété ?

Mais le vieil homme ne l'entendit pas, il s'était retiré dans le havre de paix des Breaks, ses oreilles résonnaient du souffle du vent dans les arbres abandonnés et du bruissement des ailes d'oiseaux qui y nichaient. Ses yeux, des fleurs aux pétales rougis par le sang qu'il avait répandu à travers le monde, étaient rivés au-delà de Millimaki, au-delà des pierres impénétrables, des barreaux et de cette grande prison désolée.

— Au milieu des pommiers, dit-il.

20

JOHN Gload était incarcéré au pénitencier d'État depuis cinq ans et demi, et l'insomnie ne le quitta jamais au cours de cette période. Il avait quatre-vingt-deux ans. Il acceptait son grand âge et le fait que les personnes âgées dormaient peu, et puisqu'il avait peu dormi même dans sa jeunesse, cela ne le surprenait pas vraiment. Il avait toujours son astuce pour berner l'insomnie et elle fonctionnait parfois. Cette nuit, peut-être. Il était étendu sur sa couchette étroite, les sons étouffés des cellules résonnaient à ses oreilles – les ronflements et les gémissements, le bourdonnement des hauts néons qui représentaient une véritable malédiction dans toutes les taules où il avait séjourné, le lent goutte-à-goutte exaspérant des douches défectueuses au bout du couloir qui semblait s'intensifier à mesure que la nuit avançait et qui, à cette heure désolée, tintait comme des clous sur le sol en ciment.

Sous sa couchette se trouvaient deux numéros du magazine *Successful Farming*. Scotchée au mur en parpaing au-dessus de sa tête, la photo d'un champ envoyée par Valentine Millimaki des années plus tôt – des épis mûrs à perte de vue et une bande de ciel crayeux orné d'un oiseau solitaire d'espèce indéfinie. Sur l'image, l'oiseau paraissait minuscule. Dans l'immensité incertaine, il était impossible de définir sa taille dans le vaste monde. Il aurait pu s'agir d'un vautour, d'un corbeau ou d'un moineau. Dans un coin de la photo, on pouvait apercevoir un ruban jaune flou et des lettres majuscules noires qu'il n'arrivait pas à déchiffrer. Sur une étagère métallique de sa cellule, quelques livres de poche gondolés sans couverture, un peigne, un coupe-ongles, et un bloc-notes jaune sur le bureau pliant.

Allongé sur son étroite couchette, il pensait au champ. Et dans le champ, il distinguait tous ces éléments, aussi familiers que son propre visage : les renardeaux roux devant leur terrier, le sommet des buttes lointaines, fantasmagoriques dans le brouillard de chaleur estivale, les sauterelles agiles jaillissant devant les pneus, les mouettes. Il fit le tour du champ, une fois, puis deux. Mais ce gros dur de Doogan arriva soudain, pointa le faisceau de sa lampe sur lui, et Gload fut contraint de recommencer. Le bruit de pas du gardien s'éloigna, la lumière safran se tamisa, fana, disparut. Le vieil homme empoigna l'échelle du tracteur, posa le pied sur le premier barreau, mais il ne parvint pas à se hisser. Il resta étendu, pensant : Nom de Dieu, fiston, lève ton pied, un deux trois. Mais il ne pouvait plus bouger. Le soleil d'été brûlait, il vit sa botte sur le métal, sa main sur le barreau, et les mouettes vinrent planer au-dessus de lui, décrivant des cercles, descendant, descendant, descendant jusqu'à voler en masse autour de sa tête, pareilles à des insectes de saison. Il était incapable de lever la main pour les chasser, incapable d'appeler, et les cris des oiseaux qui avaient hanté ses veilles et ses sommeils pendant soixante-dix ans noyèrent tout le reste.

Le gardien Gerald Doogan porte en son ventre une douleur constante qu'il croit due à un ulcère, et il arpente le couloir, les mains sur son estomac sensible, à la manière d'une femme enceinte. Il s'inquiète pour sa jeune fille, qui passe ses soirées seule dans sa chambre à prier la Vierge Marie, et il s'inquiète pour son épouse, dont les articulations sont gonflées et sensibles au toucher. Dans ces cages sont enfermés des garçons à peine plus âgés que sa fille unique, qui se sont disputés en de sanglantes bagarres pour des sachets de poudre pharmaceutique mélangée à de l'engrais. Il s'inquiète d'un monde où de telles choses peuvent se produire. La chambre de sa fille est éclairée par des cierges, elle y prie à genoux des heures durant dans l'espace sombre. Ça ne te ferait pas de mal à toi, de réciter un rosaire, pense Doogan. Ça fait des années.

Il fait une pause devant une cellule pour sortir un cachet antiacide de sa poche, où il les range par douzaines comme des pièces de monnaie, et il le mâchonne avec raideur en allumant sa cigarette. Il passe le faisceau de sa lampe dans la cellule. John Gload est étendu sur le flanc, le dos tourné au couloir, il remue légèrement, comme si le faisceau de lumière possédait une matière physique – de la chaleur, de la fraîcheur, du mouvement, pareil au vent.

Le gardien Doogan continue sa ronde dans le couloir. Il s'arrête pour jeter sa cigarette dans les toilettes. L'eau dans la cuvette coule en continu, les douches pleurent des larmes qui s'écrasent sur le ciment.

Il allume une autre cigarette, il fume et pense à sa femme aux articulations malades, et à sa fille, et il fait demi-tour, refait le chemin en sens inverse, un trajet qu'il a parcouru au fil de cinq mille nuits. Il imagine que ses bottes ont creusé une ornière dans le ciment, et il l'a dit à sa femme d'un ton pragmatique : "J'ai creusé une ornière dans le sol avec mes bottes." Il repasse une fois encore le faisceau de sa lampe dans la cellule du vieil homme, le cône doré illumine une couchette vide, une couverture pendante. Il fait glisser le faisceau vers les toilettes, ne voit rien, se dit l'espace d'un instant incohérent que John Gload s'est envolé. Il refait glisser le faisceau à l'autre bout de la cellule et voit soudain le vieil homme sous la couchette. Il l'appelle, il dit :

— Gload, sortez de là-dessous.

Mais le vieil homme ne bouge pas, il ne bouge pas.

— Levez-vous, mon vieux.

Il est assis le dos raide sur le siège à ressorts, le tracteur ronfle et les disques polis, petits soleils étincelants, retournent la terre en de lents serpents longilignes. Dans le lointain, la rivière est une lame de couteau scintillante. Au passage du jeune Gload sur son perchoir, les renards lèvent la tête et le suivent de leurs yeux anthracite. Il sent le grondement du moteur à travers ses os, pareil aux battements de cœur de la planète.

Épilogue

Lorsqu'il contourna la maison dans le jardin envahi par les herbes, un vol de perdrix grises jaillit et s'éloigna vers les pommiers. Au-dessus des cimes feuillues, elles firent pivoter leurs corps compacts, déployèrent leurs ailes et le vent les emporta hors de vue en un clin d'œil. Bien qu'il ne soit venu ici qu'une seule fois, presque huit ans plus tôt, l'endroit lui était devenu familier à travers ses nombreuses conversations avec John Gload. Il remarqua le délabrement du lieu, sa lente décrépitude due à la longue absence carcérale de Gload. Des bardeaux s'étaient décrochés des murs et les gouttières en cuivre s'affaissaient dangereusement le long de la façade écaillée. Sous les corniches ventrues, les nids de frelons pendaient pareils à de sinistres fruits. Près de la porte arrière se tenait une chaise en bois, ses chevilles délogées de leurs emboîtures, l'assise pleine d'échardes et fendue par la pluie, le soleil et la neige. Il resta là, imaginant l'homme dont il portait les cendres profiter de la soirée qui tiédissait. Le jardin était un enchevêtrement de chiendent, de fleurs étranglées bourdonnantes d'abeilles, et quatre immenses tournesols s'inclinaient au-dessus du chaos, druides mélancoliques et enguenillés.

La moustiquaire était entrouverte devant la porte, méchamment tordue à l'oblique après le mauvais traitement que lui avait infligé Dobek lors de leur première visite des années plus tôt, et elle émettait un léger chant d'oiseau en battant dans le vent. La porte était fermée à clé, mais il parvint à repousser le verrou en glissant sa lame de canif à travers le chambranle desserré. Elle s'ouvrit sur la cuisine, le lino couvert d'une fine couche de poussière comme si quelqu'un venait de le poncer avant un bal. Les allées et venues des souris et des écureuils y étaient archivées. Millimaki se pencha pour ramasser un mouchoir de femme qui s'avéra n'être qu'une serviette en papier, ses bordures une curieuse dentelle asymétrique taillée par des dents minuscules. Les rideaux s'agitaient quand le vent s'immisçait dans l'interstice entre la fenêtre et son cadre, et les anneaux en laiton tintaient doucement sur la tringle. La maison grinçait et gémissait. Les bardeaux décrochés laissèrent entendre une étrange vibration dans une rafale de vent, comme un jeu de cartes qu'on battait.

Il arpenta les pièces une à une et se trouva enfin devant le lit que John Gload avait partagé avec celle qu'il appelait sa femme. Il était installé sous une fenêtre, dans un rectangle de lumière faible. À travers la vitre, Millimaki contempla les pommiers. Un cendrier était posé sur un rebord de fenêtre poussiéreux. Il installa l'urne métallique sur le matelas, s'assit à côté, et elle se coucha dans un bruit de sable qui s'écoule. Une poussière légère s'éleva du couvre-lit. Il observa la chambre. Une commode, un calendrier accroché à un clou figurant un petit oiseau jaune. Dans la pénombre du placard, il devinait une rangée de chaussures de femme soigneusement alignées qui auraient pu appartenir à un groupe de vieilles tantes cachées dans le renfoncement obscur juste avant une fête d'anniversaire surprise, leurs mains gantées pressées sur leurs lèvres maquillées.

Comme prévu, il trouva sur une étagère de la remise du jardin la boîte de conserve de Bag Balm rouillée et le papier inséré dedans, ainsi que les outils nécessaires pour creuser. Il trimballa le tout dans l'allée depuis si longtemps désaffectée qu'elle était réduite à deux ornières séparées par un andain d'herbe folle qui avait chantonné contre le châssis de sa voiture de location à son arrivée sur les lieux. Il porta la pelle et la barre à mine sur une épaule, l'urne blottie dans le creux de son coude, et la poussière se soulevait à ses pieds comme un nuage de talc. À l'entrée du sentier où il avait garé la voiture, il s'arrêta et appuya les outils à la carrosserie avant de sortir la carte au fond de sa poche de chemise. Il la déplia sur le capot, examina la cartographie sommaire du vieux tueur, son écriture juvénile. Il se sentait pareil à un enfant en pleine chasse au trésor.

Les talons dans le gravier au bord de la route de campagne, il commença ses enjambées. Il compta. Il compta cent cinq pas (“Des pas normaux, des pas d'une marche ordinaire”) et s'arrêta. Là, en bordure de route, une grande borne rouge dépassait de l'herbe. Il en ignorait la taille exacte. Elle aurait tout aussi bien pu plonger ses racines jusqu'en enfer, mais la partie visible devait peser entre deux cents et trois cents kilos. La fissure qui la scindait en deux était si nette qu'elle semblait avoir été effectuée à la scie circulaire, et à cet endroit précis, Millimaki devait tourner à quatre-vingt-dix degrés en direction de l'est, puis entrer dans le verger.

C'ÉTAIT une tâche inconfortable de tenir la carte rudimentaire, de porter les outils et l'urne contenant les cendres du vieux tueur. Les pommes tombées au sol crissaient sous ses semelles et dégageaient une odeur alcoolisée tandis qu'il comptait ses enjambées sous la trame des branches et dans l'herbe épaisse qui lui montait jusqu'aux genoux entre les troncs d'arbres gris. Mais Gload était méticuleux, il avait refait le parcours plusieurs fois afin d'éviter la moindre erreur, et en dix minutes à peine, Millimaki se cogna presque aux dents de herse suspendue qui signalaient l'endroit où les os avaient été mis en terre.

Rien n'indiquait qu'une fosse avait été creusée. L'herbe avait repoussé, les arbres avaient laissé tomber leurs feuilles d'année en année, les pommes négligées pourrissaient par terre. Il se mit à creuser, et malgré les notes dans les marges de la carte précisant que Francie était enterrée à deux mètres de profondeur, il craignait à chaque pelletée de cogner un os de jambe ou de déterrer, au lieu d'une des innombrables pierres, un crâne souriant surmonté d'une chevelure auburn.

La journée était clémente, le vent atteignait Millimaki même dans ce trou abrité, et pourtant il transpirait. Des galets ronds d'un ancien lit de rivière tintaient contre le métal de sa pelle, des racines aussi solides que des barreaux renforcés affleuraient et il les trancha jusqu'à ce que ses mains brûlent. Il s'interrompit une fois, posa sa veste dans l'herbe et reprit son ouvrage. Quand la fosse fut profonde d'un mètre, il s'arrêta. Son trou ressemblait davantage à celui d'un poteau de clôture qu'à celui d'une tombe, comme tous ceux qu'il avait creusés dans la terre aride de l'exploitation paternelle sous le promontoire des bisons. Il installa la pelle et la barre à mine contre l'embranchement d'un arbre et s'essuya le front de sa manche. Par-dessus le faible bruissement des feuilles mortes, il crut entendre un cri, il se redressa, tendit l'oreille, mais le silence régnait. L'espace d'un instant aussi limpide qu'une eau de roche, le lointain wouf wouf wouf métronomique d'un chien. Puis plus rien. Dans les plus hautes branches, hors d'atteinte des biches, quelques petites pommes pendaient avec obstination dans le feuillage, des calebasses rouges et desséchées pareilles à des décorations de Noël qui semblaient incongrues au milieu des phalanges noueuses d'arbres sauvages – des branches grises, l'herbe pâle, le ciel pâle.

Quand il renversa l'urne dans la fosse, il fut surpris par le crissement qu'elle émit. Il retourna la pelle et, avec le manche, il répandit les cendres. Il se pencha et approcha le visage, pour être sûr. De la poussière s'éleva dans le trou. Une odeur de cellier. Des cendres, des éclats d'os calcinés. Il plongea la main dans la terre fraîche et tamisa le mélange entre ses doigts, mais il ne trouva aucune dent. Il se redressa, essuya les cendres de John Gload en une pâle traînée grisâtre sur son pantalon. Il pensa soudain que le vieil homme aurait apprécié le délicieux anonymat de sa propre tombe. C'était peut-être ce qu'il avait toujours prévu, après tout – professionnel et fidèle à ses pratiques jusqu'au bout.

Millimaki inspecta le fond du trou. Au bout d'un moment, il sortit la dernière lettre de Gload de la poche de sa chemise à bouton-pression. Il afficha un sourire triste en souvenir de la convocation succincte de Gload, reçue six jours après que le vieil homme eut sombré dans son sommeil permanent et irréversible : "Val, j'attends désormais votre venue. Dans la remise du jardin, à l'intérieur d'une boîte de conserve de Bag Balm, vous trouverez tout le nécessaire." Elle avait été adressée simplement à "Monsieur l'adjoint Valentine Millimaki, ATF, Cheyenne, État du Wyoming", et elle contenait un chèque de la banque d'État de Deer Lodge d'un montant de 420,14 dollars. La lettre et le chèque se retrouvèrent au fond de la fosse. Il avait posé la carte dans les hautes herbes, il la souleva et la jeta aussi. Il resta longuement dans le vent qui le rafraîchissait et, pour finir, il saisit dans sa poche le minuscule pendentif en argent au bout de sa chaîne, le soupesa dans sa paume et le laissa tomber en terre.

Il lut enfin la lettre rédigée sur un papier jaune de bloc-notes, puis pliée et repliée jusqu'à ce que la page soit si petite qu'elle puisse loger dans le trou de la boîte de conserve :

> Merci d'être venu, Valentine. Si vous êtes pas venu, celui ou celle qui lit ce mot en cet instant peut tout brûler, parce que ça aura aucun sens. Mais je crois que vous viendrez. Je vous ai dit que Wexler était ambitieux, il aurait pu tout dire au Grand Chef et ça aurait été terminé, mais il a voulu récolter la gloire, comme on dit. Je vous ai déjà parlé de tout ça. Mais voilà, maintenant, les cartes sont à vous, vous pourrez trouver des os et tout le monde sera content. Juste pour info, aucun des squelettes est celui de Wexler. Je sais que vous en avez eu votre claque de trouver que des squelettes, alors vous pouvez laisser les sbires du shérif se charger des recherches C'est rien qu'une petite récompense pour avoir supporté un vieux comme moi Vous avez été bon envers

moi, Valentine. J'espère que vous aurez une vie heureuse à partir de maintenant.

Votre AMI, John X Gload

P.S. : Vous aviez toute mon amitié, même si j'avais pas la vôtre.

Il rangea la lettre dans sa poche de chemise avec les cartes topographiques pliées où étaient dessinés cinq X désignant l'emplacement des tombes dans la région des Breaks au nord du fleuve, des fonderies et de la ville. Des ossements anonymes – des crânes sans dents, des bras sans mains – qu'on allait tirer de leur repos éternel pour occuper un autre trou sous d'autres pierres, avec des plantes en plastique dessus, pâles répliques des fleurs des champs qui s'épanouissaient dans les prairies au printemps.

Il entreprenait de remettre la terre dans la fosse lorsqu'il entendit distinctement le cri perçant dans le ciel. Il les vit planer depuis la rivière. Elles n'étaient d'abord que de simples volutes de fumée, comme des traces de feu d'artifice dans le ciel blanc monotone, mais elles s'approchèrent, flottant dans les courants thermiques en d'infimes mouvements d'ailes à chevrons et bientôt, elles se dessinèrent clairement, leur poitrail d'une couleur de bandage sale. Elles approchèrent et décrivirent des cercles, deux ou trois. Une douzaine. Il lâcha la pelle, avança dans une clairière, les bras levés et agités comme les branches d'arbres dans le verger.

— Dégagez ! s'écria-t-il.

Il fit des moulinets pour les chasser, l'air d'un homme cherchant à se débarrasser de quelque chose. Il hurla aux oiseaux :

— Bande de saloperies. Dégagez !

Remerciements

Mes remerciements immenses et éternels à Dan Conaway, mon agent et ami ; à Aaron Schlechter, pour son courage intestinal ; à Sarah Bowlin et à ses agréables et talentueux collègues chez Holt. Pour votre soutien et vos encouragements face à l'inévitable logique, ma gratitude s'étend à des kilomètres à la ronde vers Neil McMahon, Bill Kittredge, vers les amis et la famille qui n'ont jamais cessé de me poser des questions. Je suis reconnaissant envers mes enfants, pour leur sacrifice au cours de mes nombreuses années de travail. Merci à Chuck Schuyler pour les conseils juridiques et à Jolanta Benal pour son œil de lynx.

Un remerciement particulier à Mike Jaraczeski, agent spécial de l'ATF à la retraite, pour les nombreuses conversations tardives et arrosées de gin qui ont semé en moi la graine.

Et bien entendu, ce livre n'aurait jamais vu le jour sans le soutien indéfectible, les relectures avisées et les magnifiques plissements d'yeux poétiques de ma femme, Jane. Il n'aurait tout simplement pas vu le jour.

CATALOGUE

Edward Abbey
Désert solitaire
Un fou ordinaire
Le Gang de la Clef à Molette
Le Feu sur la montagne
Le Retour du Gang

Rick Bass
Le Livre de Yaak

Viken Berberian
Das Kapital

Ron Carlson
Le Signal
Cinq ciels

Kathleen Dean Moore
Petit traité de philosophie naturelle

James Dickey
Délivrance

Pete Fromm
Indian Creek
Avant la nuit
Chinook
Comment tout a commencé

Samuel W. Gailey
Deep Winter

John Gierach
Traité du zen et de l'art de la pêche à la mouche
Truites & Cie
Même les truites ont du vague à l'âme
Là-bas, les truites…
Sexe, mort et pêche à la mouche

Roderick Haig-Brown
Le Printemps d'un pêcheur

John Haines
Vingt-cinq ans de solitude

Bruce Holbert
Animaux solitaires

Robert Hunter
Les Combattants de l'Arc-en-Ciel

Craig Johnson
Little Bird
Le Camp des Morts
L'Indien blanc
Enfants de poussière
Dark Horse
Molosses
Tous les démons sont ici

Phil Klay
Fin de mission

Adam Langer
Les Voleurs de Manhattan

Barry Lopez
Rêves arctiques

Bruce Machart
Le Sillage de l'oubli
Des hommes en devenir

William March
Compagnie K

Ayana Mathis
Les Douze Tribus d'Hattie

Howard McCord
L'Homme qui marchait sur la Lune

Larry McMurtry
Et tous mes amis seront des inconnus

John McPhee
Rencontres avec l'Archidruide

Kent Meyers
Twisted Tree

Melinda Moustakis
Alaska

Greg Olear
Totally Killer

Robert Olmstead
Le Voyage de Robey Childs

Doug Peacock
Une guerre dans la tête

Tom Robbins
Comme la grenouille sur son nénuphar
Une bien étrange attraction
Un parfum de jitterbug
Jambes fluettes, etc.

Rob Schultheis
L'Or des fous
Sortilèges de l'Ouest

Terry Southern
Texas Marijuana et autres saveurs

Mark Spragg
De flammes et d'argile

Mark Sundeen
Le Making Of de "Toro"

Glendon Swarthout
Homesman

William G. Tapply
Dérive sanglante
Casco Bay
Dark Tiger

Terry Tempest Williams
Refuge

Alan Tennant
En vol

Jim Tenuto
La Rivière de sang

Trevanian
La Sanction
L'Expert
Shibumi
Incident à Twenty-Mile
The Main

David Vann
Sukkwan Island
Désolations
Impurs
Goat Mountain

Tony Vigorito
Dans un jour ou deux

John D. Voelker
Itinéraire d'un pêcheur à la mouche
Testament d'un pêcheur à la mouche

Lance Weller
Wilderness

William Wharton
Birdy

Benjamin Whitmer
Pike

Stephen Wright
Méditations en vert

Kim Zupan
Les Arpenteurs

Collection **totem**
des livres au format poche

Rick Bass
Les Derniers Grizzlys
Le Livre de Yaak

Larry Brown
Joe

Ron Carlson
Le Signal

Pete Fromm
Indian Creek

Howard Fast
La Dernière Frontière

Craig Johnson
Little Bird
Le Camp des Morts
L'Indien blanc
Enfants de poussière

Dorothy M. Johnson
Contrée indienne

Ross Macdonald
Cible mouvante
Noyade en eau douce
À chacun sa mort
Le Sourire d'ivoire
Trouver une victime
La Côte barbare

Howard McCord
L'Homme qui marchait sur la Lune

Bruce Machart
Le Sillage de l'oubli

Larry McMurtry
Lonesome Dove I
Lonesome Dove II
La Dernière Séance
Texasville

David Morrell
Premier sang

Tim O'Brien
À propos de courage

Doug Peacock
Mes années grizzly

Tom Robbins
Même les cow-girls ont du vague à l'âme
Féroces infirmes retour des pays chauds
B comme Bière
Comme la grenouille sur son nénuphar

Mark Spragg
Là où les rivières se séparent
Une vie inachevée

Glendon Swarthout
Le Tireur

William G. Tapply
Dérive sanglante
Casco Bay

Jim Tenuto
La Rivière de sang

Trevanian
La Sanction
L'Expert

David Vann
Sukkwan Island
Désolations
Dernier jour sur terre

Kurt Vonnegut
Dieu vous bénisse, monsieur Rosewater
Le Petit Déjeuner des champions

Larry Watson
Montana 1948

Lance Weller
Wilderness

Tobias Wolff
Dans le jardin des martyrs nord-américains

Cet ouvrage a été imprimé sur du papier dont les fibres de bois proviennent de forêts durablement gérées

IMPRIM'VERT®

CET OUVRAGE A ÉTÉ COMPOSÉ PAR
ATLANT'COMMUNICATION
AU BERNARD (VENDÉE).

ACHEVÉ D'IMPRIMER
PAR L'IMPRIMERIE FLOCH À MAYENNE
EN OCTOBRE 2014
POUR LE COMPTE DES ÉDITIONS GALLMEISTER
14, RUE DU REGARD
PARIS 6e

DÉPÔT LÉGAL : JANVIER 2015
1re ÉDITION
N° D'IMPRESSION : 87563
IMPRIMÉ EN FRANCE